BIBLIOTECA TEIDE

Assessors:

JOAN FORTUNY

SALVADOR MARTÍ

Bram Stoker

Dràcula

Adaptació i notes:
Carme G. Aragón
Traducció:
Antoni Garcia Llorca
Introducció i guia de lectura:
José Ramón López García
Il·lustracions:
Pol Serra

BIBLIOTECA TEIDE

TEIDE

Dràcula
Adaptació i notes de Carme G. Aragón
Traducció d'Antoni Garcia Llorca

Primera edició, gener del 2009
Segona impressió, 2014

ISBN: 978-84-307-6254-5

Il·lustració de la coberta: Pol Serra

Preimpressió: Admagraf
Impressió: Aidsan - Pallejà (Barcelona)
Dipòsit legal: B-784-2009

ÍNDEX

INTRODUCCIÓ

DRÀCULA

INTRODUCCIÓ

VIDA I OBRA DE BRAM STOKER

Abraham Stoker va néixer el 8 de novembre de 1847 a Clontarf, antic poblet de costa a la badia de Dublín i aleshores ja un suburbi de la capital irlandesa. Fill d'Abraham Stoker, funcionari del castell de Dublín, i de Charlotte Thornley, dona de gustos literaris i feminisme accentuat, va ser el tercer dels set germans que componien aquesta família de la petita burgesia protestant. Durant la infància, a causa d'una malaltia desconeguda, va haver de fer llit fins als set anys, temps que va passar molt acompanyat per la seva mare, la qual va ocupar moltes hores del nen amb relats tradicionals irlandesos de tipus mitològic i fantàstic, com ara històries colpidores sobre l'epidèmia de còlera apareguda el 1832 que havia assolat el país. No obstant això, quan als disset anys va ingressar al prestigiós Trinity College de Dublín, Bram Stoker s'havia convertit en un noi robust i atractiu de cabells i barba pèl-rojos i gairebé dos metres d'alçada. Durant l'etapa universitària va tenir una gran popularitat per la destresa que demostrava i els premis que guanyava en competicions esportives, a més d'arribar a ser un alumne molt reconegut a les institucions acadèmiques.

El 1866, seguint els passos del seu pare, va iniciar una carrera com a funcionari al castell de Dublín, i al cap de dos anys es va graduar amb unes notes excel·lents en Matemàtiques Pures. L'agost del 1867 va veure actuar per primera vegada el cèlebre actor anglès Henry Irving, la qual cosa li va suscitar una gran passió pel teatre, fins al punt d'actuar en diverses funcions de companyies d'aficionats. En aquell moment també va descobrir l'obra del poeta nord-americà Walt Whitman, que el va marcar profundament i amb qui en el futur arribaria a cartejar-se. Molt aviat, Stoker es va adonar de les limitacions monetàries i d'ascens professional que suposava la seva feina, especialment marcades a Irlanda per l'aïllament social i polític del país respecte a la metròpoli londinenca. De fet, el 1871 els seus pares i dues de les seves germanes van haver d'emigrar al continent per les dificultats econòmiques que es van viure a l'illa. No obstant això, Stoker va trobar una vàlvula d'escapament per a la seva rutina laboral en la gran afició pels escenaris i en les col·laboracions per a la premsa de Dublín. Va ser crític teatral des del 1871 fins al 1876 de l'*Evening Mail* –mitjà en què va conèixer el seu compatriota Sheridan Le Fanu, autor de *Carmilla* (1871), un clàssic de la literatura de vampirs– i el 1873 es va convertir en editor del *Halfpenny Press*. El 1872 va publicar l'opuscle *La necessitat de l'honestedat política*, però també es va iniciar en el camp literari amb el conte *The Crystal Cup* ('La copa de cristall'), una fantasia onírica que ens arriba a través de diverses veus narratives. Durant les vacances del 1874, va fer el primer dels viatges a París, experiència que serviria de base per a un dels seus contes posteriors més reeixits, *The Burial of the Rats* ('L'enterrament de les rates', 1895). Després d'aquest viatge, Stoker va

Bram Stoker.

estar a punt d'abandonar el lloc de funcionari per traslladar-se a Londres i provar sort en la vida literària, projecte del qual, aconsellat pel seu pare, va desistir. No va renunciar, malgrat tot, a les ambicions artístiques. El 1875 van aparèixer per entregues en un set- manari de Dublín tres històries que, en certa mesura, recullen línies i escenaris essencials de la seva obra posterior: *The Primrose Path* ('El sender de la primavera'), relat moralista i de contingut social sobre un fuster teatral honrat de Dublín que viatja amb la família a Londres per patir tota mena de penalitats i passar els seus darrers dies alcoholitzat i d'una manera tràgica; *Buried Treasure* ('El tresor enterrat'), un conte sobre vaixells enfonsats i cofres de tresors, i *The Chain of Destiny* ('La cadena del destí'), el seu primer relat d'horror protagonitzat per un fantasma maligne. El 1875 també es va produir un fet determinant en la seva vida: va conèixer personalment Henry Irving, a qui admirava des de jove, i en aquell moment va néixer una llarga amistat entre tots dos que es basaria sempre en la veneració incondicional de Stoker per l'actor.

El 1876, el mateix any que va morir el seu progenitor a Nàpols, Stoker va ser ascendit a inspector de Tribunals de Primera Instància. Tot i això, aquest ascens laboral no satisfeia gens les seves expectatives i, per aquesta raó, quan el novembre del 1878 Irving li va oferir la possibilitat de ser el seu secretari personal, apoderat de la seva companyia teatral i director administratiu del Lyceum, prestigiós teatre londinenc que l'actor acabava d'adquirir, Stoker va acceptar sense vacil·lar l'oferta, i va abandonar Dublín i la seva posició respectable. Aquest gir radical a la seva vida es confirmaria al final d'aquell any en casar-se amb Florence Balcombe, que havia estat xicota d'Oscar Wilde, el cèlebre escriptor, ben conegut per Stoker des dels seus anys universitaris. El 1879 va néixer Noel, l'únic fill de la parella.

Després de l'estrena reeixida de *Hamlet* en el Lyceum el 1879, la relació de Stoker amb Irving es va allargar durant vint-i-set anys. Va ser una relació difícil a causa de l'excentricitat i la megalomania de l'actor, no sempre gaire rendible econòmicament, però d'una riquesa enorme en l'àmbit artístic i personal. Irving va ser tota una institució en el món cultural victorià, i amb ell i la seva companyia Stoker va estrenar alguns dels grans muntatges de l'escena britànica del final del segle XIX (*Hamlet*, *El mercader de Venècia*, *Macbeth*, *Faust*...), i va poder entrar en contacte amb primeres personalitats del món de la política, les arts i les ciències, com el príncep Eduard, George Bernard Shaw, Arthur Conan Doyle o Mark Twain, a més de realitzar diverses gires per Europa i l'Amèrica del Nord. Precisament en una gira nord-americana, durant l'estada que va fer el 1884 a Filadèlfia, va tenir la possibilitat de conèixer el seu ídol literari, el poeta Walt Whitman.

La seva intensa activitat en el Lyceum deixava poc temps a Stoker per desenvolupar la seva vocació literària. A més, el 1886, sense abandonar la seva responsabilitat al capdavant del Lyceum, va ser admès a l'escola de lleis Inner Temple, i hi va iniciar els estudis de procurador, nomenament que obtindria el 1890. El 1881 va publicar la primera col·lecció de contes, *Under the Sunset* ('Sota la posta'), vuit relats dedicats al seu fill Noel que inclouen uns ingredients fantàstics i terrorífics molt suggestius. Més tard, el 1886, va treure l'obra A *Glimpse of America* ('Impressió sobre Amèrica'), un petit llibre que recollia les seves opinions sobre els Estats Units. Tot i els viatges i les ocupacions, la dedicació de l'irlandès a la literatura va ser cada vegada més intensa i, durant la segona meitat de la dècada dels vuitanta, va escriure relats tan notables com *The Dualists; or the Death Doom of Double Born* ('Els dualistes, o la mortal condemna del doble naixement', 1887), *The Judge's House* ('La casa del jutge', 1888) o *Death in the Wings* ('Mort entre bastidors', 1888), que confirmaven la mestria de Stoker en l'ús d'ambients i trames terrorífics.

El 1890 va iniciar la redacció de *Dràcula*, el seu projecte més ambiciós i treballat, i va aparèixer en llibre la seva primera novel·la publicada un any abans per entregues, *The Snake's Pass* ('El pas de la serp), un relat d'aventures i intriga amorosa ambientat en paisatges irlandesos. La febril activitat de Stoker va donar com a fruits una altra sèrie excel·lent de contes de terror com *El secret de l'or creixent* (1892), *La dona índia* (1893) o *El somni de les mans plenes de sang* (1894). El 1894 va publicar diverses novel·les curtes: *The Watter's Mou* ('La boca del riu Watter'), tràgica història d'amor entre un guardacostes i la filla d'un contrabandista ambientada en un poble remot de les costes abruptes d'Escòcia; *The Man from Shorrox* ('L'home de Shorrox'), relat costumista esquitxat de detalls macabres, i *Crooken Sands* ('Les arenes de Crooken'), combinació enginyosa d'un ambient quotidià i realista amb la irrupció de l'element fantàstic i el terror. El 1895 apareix la seva tercera novel·la, *The Shoulder of Shasta* ('L'esquena del Shasta'), nova intriga amorosa que té lloc als voltants del mont californià de Shasta i ocasió perquè, com en *Dràcula*, es contraposi al món civilitzat anglosaxó el primitivisme, aquí encarnat pels rudes muntanyencs californians i els pobles indígenes americans. El 1897 va veure la llum *Dràcula*, la seva novel·la més universal. L'any següent Stoker va canviar de registre amb *Miss Betty*, un relat amorós sobre els avatars d'una rica hereva enamorada i el seu pobre pretendent, que va ser dut als escenaris. Aquell mateix any del 1898, un incendi devastador va destruir els decorats i el vestuari del Lyceum; Irving, per fer front als deutes contrets, es va veure obligat a vendre'l a un consorci d'accionistes amb què Stoker signaria un nou contracte, si bé les coses ja mai no serien igual des d'aleshores, i el Lyceum va iniciar un declivi inexorable. El 1902 el teatre va tancar definitivament les portes, però Stoker va continuar al costat d'Irving.

La darrera etapa de l'escriptor es va iniciar el 1902 amb *The Mystery of the Sea* ('El misteri del mar'), novel·la d'aventures que recupera l'ambientació de la costa escocesa i la trama amorosa la qual es relaciona amb la recerca d'un antic tresor enfonsat de l'Armada espanyola. A *The Jewel of Seven Stars* ('La joia de les set estrelles', 1903), una de les seves novel·les més conegudes, es narra la història d'una conspiració arqueològica per aconseguir la resurrecció de la mòmia de Tera, una antiga reina i fetillera egípcia. El 1904 Stoker va acompanyar Irving en la seva darrera gira americana. El 1905 va aparèixer la novel·la *The Man* ('L'home'), titulada *The Gates of Life* ('Les portes de la vida') en l'edició revisada nord-americana del 1908, història d'aire melodramàtic centrada en els problemes del sexe masculí davant el nou paper de la dona a la societat. Aquell mateix any va morir el seu idolatrat Irving, mort que el va dur a escriure els dos volums de *Personal Reminiscences of Henry Irving* ('Records personals de Henry Irving', 1906), prova de l'enorme veneració que sentia pel magistral actor, i després d'haver-lo redactat Stoker va tenir un atac de cor que gairebé li segà la vida i que es va repetir el 1910. Durant els anys següents,

Dos coetanis de Bram Stoker van tenir molt a veure amb la seva obra. A l'esquerra, l'actor anglès Henry Irving, amb qui Stoker va tenir una gran amistat, que va durar tota la seva vida. Quan escrivia *Dràcula*, l'autor pensava que algun dia Irving encarnaria el protagonista de l'obra als escenaris. A la dreta, el gran poeta estatunidenc Walt Whitman, per l'obra del qual Stoker sentia una profunda admiració.

tant la salut com la situació econòmica de l'escriptor van empitjorar, encara que la seva dedicació exclusiva a la literatura va tenir com a resultat la redacció de diverses obres. El 1908 va aparèixer *Snowbound*: *The Record of a Theatrical Touring Party* ('Snowbound: la història de la gira d'una companyia teatral'), que comprèn quinze històries narrades pels membres de la companyia Snowbound durant un viatge en tren per Escòcia. També el 1908 es va editar *Lady Athlyne*, una tendra història amorosa entre un lord britànic i una hereva nord-americana que va ser molt mal rebuda per la crítica, raó més que probable perquè el 1909 publiqués *The Lady of the Shroud* ('La dama del sudari'), nova incursió en el tema vampíric, però aquesta vegada protagonitzat per una princesa balcànica, una història la construcció narrativa que recorda en gran manera la de *Dràcula*. El 1910 va aparèixer el llibre de no-ficció *Famous Impostors* ('Impostors famosos'), un recorregut per diversos casos de dones que es van fer passar per homes, i viceversa, prova de l'atracció de Stoker pel tema del doble i la presència de la màscara com una tendència inherent a la condició humana. El 1911 es va publicar *The Lair of the White Worm* ('El catau del cuc blanc'), la seva darrera novel·la, escrita pel que sembla sota els efectes de les drogues que l'autor prenia per calmar el dolor que li provocava la seva malaltia. En la trama absurda de l'obra es barregen tota mena de supersticions i motius folklòrics (des de la tradició druí- dica fins a la romana) que conflueixen en la creació d'un personatge terrible, lady Arabella March, forma humana adoptada per una serp prehistòrica que viu la doble vida amagada en un pou profund on devora les seves víctimes masculines. El 20 d'abril de 1912 Bram Stoker va morir al seu domicili londinenc. Pòstumament, la seva vídua, Florence Balcombe, va editar el volum *Dracula's Guest* ('El convidat de Dràcula', 1914) (1914), que agrupa diversos relats que havien estat seleccionats pel mateix Stoker, alguns ja esmentats i altres com «Una profecia gitana» o «El retorn d' Abel Behenna», que són una mostra de la fascinació que sentia per les històries de terror, del seu domini de la intriga i de la seva capacitat proverbial per al suspens.

DRÀCULA

Les bases d'un mite: tradició literària, folklore i història

Quan Stoker va escriure la seva novel·la, el vampir ja era un personatge perfectament assentat en la literatura de l'època, que, a més, tenia una llarga tradició en el folklore i en la història de diverses cultures. Stoker va saber extreure de cada un d'aquests àmbits determinats elements per després combinar-los en un format nou i, en molts sentits, plenament original.

El vampir, o figures que li són properes com els morts vivents, és present en la mitologia i el folklore de molts pobles i cultures, des de l'antiga Roma fins a les civilitzacions xinesa, egípcia, hindú o asteca. En el cas d'Europa, les llegendes de vampirs van ser especialment pròdigues a Grècia, Hongria, Sèrbia, Valàquia i Transsilvània. Durant els segles XVII i XVIII, el vampir va interessar de manera considerable als il·lustrats, els quals normalment van refutar l'existència d'aquests éssers a partir de la crítica global a les supersticions i la defensa d'una explicació racional i científica del món postulades per la Il·lustració. No obstant això, i com a exponent de la reacció a allò que el romanticisme considerava una comprensió abusiva de la racionalitat —que excloïa la passió, el misteri i l'espiritualitat religiosa—, el vampir es va consolidar com a referent literari de primer ordre. En la literatura germànica, en trobem exemples importants, en especial el poema de Goethe *Die Braut von Corinth* ('La núvia de Corint', 1797), que comparteix una característica molt estesa en la tradició sobre el tema: que el vampir sigui del gènere femení. Dones d'una bellesa pertorbadora, en la línia de les làmies mitològiques, que desafien les lleis divines, tornen de la mort i trien com a víctimes els seus amants, consolidant la relació entre Eros i Tànatos, essencial en el vampirisme. Autors com Théophile Gautier amb *La morte amoureuse* ('La morta enamorada', 1836), el reeixit relat *La bella vampiritzada*, (1851) d'Alexandre Dumas pare, o la ja esmentada *Carmilla* (1871) abunden en aquest llinatge femení del vampir.

L'atracció pel vampirisme també va ser molt intensa als països anglosaxons durant el romanticisme. Tots els seus grans poetes (Coleridge, Keats, Byron...) van usar el motiu en algunes de les seves obres i van perfilar el caràcter satànic del personatge, castigat per Déu després del seu intent de rebel·lió però majestuosament tràgic en la caiguda. Tot i això, va ser un escriptor de menys anomenada, John W. Polidori, el qual, inspirant-se en la figura real de lord Byron, va oferir a lord Ruthven, protagonista de *The Vampyre* ('El vampir', 1819), la ja tradicional imatge d'aristòcrata refinat, seductor i cosmopolita, capaç de moure's amb la mateixa facilitat entre els segles passats que entre els carrers del Londres modern. Aquest individu havia rebut una forta influència dels brètols habituals de la novel·la gòtica d'autors com Horace Walpole i Matthew Gregory Lewis, molt sovint nobles llibertins que buscaven pervertir noies innocents; d'aquesta manera, allunyava el vampir dels patrons folklòrics tradicionals del no mort de l'Europa oriental, els protagonistes dels quals acostumaven a ser camperols que retornaven d'entre els morts per turmentar els seus parents pròxims, en molts casos amb una aparença semblant al zombi: sangonosos, esparracats, brutals i fins i tot necròfags. Amb *Varney the Vampire: or the Feast of Blood* ('Varney el vampir, o El festí de sang', 1847), un fulletó llarguíssim de James Malcolm Rymer publicat de manera anònima, el vampir va consolidar la seva nova imatge en la cultura popular. La qualitat literària de les aventures temibles de l'aristocràtic sir Francis Varney deixa molt a desitjar, però el mèrit d'aquest text va ser confirmar que els recursos de la novel·la gòtica aplicats per Polidori es podien posar al servei d'un personatge com el malvat vampir d'aquesta sèrie. Les noves característiques literàries proporcionaven una altra possibilitat no present en el folklore, la identificació per part del lector amb el personatge i la interpretació del seu destí com una condició tràgica. D'altra banda, les adaptacions d'aquestes històries o d'altres protagonitzades per vampirs eren freqüents en els escenaris de l'època.

Retrat de Vlad III de Valàquia, de sobrenom *Drăculea* ('fill del Drac'), personatge cruel que va inspirar Bram Stoker a l'hora de crear *Dràcula*.

Dràcula va tenir un llarg procés de redacció que va comportar diversos canvis del seu pla inicial. La regió austríaca d'Estíria, l'ambientació original del bressol del vampir, va ser substituïda per la zona de Transsilvània ('la terra més enllà del bosc'), a la Romania actual, país amb unes supersticions locals que eren molt útils (l'all com a repel·lent de vampirs, l'estaca clavada al cor...). El canvi més important va ser el del nom donat al protagonista de la història, ja que Dràcula passaria a anomenar-se comte Wampyr i la novel·la, *The Un-Dead* ('El no mort'). Però en un llibre de viatges de l'època, Stoker va trobar una al·lusió a la paraula romanesa

Dràcula aplicada a Vlad III (1431-1476), també conegut per Vlad Ţepeş (l'Empalador) o Vlad Drăculea ('fill del Drac'), per ser fill de Vlad II, anomenat Vlad Dracul ('el Drac') perquè pertanyia a l'orde militar del Drac. La paraula va atreure a l'instant l'atenció de l'escriptor, ja que, en valac, el terme significa també 'diable'. Tot i que s'ha afirmat amb insistència que l'escriptor va prendre com a base real històrica per al seu personatge el voivoda Vlad Ţepeş el cert és que no hi ha documentada cap altra referència que determini un coneixement més profund de Stoker sobre aquest príncep medieval sanguinari. De fet, Vlad III és considerat un heroi mític de la cristiandat i un símbol nacional romanès, cèlebre per les seves gestes bèl·liques davant les hordes turques de l'Imperi otomà, que van incloure atrocitats, tan abundants en la seva fama militar. És ben certa la seva reputació terrorífica, en especial els empalaments massius dels seus enemics en unes estaques esmolades (càstig relativament freqüent en l'època, encara que no d'una manera tan excessiva), però el Dràcula històric no manté cap associació amb els vampirs i amb prou feines una petita connexió amb Transsilvània, a les fronteres de la qual va realitzar algunes incursions. Del que no hi ha dubte és que Stoker va triar Dràcula com a nom ideal per al seu personatge per dues raons. La primera és que reforçava les identificacions del comte amb Satanàs i el joc d'oposicions que la novel·la dibuixa respecte al cristianisme. En segon lloc, va voler presentar-nos un protagonista els orígens del qual es remunten a la genealogia heroica i remota de l'Europa medieval, la raça dels *szekler*, descendents d'Àtila. Dràcula es converteix, així, en un ésser complex, una criatura solitària i tràgica que ha vist transcórrer els segles per comprovar la decadència dels valors que va encarnar la seva saga familiar i la substitució pels nous valors de la societat moderna, que menysprea l'autoritat aristocràtica que el comte representa.

Trama i personatges de la novel·la

Dràcula s'inicia amb la presentació del jove Jonathan Harker, futur advocat i empleat d'una firma londinenca dedicada a la compravenda de propietats. A través de les impressions escrites en el diari personal, sabrem el motiu del seu viatge a les terres orientals d'Europa: visitar a Transsilvània el comte Dràcula, un aristòcrata vell i ric que ha requerit els serveis de l'empresa del jove perquè desitja instal·lar-se a Londres. Harker, representant de la moderna metròpoli britànica, s'endinsa en un món que se'ns mostra, des de la seva mirada, una mica displicent, com un escenari de paisatges exòtics pel qual desfilen l'estil de vida primitiu i els costums supersticiosos de les seves gents. Aquesta realitat es convertirà progressivament en un univers amenaçador en què succeeixen fets als quals la mentalitat pràctica i racional de Harker no té capacitat de donar resposta. Després de la seva arribada accidentada al castell en una nit terrorífica, les maneres i els comportaments extravagants del comte transsilvà passen de ser símptoma d'una hospitalitat estranya a causa d'un temor més que justificat. Harker comprovarà que, en realitat, és un presoner en aquell castell antic en què els fets sobrenaturals i terrorífics es converteixen en una norma, per més que la seva ment es resisteixi a admetre-ho. D'aquesta manera, se succeeixen descobriments temibles de tot el que amaguen les dependències i els voltants del castell: criptes on descansa el comte al taüt, vampiresses seductores i aterridores, llops que acudeixen a la crida de l'amo per esbocinar les seves víctimes...

A partir d'aquest punt, la novel·la avança gràcies a altres narradors i documents que ens presenten la resta de protagonistes, i ens informen dels avenços de Dràcula en la seva aventura anglesa, després d'haver creuat el canal de la Mànega a bord d'una goleta fantasmal. Les víctimes següents del vampir seran dues dones. Lucy Westenra, una dona encantadora, un xic frívola, que té enamorats tres pretendents: el doctor John Seward, director d'un psiquiàtric; Quincey Morris, un nord-americà aguerrit i impulsiu, i Arthur Holmwood, futur lord Godalming, noble de fortuna i finalment l'elegit pel cor de Lucy. No obstant això, la felicitat de la noia queda segada per una malaltia estranya que la fa consumir davant la desesperació dels seus amics, per la qual cosa Seward decideix avisar Abraham van Helsing, doctor en metafísica i científic eminent, un caçavampirs implacable que no dubtarà a recórrer una vegada i una altra la distància entre Amsterdam i Londres per intentar salvar de la mort la bella Lucy. Tot i els esforços, Dràcula derrota els seus adversaris i aconsegueix convertir la Lucy en una més de la seva espècie. Per salvar-la de la condemna de ser una *nosferatu*, Van Helsing i els seus acompanyants hauran de recórrer a una solució dràstica i sanguinària a la cripta on descansa el cos de la noia.

La següent presa que escull el comte és Mina Murray, una jove educada, competent i d'intel·ligència desperta, amiga entranyable de Lucy i promesa de Jonathan Harker. Després d'haver-se reunit amb Harker, el qual miraculosament ha aconseguit fugir del castell i evitar, així, un tràgic final, i d'haver celebrat la seva boda, els nuvis tornen a Londres. Allà s'uneixen al projecte de la resta de personatges: aniquilar Dràcula i impedir els seus plans perversos d'expansió. Mentre duen a terme les investigacions, el comte, ajudat per Renfield, el boig inoblidable que està internat al psiquiàtric de Seward, aconsegueix fer de Mina la seva pròxima víctima. Quan Van Helsing i els seus s'assabenten de les visites nocturnes del vampir a la jove, redoblen les energies per evitar que el destí de Lucy es repeteixi en la figura de Mina. D'aquesta manera aconsegueixen posar el comte en una situació molt compromesa, el qual, molt enfadat i ferit en l'orgull, però amb astúcia i prudència, decideix tornar a la seva casa de Transsilvània fins que Mina, ja marcada amb l'estigma terrible del vampir, es converteixi amb el pas del temps en la seva esclava. No obstant això, Mina i els quatre homes inicien una persecució espectacular i desesperada per tot Europa fins al mateix castell de Dràcula, on protagonitzen la batalla final amb el vampir enmig d'una natura salvatge i desolada.

A grans trets, aquesta seria la síntesi de la història de Dràcula i dels seus enemics perseverants. Tot i així, aquestes pàgines de Bram Stoker no amaguen només una història de terror, fantasia i aventures fascinant, sinó que també hi trobem alguns debats científics, socials o religiosos que disten molt d'haver perdut el seu interès avui dia.

Estructura i narradors de la novel·la

Bram Stoker no tan sols va agafar de la literatura els personatges, sinó que també va aplicar tècniques que estaven renovant aleshores la construcció literària, tenint molt present el que s'havia practicat en novel·les com *La dama de blanc* (1860), obra mestra del suspens escrita per Wilkie Collins. Al llarg dels vint-i-set capítols, l'obra potencia el caràcter fragmentari i la diversitat de punts de vista de la seva narració. El lector assisteix en *Dràcula* a la presentació de diaris personals, retalls de diari, telegrames, enregistraments fonogràfics d'anotacions psiquiàtriques, diaris de bord, memoràndums, etc. Tots ens arriben gràcies a la tasca eficaç de Mina Murray, dona del seu temps que fa servir, de l'última tecnologia, la màquina d'escriure per ordenar un conjunt de veus que de manera independent no passarien de ser fragments d'un sentit impossible.

Aquesta varietat de perspectives que apunten a un fet comú, la presència del comte Dràcula, crea un escenari versemblant que fa creïble el que és increïble: l'existència de vampirs i del mal absolut, d'éssers amb poders sobrenaturals i creences que es perden en els orígens dels temps. D'aquesta manera, la mateixa estructura de la novel·la reprodueix el xoc entre dues maneres d'entendre la realitat, una de racional i versemblant, reforçada per la presència d'aparells moderns de tot tipus: càmera fotogràfica, fonògraf, armes de foc...; i una altra d'irracional i fantàstica, fonamentada en supersticions i pors arrelades en l'inconscient col·lectiu: la foscor, els ritus de purificació, la nit com a àmbit del mal, la immortalitat com a promesa i condemna, la por de la mort i dels morts...

S'ha vist, en aquesta voluntat de recollir i documentar cada detall que caracteritza diversos personatges, un reflex del mecanisme de defensa usat per Van Helsing i el seu equip de caçavampirs, que s'adonen de la necessitat d'unir col·lectivament les forces i el coneixement de cada un contra l'amenaça del que és desconegut. Així ho explica Mina quan, després d'haver conegut el doctor Seward i convèncer-lo que el deixi accedir a les gravacions del seu diari, s'adona que és essencial en la lluita que els espera que no hi hagi secrets entre ells «perquè serem molt més forts si treballem units per una confiança absoluta». El poder més gran contra el *nosferatu* no és tant el crucifix, els alls o l'estaca com la màquina d'escriure, les pàgines que Mina transcriu de manera infatigable i després passa als seus companys. Perquè *Dràcula* és una novel·la de viatges trepidant, sens dubte, però també la història de nombroses escriptures i de personatges que es llegeixen els uns als altres buscant la xifra del seu destí.

No obstant això, criden enormement l'atenció els advertiments reiterats al lector per prevenir-lo de la fiabilitat dubtosa dels narradors d'aquesta història, des de la nota introductòria fins a la declaració final de Jonathan Harker sobre l'escàs valor dels «documents» que haurien de validar el seu testimoni davant de terceres persones. De fet, són molt freqüents les al·lusions a les

Originàriament, aquest oli d'Edvard Munch es deia *Amor i dolor*, però a un crític amic del pintor li va semblar veure en la intensitat de sentiments que el quadre traspuava una dona que vampiritzava un home, no que el consolava. Des d'aleshores aquesta obra es coneix popularment amb el nom de *Vampiressa*.

mitges veritats, la dosificació interessada d'informació o les mentides piadoses que els diferents personatges mantenen entre si: Van Helsing amb els seus joves amics; Mina amb Jonathan, i viceversa; els quatre homes que marginen voluntàriament Mina dels seus plans; la mateixa Mina, que deixa de ser algú en qui confiar des que es produeix el seu contacte mental amb el vampir, i, fins i tot, els maldestres intents de Renfield per mantenir la boca tancada (tret de «per menjar mosques») sobre els plans del seu amo. A més, no es pot passar per alt la notable absència en aquest cor de la veu de Dràcula, de qui mai no arribem a obtenir directament les impressions.

En aquest sentit, Dràcula apareix en els quatre primers capítols de manera destacada, però després la seva presència és puntual i elusiva;

és com si amb aquesta absència aparent es volgués fer palesa la seva condició d'ésser que habita entre les ombres. El comte és aquella presència invisible que el lector detecta molt abans que els mateixos personatges del llibre, i que farà veure que el món que es creen els humans és, en veritat, summament fràgil: ni les lleis, ni l'autoritat, ni la moral, ni tan sols la mort constitueixen barreres per a un ésser com el vampir, que fa de la transgressió la seva norma de vida. Des de l'inici de la novel·la, Stoker juga amb el contrast entre aquestes dues realitats, quan mostra l'abisme entre les preocupacions mundanes de Jonathan Harker (casar-se, consolidar la seva situació professional…) i aquells no morts que violen sistemàticament tot aquell que es considera socialment inviolable sense ser castigats (sexualitat transgressora, assassinats…). Aquesta construcció dualista o de contraris és extensible a altres dimensions de la proposta de Stoker. Per començar, als mateixos personatges, que són obligats a mantenir una doble vida entre les aparences socials i les seves intenses activitats ocultes; un fet que no tan sols afecta el comte Dràcula i les seves víctimes directes, sinó un conjunt de personatges que acaben portant una existència (amb sortides nocturnes, transfusions abruptes, escenes violentes, flirteig amb el que és sobrenatural…) que, sens dubte, mereixeria la censura dels seus honorables veïns. En aquest sentit, s'ha parlat, fins i tot, que, en més o menys mesura, cada un dels personatges conté en ell mateix aquell vampir reprimit l'ombra del qual no es pot contemplar i la imatge del qual no es veu en els miralls, com si el seu reflex fos, tal vegada, cada un de nosaltres. Especial, en aquest sentit, és la relació de Dràcula amb Jonathan Harker, Lucy Westenra, Mina Murray o el mateix Van Helsing, que com a bon antagonista comparteix similituds substancials amb el seu enemic, ja que representa tant la ciència moderna com la religió o la màgia de les tradicions més antigues.

D'altra banda, la novel·la té una construcció simètrica i circular. Principi i final es desenvolupen en un mateix espai i reprenen el mateix motiu del viatge en què es traspassen les fronteres entre Occident i Orient, una cruïlla geogràfica de valors simbòlics evidents. El fil conductor del viatge no es limita al desplaçament físic. És un viatge iniciàtic, primer, per a Jonathan Harker i, després, per als seus companys, que hauran de superar una sèrie de proves que els transformaran de manera decisiva després d'haver visitat, gairebé literalment i com els herois clàssics, els Inferns. També ho és per al mateix Dràcula, el qual coneixerà dolorosament les seves limitacions en la seva aventura anglesa. D'altra banda, és un viatge de simetria calculada els dos pols del qual són Londres i el castell als Carpats, i també les dimensions simbòliques respectives de tots dos emplaçaments (la civilització moderna per oposició al passat medieval, etc.), si bé amb una inversió de les circumstàncies, ja que Dràcula passa de ser botxí a víctima als mateixos paisatges que inicien el text. Aquesta voluntat circular fins i tot de vegades s'ha entès com una manifestació del mateix cicle vampíric: el cercle constant de regeneració i mort al qual es veu sotmès el vampir amb la caiguda de la nit i l'inici del dia.

Dràcula i la societat victoriana

Durant l'època victoriana (1837-1901), que va ocupar gran part de la vida de Bram Stoker, la literatura anglesa va ser reflex de les tensions generades per una revolució industrial que va transformar radicalment la societat. Els escriptors d'aquest període van fixar els termes de la gran narrativa realista britànica, i van tractar amb més intensitat temes socials i polítics que informaven d'aspectes que fins aleshores no eren gaire tinguts en compte, com les classes socials més humils, el nou paper de la dona o la convivència de les explicacions religioses tradicionals de la realitat i les noves coordenades introduïdes pel desenvolupament científic. No obstant això, sense renunciar a la seva poètica realista, gairebé tots els grans autors de l'època (com Charles Dickens, les germanes Brontë o Wilkie Collins) van recuperar els motlles romàntics i van escriure obres que, en molts casos, readaptaven elements com la novel·la gòtica o la novel·la d'aventures i fantàstica. Per tant, els vampirs ja no es podien jutjar sense tenir en compte la profunda modernització que començava a instal·lar-se a la vida quotidiana. Així doncs, Stoker recull els elements principals de la novel·la gòtica, tan popular antigament (tenebrosos escenaris medievals i exòtics, personatges tipificats, presència de la màgia, el misteri i el terror, unió del sexe amb la destrucció i la mort...), però els integra en una trama organitzada al voltant de la intriga i amb una ambientació plenament contemporània, en la qual la tècnica moderna es posa al servei d'uns herois que, amb les noves eines de què disposen, intenten fer front a les amenaces del mal i el que és sobrenatural.

Dràcula també ha estat considerat la màxima expressió dels desitjos reprimits en la psicologia humana. En aquest sentit, cal no oblidar que, cap al final del segle XIX, aquestes qüestions enllacen amb les teories psicoanalítiques de Sigmund Freud, el qual va postular l'existència de pulsions ocultes a l'interior de l'ésser humà que formen part del nostre jo més autèntic, però que es veuen coartades per les normes socials, les religions o la moral. Per això no és casual que la novel·la de Stoker coincideixi amb altres obres com *L'estrany cas del doctor Jekyll i el senyor Hyde* (1886), de Robert Louis Stevenson, *El retrat de Dorian Gray* (1891), d'Oscar Wilde, *L'Home Invisible* (1897), de H. G. Wells, o *Peter Pan* (1904), de James Matthew Barrie, que plantegen en termes molt similars el tema del desdoblament de la identitat, l'interès pels efectes psicològics del terror, o l'ús del que és monstruós com a crítica a les normes socials que reprimeixen la nostra vertadera natura.

Les metamorfosis del vampir: interpretacions de *Dràcula*

Aquest període històric va estar molt marcat per l'expansió del colonialisme europeu a Àfrica i Àsia, de manera molt notable en el cas de l'Imperi britànic, qüestió que va interessar en gran manera a uns escriptors que en moltes de les seves obres van denunciar els abusos comesos en nom del progrés i van mostrar, de manera més o menys conscient, els temors socials davant l'amenaça exterior. Així, *La guerra dels mons* (1898), de H. G. Wells, publicada per entregues el 1897, el mateix any d'edició de *Dràcula*, està protagonitzada per uns marcians que envaeixen Anglaterra i també s'alimenten de la sang de les seves víctimes humanes. En aquesta novel·la, com en *Dràcula*, s'ha vist el plantejament d'una crítica a l'imperialisme britànic, encarnat per uns invasors alienígenes tan immisericordiosos amb els habitants de la Terra com ho van poder ser els europeus en les incursions colonials contra els pobles indígenes.

De la mateixa manera, el comte Dràcula prové de l'antiga Transsilvània, d'un món oriental allunyat de les coordenades de l'Occident europeu; és l'estranger misteriós, desconegut i amenaçador que, en una espècie de colonització invertida, ve a envair aquest occident civilitzat que és simbolitzat per la ciutat de Londres. En la mateixa direcció, aquesta rivalitat s'ha interpretat com un símptoma del temor de la societat victoriana envers la massiva onada d'emigrants de què va ser objecte Londres a mitjan segle XIX i que molts consideraven una amenaça als valors de l'estil de vida britànic. Dràcula, en aquest sentit, simbolitza l'enemic invisible l'atac del qual es tem encara més perquè sembla que pot reproduir el nostre estil de vida. Al capdavall, el comte és tot un cavaller que parla anglès amb fluïdesa, es vesteix amb elegància, compra possessions a la gran ciutat, es passeja pels carrers amb total desimboltura i s'introdueix sense dificultats en la intimitat de les nostres cases per envair els nostres somnis i contaminar-nos la sang.

Així doncs, *Dràcula* s'ha llegit com l'encarnació de les pors d'Occident cap a Orient, aquest món fosc, estrany i ple de supersticions als ulls d'aquesta expedició formada per diversos anglesos, un holandès i un nord-americà enfrontats amb un descendent del bàrbar Àtila i els seus servents eslovacs i zíngars. Un bàrbar, no obstant això, de llinatge secular que, des del seu castell medieval, gosa traçar un pla d'invasió de la moderna metròpoli, representant d'aquests valors socials, econòmics i morals d'un temps històric que el comte menysprea, ja que es manté fidel a una època llegendària i gloriosa de la qual ha estat protagonista: «Però els temps de les batalles han passat. En els nostres dies de pau deshonrosa, la sang és un bé massa preuat i les glòries de les grans races són llegenda», es lamenta davant Jonathan Harker.

En definitiva, la novel·la de Stoker dramatitza la tensió entre la pèrdua d'influència dels valors religiosos, l'organització econòmica i social de l'antic règim, i la desconfiança envers els canvis que han comportat els sistemes democràtics, la ciència i l'economia capitalista. *Dràcula*, per tant, planteja un enfrontament que, a l'inici de la novel·la, Jonathan Harker ha anotat amb absoluta precisió en el seu diari: «Vivim en la modernitat del segle XIX, i, tanmateix, penso que aquesta modernitat és incapaç de combatre els poders obscurs que hem heretat dels segles passats». Al final, sembla que l'equip d'homes moderns triomfa sobre la superstició, el que és racional

Dràcula s'ha adaptat al cinema prop d'una vintena de vegades. Sens dubte, el vampir més famós el va encarnar el genial actor Bela Lugosi (a la imatge).

sobre el que és irracional, la llum de la moderna civilització de l'oest europeu sobre la foscor medieval de l'est, però no podem deixar de tenir la sospita que el vampir, en veritat, mai no mor.

Dràcula és també una al·legoria cristiana, la plasmació de la lluita eterna entre el bé i el mal particularitzada, en aquest cas, en les figures de Crist i Satanàs. Stoker planteja el seu vampir com el revers diabòlic dels valors cristians que organitzen la societat victoriana. Tant el llenguatge emprat per Dràcula com els seus actes troben el seu reflex invertit en la iconografia i la doctrina cristianes. Així, per oposició als profetes que anuncien l'arribada del Messies, Renfield anuncia la bona nova de l'arribada imminent del seu amo; per oposició al sagrament de l'Eucaristia, en què els fidels mengen i beuen el cos i la sang de Crist, ell dóna per beure la seva sang a Lucy en el colpidor «baptisme» de la noia, tal com fa el pelicà amb les seves cries, un emblema tradicional de la Passió cristiana; enfront de la immortalitat de l'ànima com a salvació ultraterrenal futura, Dràcula promet la immortalitat del cos en la vida present.

Bram Stoker era un apassionat dels codis ocults, els missatges xifrats i l'esoterisme, i, fins i tot, va estar pròxim a societats secretes com l'Hermetic Order of the Golden Dawn, una proximitat que explicaria els seus notables coneixements esotèrics i la possibilitat d'aplicar algunes claus hermètiques en les seves obres, com la imatgeria del tarot en *Dràcula*. Així, en algun cas s'ha postulat la possibilitat de descriure la trama de la novel·la a partir de la clau simbòlica del tarot; d'aquesta manera, Jonathan Harker seria el Boig que, al llarg del seu viatge iniciàtic, es troba amb altres «cartes» que formen la tirada del seu destí: el Mag (Van Helsing), l'Emperadriu (Mina), els Amants (Lucy i Arthur), l'Ermità (Seward), el Diable (Dràcula) i el Penjat (Quincey Morris).

Les pulsions del desig: *Dràcula* i la sexualitat

Malgrat totes aquestes interpretacions i algunes més que es podrien adduir, el sentit majoritari que s'ha donat a la novel·la passa per la seva simbologia sexual evident, potser l'aspecte que més bé explica l'enorme vitalitat del vampir modern. A l'Anglaterra victoriana, la dona havia de respondre als cànons de la verge o de la mare i esposa; altrament, era considerada pràcticament com una prostituta. Moltes lectures han vist en *Dràcula* una manifestació de la por reprimida del sexe masculí envers l'alliberament sexual que el gènere femení estava promulgant com a part de la seva lluita per l'emancipació i igualtat de drets. Segons aquestes lectures, en això radica l'explicació que aquesta sexualitat femenina es reprimeixi, es controli o es castigui amb violència si excedeix els límits convinguts.

Dràcula ataca principalment les dones protagonistes i és a través d'elles que fomenta l'extensió de la malaltia vampírica. Si, en primera instància, Lucy es mostra tan desconsolada com feliç quan es veu obligada a escollir només una entre les tres propostes de matrimoni que rep, després d'haver estat víctima del comte es converteix en una devoradora d'homes que, successivament i promíscua, rep la sang de quatre individus (Arthur, John, Quincey i el mateix Van Helsing), sense que, prudentment, com decideix el vell professor, el promès de la noia estigui assabentat d'aquesta invasió masculina de l'interior de la seva estimada per part de terceres persones. Una sang masculina que, al seu torn, alimentarà després el mateix Dràcula en les visites nocturnes posteriors a Lucy, amb la qual cosa farà més complexes les relacions interpersonals afavorides per aquest corrent del fluid vital. Lucy, tot i que ha demostrat el seu caràcter frívol i despreocupat en l'aproximació al sexe oposat, s'ha atingut al que les normes marquen per a una noia de la seva condició. Tot i això, després d'haver caigut gairebé sense oposició als braços de Dràcula, és finalment atacada i esquarterada amb una violència inusitada per aquests mateixos quatre homes que han donat la seva sang per salvar-la, però que no poden tolerar aquella nova vida fosca i emancipada com a vampiressa.

Per la seva banda, Mina Murray, prudent, pràctica i amant del seu espòs, veu recompensats els seus esforços de resistir-se al comte i aconsegueix ser rescatada per aquest grup de cavallers que l'estimen respectuosament i que aconsegueixen, al final, que li desaparegui la cicatriu del front que fa pública la seva impuresa. Mina Murray és un personatge complex: d'una banda, encarna totes les virtuts de la feminitat victoriana (noble, sensata, dolça, comprensiva), però de l'altra, la seva figura representa atributs d'una modernitat indubtable (taquígrafa, mestra, mecanògrafa) i demostra una fortalesa i intel·ligència iguals, o fins i tot superiors, a la dels seus companys masculins. De fet, Mina, i no Van Helsing, és la clau a l'hora d'entendre les motivacions del vampir; ella és l'única que comprèn la dimensió tràgica del personatge, ja que intueix que la successió de segles ha anat arraconant cada vegada més aquesta part de la seva ànima que busca l'alliberament de l'ambigu premi de la immortalitat.

No obstant això, en matar Dràcula, els personatges masculins no maten tan sols aquesta encarnació del mal, o cometen una acció caritativa amb l'ànima en pena que habita en les profunditats del comte. En matar Dràcula eliminen, sobretot, aquesta força que ha amenaçat la possessió d'un domini reservat fins aleshores al poder masculí socialment convingut: «Les dones que estimeu ja em pertanyen, i a través d'elles us posseiré a vosaltres, i a molts altres també! Us sotmetreu a les meves ordres i sereu els meus xacals! Bah!», els ha recordat el vampir a tots ells.

Al final del llibre, en efecte, Mina torna a ser pura; ens la trobem com la feliç mare de família d'un ordre social restablert, ja que tant el doctor Seward com Arthur s'han casat. Encara més, els únics testimonis d'aquestes aventures passades que, sens dubte, escandalitzarien els seus veïns respectables, ja que inclouen aquesta cruïlla d'«infidelitats» entre Jonathan i Mina (ell amb les vampiresses, ella amb el comte mentre el seu marit dorm al costat) o els nombrosos delictes que protagonitzen Van Helsing i els seus amics per dur a bon port la missió (falsificació de certificats de defunció, violació de domicili, robatori de monedes i diners...), són en un lloc segur i són pràcticament paper mullat. En sentit invers, el castell del comte, aquell lloc on Dràcula convivia en la poligàmia de les seves tres dones vampirs, ha estat visitat per Mina i els seus homes en un nou viatge a l'escenari del crim. Un castell que s'oposa a la càlida casa victoriana londinenca i que continua regnant sobre un «paratge desolat». Un paisatge estèril com ho és la sexualitat del vampir, la violència del qual s'adreça en diversos casos a infants o mares, enfront del fill de Mina i Jonathan, que implica la prolongació natural de la vida dels pares en el naixement dels fills, aquest succedani de la immortalitat als ulls del vampir.

En definitiva, Dràcula és molt més que un temible vampir assedegat de sang. La nostra atracció cap a ell obeeix al fet que és, en essència, l'encarnació del desig de transgressió que tots portem a l'interior i que cada un dels seus actes manifesta: la seva irracionalitat i infantilisme, la seva força física i mental superiors, la seva emancipació sexual i social, la seva lluita desesperada contra la mort, i la seva defensa del plaer i del cos davant dels credos religiosos que garanteixen la vida eterna només si abans, en vida, refrenem els nostres instints.

Criatures de la nit: la descendència del vampir

Després de la primera publicació el 1897, la novel·la va ser reeditada repetidament al món anglosaxó. De tota manera, la consagració definitiva d'aquesta història va anar de la mà de les seves adaptacions teatrals i cinematogràfiques, versions que si bé han possibilitat la traducció de l'original anglès a multitud de llengües, d'altra banda han marginat un text literari moltes vegades ignorat per aquells que només coneixen el vampir gràcies a la pantalla i altres manifestacions de la cultura de masses. Tant la ràdio (per exemple, Orson Welles el 1938) com la televisió (amb una primera proposta del 1956) i el còmic (una meritòria adaptació del 1952) se sumen a aquesta descendència del vampir que ha assentat el personatge com una icona de la cultura popular present, així mateix, en àmbits tan variats com la música pop o els videojocs.

L'èxit que va aconseguir *Dràcula* als escenaris no estranya massa en una obra que té moltes probabilitats d'haver estat pensada originalment per ser interpretada per Henry Irving; fins i tot s'ha arribat a veure en el comte de ficció un reflex del famós actor britànic per les notables coincidències entre la personalitat de Dràcula i Irving, el qual va rebutjar amb contundència la possibilitat que la seva companyia adaptés la novel·la. No obstant això, el 1924 *Dràcula* va trepitjar l'escenari per primera vegada, i des d'aleshores i sense interrupció ha estat en cartellera en teatres d'arreu del món amb perspectives variades, des de versions en vers fins a musicals i òperes.

Va ser precisament un dels actors que va consagrar la figura del comte als escenaris, l'hongarès Bela Lugosi, el que va marcar decisivament la imatge popular del vampir en l'adaptació cinematogràfica del 1930 dirigida per Tod Browning. Des de la invenció del cinematògraf, que gairebé coincideix amb la publicació de la nostra novel·la, existia una llarga tradició de pel·lícules sobre vampirs. *Dràcula* ja havia estat dut a la gran pantalla en temps del cine mut, primer, el 1921, *Drakula Halála*, de Károly Lajthay, una versió hongaresa avui perduda; més tard, el 1922, data del rodatge d'una de les versions més fidels a l'original stokerià i obra mestra de la història del cine: *Nosferatu*, el vampir, del director alemany F. W. Murnau, amb un impressionant Max Schreck en el paper d'un Dràcula horripilant i mortal, però que cau en una trampa amorosa i mor en rebre els rajos del sol. Des d'aleshores, la llista d'a-

Cartell de la magnífica adaptació cinematogràfica del director Francis Ford Coppola, que la va titular *Dràcula de Bram Stoker* per deixar clara la seva intenció de ser fidel a l'obra literària original en què es basa.

daptacions cinematogràfiques ha estat enorme, en moltes ocasions d'escassa qualitat i amb un respecte cap a l'original més que dubtós. Destaca el film *Dràcula* (1958), del director britànic Terence Fisher, que inclou una caracterització de Christopher Lee que retornava al personatge aquella malignitat essencial de la creació stokeriana que, de manera progressiva, havia anat perdent en les altres versions. Sense ànim de tancar la llista, la darrera gran adaptació cinematogràfica de la novel·la és *Dràcula de Bram Stoker* (1992), dirigida per Francis Ford Coppola, amb Gary Oldman en el paper del comte, un vampir sanguinari, temible i romànticament enamorat de Mina Murray, per qui creua un oceà de temps fins a trobar-la en el Londres del final del segle XIX. Tot i que Coppola es pren considerables llicències respecte a la història original, la seva adaptació comparteix amb la de Murnau la condició de clàssic i l'imaginari estètic i interpretatiu. El director nord-americà s'ha submergit en la psicologia del vampir fins a presentar-nos-en la figura com la tràgica història de qui busca en l'eternitat la permanència de l'amor, un amor entès en una dimensió transcendent que no renuncia als valors del cos, la sexualitat i els desitjos més ocults de la nostra psique.

Malgrat l'atractiu d'aquest llinatge, la figura del vampir seria impensable per a nosaltres sense l'aportació decisiva i magistral de l'irlandès Bram Stoker. La seva imaginació fèrtil ha aconseguit que aquesta criatura de la nit sobrevoli els nostres malsons i desitjos. Ja ho adverteix el maligne comte amb el seu toc d'ironia impagable: «Sigueu benvingut a casa meva! Entreu lliurement i per voluntat pròpia!». Sap que, tan bon punt entrem en aquestes pàgines, ens serà molt difícil abandonar el seu univers tenebrós i fascinant.

DRÀCULA*

* L'autor va manllevar aquest nom d'un personatge històric, Vlad III, un príncep romanès que va regnar entre els anys 1431 i 1476 i fou conegut, també, com a Vlad Drăculea. Aquest sobrenom li venia del seu pare, a qui anomenaven Vlad Dracul perquè pertanyia a l'orde del Drac, fundat per defensar la cristiandat de l'avanç de l'Imperi turc. Així doncs, Drăculea, o Dràcula, com ha arribat fins a nosaltres, vol dir 'fill del Drac'. La crueltat amb què Vlad III o Vlad Drăculea va tractar els seus enemics (tal vegada exagerada per aquests) li va comportar encara un altre sobrenom, Vlad Țepeș que en romanès vol dir 'Vlad l'Empalador', ja que aquest mètode d'execució era el seu favorit.

Nota preliminar

Els documents que segueixen han estat ordenats cronològicament, i també alleugerits de tot allò que tenien d'innecessari, a fi de presentar la història que conten, contrària al pensament actual, com una mera successió de fets. Val a dir que no s'hi relaten esdeveniments del passat sobre els quals la memòria podria fallar; ben al contrari, totes les dades són contemporànies, fruit del punt de vista i l'experiència d'aquells que les van recollir.

Capítol I

Diari de Jonathan Harker (escrit en taquigrafia[1])

Bistrita, 3 de maig.[2] Vaig sortir de Munic l'1 de maig a les 20.35 i vaig arribar a Viena l'endemà al matí. Des d'allà, vaig viatjar cap a Hongria i fins a Romania, amb una breu parada a Budapest,[3] que va semblar-me una ciutat meravellosa, si he de jutjar pel que vaig veure des del tren i pels pocs carrers que vaig trepitjar. Vaig tenir la impressió que deixàvem Occident i ens endinsàvem en l'Orient. El més occidental dels ponts que creuen el Danubi,[4] un pont esplèndid, va introduir-me de ple a les tradicions del domini turc.[5]

1 taquigrafia: art d'escriure tan de pressa com es parla mitjançant l'ús de signes i abreviatures.
2 Ciutat de la regió històrica de Transsilvània, Romania.
3 Munic és una ciutat alemanya propera a la frontera d'Àustria; Viena és la capital d'Àustria, i Budapest, la capital d'Hongria.
4 El Danubi és el segon riu més llarg d'Europa (el primer és el Volga). Neix a la regió de la Selva Negra, a Alemanya, i desemboca a la mar Negra, a Romania.
5 Jonathan Harker parla de «tradicions del domini turc» perquè, durant segles, bona part dels territoris de l'est i el sud-est d'Europa, entre els quals Hongria, van estar sota el domini de l'Imperi turc, que va assolir la seva màxima esplendor a mitjan segle XVI. El segle XIX ja estava en decadència i, després de la Primera Guerra Mundial, va quedar reduït als territoris de la Turquia actual.

Les meves nocions d'alemany m'han fet un gran servei; no sé com me n'hauria sortit sense.

Abans de partir d'Anglaterra, vaig consultar llibres i mapes de Transsilvània.[6] Com que em calia tractar amb un noble d'aquest país, vaig trobar escaient fer-me una idea de la seva nació. Així, vaig saber que la contrada del comte Dràcula és a la frontera de tres estats: Transsilvània, Moldàvia i Bucovina,[7] al bell cor d'una de les serralades més salvatges i desconegudes d'Europa, els Carpats.[8] No vaig trobar cap mapa ni cap llibre que m'oferís la situació exacta del castell del comte, però vaig esbrinar que Bistrita, la ciutat de postes[9] que Dràcula em va indicar i on sóc ara, és si més no un indret conegut. També vaig llegir que aquests Carpats, talment com si fossin un remolí de la imaginació humana, concentren totes les supersticions del món.

El tren que m'havia de dur a Bistrita ha sortit a dos quarts de nou del matí, i al llarg de la jornada hem recorregut unes contrades de gran bellesa. A les estacions s'hi congregava gent de pobles molt diversos. Els més vistosos —i també els més bàrbars, segons la meva opinió— són els eslovacs, que porten grans barrets i botes altes, i vesteixen camises blanques i uns pantalons molt amples, cenyits amb un cinturó de cuir enorme i tatxonat de claus. A més a més, lluïen unes cabelleres negres i uns mostatxos igualment negres.

6 Regió situada al centre de Romania i envoltada per la serralada dels Carpats. En els dies que transcorre aquesta història pertanyia al regne d'Hongria, i no fou fins a la Primera Guerra Mundial que va ser incorporada al país al qual pertany actualment.
7 Moldàvia va formar part de Romania fins a principi del segle xx, quan fou ocupada per la URSS; l'any 1991 se'n va independitzar i va esdevenir un país sobirà. La regió de Bucovina ha sofert dominacions i repartiments nombrosos al llarg de la seva història. En els temps en què transcorre l'acció de la novel·la pertanyia a Àustria; actualment està dividida entre Romania, Moldàvia i Ucraïna.
8 Els Carpats són un sistema muntanyós de l'Europa central que recorre els territoris d'Àustria, Txèquia, Eslovàquia, Polònia, Ucraïna, Romania, Sèrbia i Hongria.
9 posta: parador on s'aturaven els correus i les diligències per refrescar o canviar els cavalls.

Era ben entrada la nit quan hem arribat a Bistrita, ciutat antiga, situada pràcticament a les portes del pas del Borgo.[10] El comte m'havia escrit que parés a l'hostal Golden Krone, a la porta del qual ja m'esperava una àvia riallera, que m'ha acollit amb una reverència i m'ha demanat:

—Sou el *Herr*[11] anglès?

—Sí —he contestat—, sóc Jonathan Harker.

L'àvia ha somrigut i ha donat instruccions a un avi que se'ns havia atansat. L'home ha tornat al cap de poc amb una carta per a mi:

Benvolgut amic,

Benvingut als Carpats. Us espero amb impaciència. Descanseu aquesta nit. La diligència de Bucovina surt a les tres de la matinada; hi teniu un seient reservat. Al pas del Borgo us esperarà un carruatge que us conduirà al meu castell. Espero que el viatge des de Londres us hagi estat agradable i que gaudiu de l'estança en aquest bell país.

El vostre servidor,

Dràcula

4 de maig. Ahir a la nit vaig demanar a l'hostaler i la seva dona —l'àvia que em va rebre— si coneixien el comte Dràcula i si em podien dir alguna cosa del seu castell. Els dos vells van mirar-se espantats, es van senyar[12] i es van negar a parlar. Avui, però, poc abans que me n'anés, l'àvia m'ha fet una visita a la cambra i m'ha preguntat, neguitosa:

10 Congost, pas estret entre muntanyes, situat a l'est dels Carpats.
11 *Herr*: en alemany, 'senyor'.
12 senyar-se: fer el senyal de la creu al front i al pit per invocar la Santíssima Trinitat (Pare, Fill i Esperit Sant).

—Ai, *Herr*! Vós que sou jove, cal que marxeu avui?

—Sí, m'he d'ocupar d'un afer important —he contestat.

—Però sabeu quin dia és avui?

—Quatre de maig.

—Sí, sí! Això mateix! És la vetlla de Sant Jordi.[13] A mitjanit els genis del mal sortiran a rondar pels despoblats. Ja sabeu on aneu i per què hi aneu?

L'he vist tan angoixada que l'he volgut tranquil·litzar, però ha estat debades[14]. L'àvia s'ha agenollat i m'ha pregat que no marxés, o que endarrerís la sortida un parell de dies. Això m'ha inquietat, però cal que compleixi el meu deure. He provat d'aixecar-la i li he dit que li estava agraït, però que havia de marxar tant sí com no. Aleshores s'ha posat dempeus, s'ha descordat el rosari amb un crucifix que duia penjat al coll i me l'ha posat a mi, bo i dient:

—Quedeu-vos-el, per l'amor de la vostra mare! —I ha sortit de la cambra.

Escric aquestes línies mentre espero la diligència. El crucifix penja encara del meu coll. Sia per la por que ha demostrat l'hostalera, sia per les supersticions de l'indret o per la influència del rosari[15] mateix, un mal pressentiment s'ha ensenyorit de mi. Que aquest diari porti el meu darrer comiat a Mina,[16] si arriba a ella abans que jo. Ah, la diligència ja és aquí!

13 En els temps de la novel·la, mentre a l'Europa catòlica i luterana se seguia el calendari gregorià, a l'Europa ortodoxa, a la qual pertany Transsilvània, estava en vigor el calendari julià. Segons aquest, el 5 de maig correspon al nostre 23 d'abril, diada de Sant Jordi.

14 debades: en va, inútilment.

15 rosari: enfilall de grans, amb un crucifix lligat en un dels extrems, que en la religió catòlica serveix per comptar les avemaries que es van recitant durant l'oració.

16 Diminutiu de Wilhelmina (Wilhelmina Murray).

El castell, 5 de maig. Esvaïda[17] la grisor de l'alba, el sol s'alça sobre l'horitzó. Com que em costa dormir, escriuré fins que agafi el son. Són tantes les coses singulars que voldria relatar!

La matinada d'ahir, mentre esperava que la diligència arranqués, vaig veure que el cotxer xiuxiuejava amb l'hostalera. Estic segur que parlaven de mi, perquè es giraven per mirar-me, i unes quantes persones que se'ls van afegir també em van mirar, en general, com si els fes llàstima. A la conversa es pronunciaven tot de paraules estranyes, perquè hi participava gent de nacionalitats diverses; així doncs, vaig treure de la bossa el diccionari poliglota[18] i el vaig consultar.

No prometien res de bo, ho reconec, paraules com ara *Ordog* ('Satanàs'), *pokol* ('infern'), *stregoica* ('bruixa'), i *vrolok* i *vlkoslak*, termes eslovac i serbi, respectivament, que tots dos signifiquen una cosa com ara 'home llop' o 'vampir'.

Arribada l'hora del comiat, la multitud que s'aplegava a la porta de l'hostal es va senyar i va assenyalar-me amb dos dits. Un company de viatge em va explicar que allò equivalia a un conjur per protegir-me del mal d'ull[19], i confesso que no em va tranquil·litzar gaire aquest aclariment fet en el moment que partia cap a un indret desconegut per reunir-me amb un desconegut. Però tothom semblava tan bondadós i afligit per mi que em vaig commoure. Mai no oblidaré la darrera visió de l'hostal, amb la bona gent que se senyava sota l'arc de la porta. A la fi, el cotxer va fer petar el llarg fuet sobre els quatre cavalls i ens vam posar en marxa.

17 esvair: desaparèixer.
18 poliglota: escrit en diverses llengües.
19 mal d'ull: malefici.

Ben aviat la bellesa del paisatge va esvair les meves pors. Davant nostre s'estenia una contrada verda, poblada de turons boscosos. Els arbres fruiters eren florits i, als seus peus, l'herba tendra estava entapissada de pètals. La carretera feia pujada, però nosaltres hi volàvem amb una pressa del dimoni. Aleshores encara no entenia a què treia cap aquella cursa, però era evident que el cotxer frisava[20] per arribar al pas del Borgo com més aviat millor.

Per damunt dels turons s'alçaven els Carpats, una cresta interminable de penyals esmolats, coronada de majestuosos cims nevats i solcada, aquí i allà, per les cintes argentades dels torrents que es precipitaven muntanya avall.

Al llarg del trajecte vam creuar-nos, un cop més, amb els txecs i eslovacs, abillats amb les seves indumentàries pintoresques[21], i amb nombroses creus plantades al voral de la carretera. Vaig fixar-me que els meus companys de viatge se senyaven quan hi passàvem pel costat.

Cap al vespre, amb el sol que es ponia darrere nostre, les ombres ens van anar embolcallant. A mesura que s'atansava la nit, el fred s'accentuava i el crepuscle vestia els arbres d'una boirina fosca. De vegades, els turons eren tan costeruts que els cavalls només podien marxar al pas[22]. M'hauria agradat baixar del carruatge i seguir-los tot caminant, però heus aquí que el cotxer em va avisar:

—No ho feu! No us convé pas! Hi ha uns gossos ben ferotges en aquesta contrada. —I tot seguit, com si es tractés d'una broma sinistra[23], va afegir—: Haureu après unes quantes coses abans de ficar-vos al llit.

20 frisar: impacientar-se.
21 pintoresca: digna de ser reflectida en una pintura.
22 al pas: a poc a poc, sense córrer ni forçar la marxa.
23 sinistra: de mal auguri, que no anuncia res de bo.

El cotxer només va aturar la diligència en una ocasió, a fi d'encendre els fanals. S'havia fet fosc i els passatgers, neguitosos, li demanaven que s'afanyés. I l'home prou que fuetejava els cavalls sense pietat, i amb crits salvatges els abrivava[24]. El carruatge, a una velocitat de vertigen, es gronxava com un vaixell al bell mig del temporal, i un tros enllà, on la carretera es feia més planera, fins va semblar que volàvem. A través de la penombra, davant nostre, el camí s'entreveia com una claror grisenca, i el neguit dels companys de viatge creixia per moments. Les muntanyes, en aquell punt, començaven a tancar-se a banda i banda: per fi ens apropàvem al pas del Borgo.

Aleshores, l'un darrere l'altre, els passatgers em van anar oferint tot de regals, i ho feien amb tanta insistència que no els vaig poder rebutjar. Eren uns presents ben curiosos, com ara cabeces d'all i flors de roser de bosc, i me'ls lliuraven de bona fe, amb una paraula amable i una benedicció, acompanyats d'aquells gestos temorosos que ja havia observat a la porta de l'hostal: el senyal de la creu i el conjur contra el mal d'ull.

Al cap de poc, sense aturar mai la cavalcada, el cotxer va inclinar-se endavant per provar de veure alguna cosa en la distància, i els companys, imitant-lo, es van abocar pels costats del carruatge i van escodrinyar[25] amb ànsia la foscor. Era evident que passava alguna cosa emocionant, o estava a punt de passar, però ningú no em donava explicacions. A la fi vam albirar[26] el congost, que s'obria cap a l'est. Uns núvols negres cobrien el cel i es respirava aquell aire dens

24 abrivar: incitar o estimular.
25 escodrinyar: explorar o examinar una cosa minuciosament, amb detall.
26 albirar: veure al lluny.

i opressiu que anuncia la tempesta. Ara era jo qui buscava amb la mirada el vehicle que m'havia de dur fins al comte; a cada moment esperava veure la claror dels seus fanals, però no veia altra cosa que tenebres. Llavors el cotxer, girant-se cap a mi, va dir en un alemany més dolent que no el meu:

—Aquí no hi ha cap carruatge. Sembla que ningú no espera el *Herr*. Vindreu a Bucovina i hi tornareu demà o demà passat; millor demà passat.

No havia acabat de parlar que els cavalls van començar a renillar[27] i a saltar com cabres, i l'home va haver d'esforçar-se de valent per subjectar-los, mentre els passatgers cridaven i se senyaven. Just en aquell moment, se'ns va apropar per darrere una calessa[28] que es va aturar al costat de la diligència. Anava tirada per quatre bèsties esplèndides, negres com el carbó, i la menava un home alt, amb una llarga barba castanya. Un gran barret negre li ocultava el rostre, del qual només es distingia la brillantor dels ulls, que semblaven vermells a la llum dels fanals. Aquest home va saludar el nostre cotxer dient-li:

—Arribeu aviat aquesta nit, amic meu.

Va somriure tot parlant, i els fanals van il·luminar una boca d'expressió severa, de llavis molt vermells i dents esmolades, blanques com l'ivori[29].

—El *Herr* anglès tenia pressa —va explicar el cotxer, una mica acovardit.

27 renillar: el cavall, cridar.
28 calessa: carruatge de dos seients i dues o quatre rodes, amb capota i obert per davant.
29 ivori: vori; matèria blanca i dura de què estan formats els ullals de l'elefant, la morsa, el senglar i altres mamífers.

—Deu ser per això que li heu aconsellat que continués fins a Bucovina —va contestar el desconegut—. A mi no m'enganyeu, mestre. Sé moltes coses i els meus cavalls cavalquen veloços.[30]

En aquell instant, un dels meus companys va murmurar: «Perquè els morts viatgen veloços»; i el desconegut li va dedicar un somriure glaçat que va fer que el passatger mirés cap a una altra banda, senyant-se i encreuant els dos dits.

—Doneu-me l'equipatge del *Herr* —va demanar aleshores; i el meu equipatge li fou lliurat.

Vaig baixar de la diligència i el conductor enigmàtic em va ajudar a muntar a la calessa amb una mà que semblava de ferro; devia tenir una força prodigiosa.

A continuació, sense dir un sol mot, va fer petar les regnes i els cavalls ens van arrossegar cap a les tenebres del congost. Vaig mirar enrere i vaig veure que els passatgers se senyaven de bell nou. A mesura que els engolia la foscor, un calfred em recorria l'espinada i la solitud s'emparava del meu cor. El conductor, posant-me una capa sobre les espatlles i una manta sobre els genolls, em va fer saber:

—La nit és freda, *mein Herr*[31], i l'amo, el comte, m'ha demanat que tingui cura de vós. Si us ve de gust, teniu un flascó de *slivovitz*[32] sota el seient.

No el vaig tastar, l'aiguardent, si bé era un consol saber que en podia disposar. Em sentia estrany i no pas poc espantat. Si m'haguessin deixat triar, no hauria continuat aquell viatge nocturn cap a un indret desconegut. La calessa va viatjar a gran velocitat en línia

30 Vers del poema *Leonore*, de l'escriptor alemany Bürger.
31 *mein Herr*: en alemany, 'senyor meu'.
32 *slivovitz*: aiguardent de prunes, típic del país.

recta durant una estona; després va tombar per un altre camí igualment recte. Com que em va semblar que passàvem una vegada i una altra pel mateix indret, vaig agafar algunes roques com a referència i vaig comprovar que, en efecte, allò era el que fèiem. No vaig gosar preguntar res, però vaig sospitar que, per alguna raó, el cotxer s'acontentava a fer temps, en espera del moment propici per seguir endavant.

Vaig consultar el rellotge a la claror d'un llumí i vaig tenir un estremiment: faltaven pocs minuts per a les dotze. Els successos recents —no me n'amago pas— havien fet créixer la meva por envers les supersticions de la mitjanit, i just en aquell moment, com per donar-me la raó, un gos espantat va udolar en alguna masia propera, i tot seguit en va udolar un altre, i encara un altre; un cor de lladrucs es va enlairar de tots els racons de la contrada. Al cap d'uns instants, de les muntanyes de banda i banda va arribar una udoladissa[33] més forta i aguda, la resposta dels llops, i els cavalls, terroritzats tot d'una, es van encabritar. Tiraven les regnes com posseïts, i jo ja pensava saltar de la calessa i arrencar a córrer quan el cotxer va aturar el vehicle, va desmuntar i els va xiuxiuejar alguna cosa a l'orella, com solen fer els domadors. Les bèsties van recuperar la docilitat, ben cert, però no van deixar de tremolar. Després el cotxer va tornar al seu seient, va fer petar les regnes i vam reprendre la marxa a tota velocitat, aquesta vegada en direcció a l'altra sortida del congost, on vam tombar per una sendera que s'obria a la dreta.

Els arbres ens van envoltar i van reaparèixer els penyals amenaçadors; el vent gemegava i xiulava entre les roques, i el brancatge, da-

33 udoladissa: cor d'udols.

munt nostre, s'agitava i espetegava. El fred es va fer més intens i va començar a caure una neu fina, que empolsinava de blanc el paisatge. Mentrestant, el vent arrossegava els lladrucs dels gossos cada cop més lluny de nosaltres, però la udoladissa dels llops s'apropava i jo m'anava encongint de por. Tanmateix, era evident que, al cotxer, els udols no l'amoïnaven ni poc ni gaire[34].

Va ser llavors que vaig entreveure a l'esquerra una flama blavosa i tremolenca. El meu guia va aturar els cavalls, va saltar a terra i va desaparèixer en la foscor. De seguida va tornar i, sense badar boca[35], vam reprendre la cavalcada. Al capdavall, potser m'havia adormit i només el vaig somiar, aquest incident de la flama, perquè em va semblar que es repetia una vegada i una altra, i ara, en recordar-lo, el revisc com un malson.

En una ocasió, la flama cremava tan a la vora de la sendera que il·luminava els moviments del cotxer. L'home va córrer cap a la flama, va collir unes quantes pedres i les va col·locar en un cert ordre misteriós. En una altra ocasió, es va interposar entre la flama i jo sense ocultar-la; és a dir, vaig poder veure la claror blavosa parpellejant a través del seu cos. Allò em va sorprendre, però vaig pensar que m'enganyaven els sentits.

A l'últim, en una tercera parada, el cotxer es va allunyar una mica més que les vegades anteriors, i els cavalls, sentint-se desemparats, es van neguitejar com mai; renillaven i gemegaven de por. Jo ignorava la causa d'aquesta por, pensava que no podia tractar-se dels llops, perquè ja no se'n sentien els udols. Aleshores, però, va aparèixer la lluna enllà dels núvols negres, damunt la cresta esmolada d'un pe-

34 ni poc ni gaire: gens ni mica.
35 no badar boca: no obrir la boca, mantenir-se en silenci.

nyal, i a la seva claror vaig veure que ens havia rodejat una bandada de feres, d'ullals blancs i llengua vermella, potes robustes i pelatge eriçat, cent vegades més temibles en el seu silenci fosc que no pas quan udolaven. El terror em paralitzava mentre la llopada, un cop més, rompia a udolar a cor, talment com si la lluna exercís en ella un efecte peculiar. Els cavalls tiraven guitzes i donaven estrebades a les regnes, i jo a la fi vaig reaccionar i vaig cridar el cotxer com si m'hi anés la vida, al mateix temps que colpejava el costat de la calessa per espantar els llops.

No vaig veure tornar el meu guia, però tot d'una va aparèixer al mig del camí; parlava amb veu autoritària i gesticulava amb els braços, i les feres van fugir. Després un núvol va ocultar la lluna, i la tenebra ens va engolir de bell nou.

Tot plegat era tan extraordinari, tan misteriós, que l'espant em tenia clavat al seient. Tenia por de parlar i de moure'm, i el temps se'm va fer interminable mentre recorríem la sendera en una foscor quasi absoluta, ja que els núvols insistien a tapar la lluna. Vam continuar pujant durant bona part del camí, i a la fi, de la manera més inesperada, em vaig trobar ingressant al pati d'un castell enorme i ruïnós, de merlets[36] escantellats que es retallaven contra el cel, i de finestres negres i buides, sense un trist esclat de llum.

36 merlet: cadascuna de les torretes o dents que coronen el mur d'una fortalesa. L'espai entre merlet i merlet serveix als defensors per llançar projectils als atacants.

Capítol II

Diari de Jonathan Harker (continuació)

Em devia quedar adormit durant el camí. Altrament, si hagués estat despert, m'hauria adonat que ens acostàvem a aquest indret tan extraordinari. En la foscor, el pati em va semblar immens, i val a dir que encara no l'he pogut veure a la llum del dia.

Quan la calessa es va aturar, el conductor va descarregar el meu equipatge i em va ajudar a baixar. Un cop més, en vaig sentir la força prodigiosa; si s'ho hagués proposat, la seva mà podria haver esclafat la meva. Érem davant d'una porta gran i antiga, clavetejada[1] de dalt a baix, i amb la llinda[2] de pedra gastada pel pas dels segles. El cotxer es va enfilar de nou a la calessa i va empunyar les regnes; els cavalls el van arrossegar fins a una arcada tenebrosa, dins la qual van desaparèixer. En cap moment no m'havia deixat veure el seu rostre.

1 clavetejada: guarnida amb claus.
2 llinda: marc de pedra d'una porta.

Jo em vaig quedar allà palplantat, sense saber què havia de fer. La porta no tenia balda[3] ni campana, i la meva veu no la sentiria ningú a l'altre costat del mur. Mentre esperava, em van assaltar els dubtes i les temences. Quina mena de lloc era aquell i entre quina llei[4] de gent em trobava? En quina aventura obscura m'havia embarcat? Podia considerar com a tasca normal d'un advocat que m'enviessin a explicar a un estranger, i en país estranger, els detalls de la compra d'una propietat a Londres? Vaig fregar-me els ulls i em vaig pessigar per assegurar-me que estava despert. M'inclinava a creure que tot plegat era un malson i que, d'un moment a l'altre, em despertaria al llit de casa. Però la meva carn va reaccionar al pessic i els ulls no m'enganyaven: allò era el món real, el món dels Carpats...

Aquestes coses rumiava quan vaig sentir passes a l'altra banda de la porta i vaig veure, a través d'algunes clivelles[5] de la fusta, la resplendor d'una flama. A continuació vaig sentir enrenou de cadenes i forrellats[6]. Una clau va grinyolar en girar dins d'un pany i la gran porta es va obrir. Davant meu va aparèixer un home vell, alt, amb un gran bigoti blanc i ben retallat. Vestia de negre de cap a peus i sostenia un antic llum d'argent. Amb un gest cortès de la mà va convidar-me a entrar i, en un anglès perfecte, si bé curiós pel seu accent, va dir:

—Sigueu benvingut a casa meva! Entreu lliurement i per voluntat pròpia!

Tanmateix, no va fer un sol moviment per apropar-se'm, sinó que romania amb els peus clavats a terra, com una estàtua. Només

3 balda: picaporta; peça que, collada a la porta, serveix per trucar-hi.
4 llei: mena, classe.
5 clivella: esquerda.
6 forrellat: barra de ferro que serveix per blocar una porta per dins.

quan vaig haver travessat la llinda se'm va atansar i em va encaixar la mà amb tanta força que em vaig estremir, més que més perquè la tenia freda com el gel, com correspondria a un mort abans que a un viu. L'home va insistir:

—Benvingut a casa meva! Entreu sense neguit i deixeu-hi una engruna de la vostra felicitat!

La força de la seva mà era tan semblant a la del cotxer, el rostre del qual no havia arribat a veure, que per un instant vaig sospitar que parlava amb la mateixa persona. Per sortir de dubtes, li vaig preguntar:

—Sou el comte Dràcula?

—Sóc el comte Dràcula —va contestar fent una reverència—, i us dono la benvinguda a casa meva, senyor Harker. Passeu. L'aire de la nit és fred, i us cal menjar i repòs.

Tot parlant, va desar el llum en una lleixa[7] de la paret i va agafar el meu equipatge.

—Permeteu que l'agafi jo, comte —vaig protestar.

—De cap manera, senyor —va insistir ell—, sou el meu convidat. És tard i els servents fa estona que s'han retirat. Permeteu que jo mateix m'ocupi de la vostra comoditat.

Va traginar[8] les meves maletes rebedor enllà, i amunt per una monumental escala de cargol i, després, per un ample corredor, damunt les lloses del qual ressonaven les nostres passes. Arribats al final del corredor, va obrir una porta massissa que donava a una cambra ben il·luminada, amb una taula parada per sopar i una llar enorme on rugia el foc. Des d'aquí, el comte em va fer passar a

7 lleixa: prestatge adossat a una paret.
8 traginar: transportar.

un dormitori ample i acollidor, igual de ben il·luminat i escalfat per un bon foc. Va deixar el meu equipatge i es va retirar amb aquestes paraules:

—Ben segur que voldreu rentar-vos i mudar-vos després del llarg viatge; espero que aquí trobareu tot el que us cal. Quan enllestiu, torneu a l'altra cambra. Hi tindreu el sopar servit.

La llum, l'escalfor i la rebuda amable del comte havien esvaït qualsevol recel, i ara, amb la moral alta de bell nou, sentia que em moria de fam. Vaig fer una toaleta[9] ràpida i vaig passar al menjador, on hi havia un goig de taula. El meu amfitrió[10], dempeus al costat de la gran llar, va assenyalar la taula tot dient:

—Us prego que seieu i mengeu al vostre gust, i us demano que em perdoneu si no us hi acompanyo, però ja he sopat i no bec mai.

Aleshores vaig lliurar-li la carta segellada que el senyor Hawkins m'havia fet a mans. Va somriure mentre la llegia amb gran interès i me la va tornar perquè jo també la llegís. Un paràgraf en concret em va satisfer d'allò més:

«Lamento que un atac de gota[11] m'impedeixi de viatjar durant un temps. Però m'enorgulleixo del substitut que us envio. És un jove de la meva confiança, eficaç, enèrgic i de talent, fidel, discret i reservat, que s'ha fet home treballant al meu servei. Us atendrà gustosament i se sotmetrà a les vostres instruccions».

9 toaleta: acció de rentar-se i vestir-se a fi d'estar presentable.
10 amfitrió: persona que acull convidats a casa seva.
11 gota: malaltia causada per un excés d'àcid úric, el qual cristal·litza en les articulacions i provoca inflamacions molt doloroses.

El comte va destapar una safata i em vaig preparar per escurar un pollastre rostit deliciós, que vaig acompanyar amb un mica de formatge, una amanida i dues copes de vi. Mentre sopava, el comte em va preguntar sobre el viatge i vaig explicar-li tot el que m'havia passat. Enllestit l'àpat, em va pregar que atansés una cadira a la llar i em va oferir un cigar, tot disculpant-se perquè no fumava. Va ser llavors que vaig tenir ocasió d'observar-lo amb detall.

Tenia unes faccions singulars: el rostre afuat[12], la barbeta quadrada i forta, el nas prim i amb les ales arquejades, i el front alt i bombat, d'entrades molt marcades, si bé els cabells li creixien abundosos a la resta del cap. Les celles, molt poblades, quasi se li ajuntaven per damunt del nas; la boca, sota el bigoti, s'endevinava rectilínia i de rictus[13] cruel; i les dents, blanques i molt esmolades, sobresortien d'uns llavis d'una vermellor vivíssima, que revelaven una vitalitat extraordinària per un home de la seva edat. Les galtes eren fermes, però xuclades, i, en conjunt, la cara mostrava una pal·lidesa extrema. Quant a la resta dels seus trets, destacaven les orelles punxegudes i les mans, que de primer m'havien semblat blanques i fines, però que, vistes de prop, vaig trobar bastes, amples i de dits curts i gruixuts; li creixien pèls al bell mig del palmell, i les ungles, llargues i fines, estaven retallades en punta.

No vaig poder reprimir un calfred quan se'm va acostar per oferir-me el cigar. Potser va ser per culpa de la fetidesa[14] del seu alè, que em va provocar una nàusea que no vaig poder dissimular. El comte se'n va adonar, es va apartar i, amb un somriure sinistre que

12 afuat: llarg i prim.
13 rictus: contracció dels llavis, que dóna l'aspecte d'un somriure o un riure forçat.
14 fetidesa: olor repugnant.

ensenyava la dentadura protuberant, va tornar al seu seient a la vora del foc. Vam estar una estona en silenci. La claror que precedeix l'alba s'anunciava a la finestra. Hauria dit que arreu regnava una quietud estranya, però, parant orella, vaig sentir la udoladissa llunyana dels llops. Els ulls del comte van flamejar tot d'una, i va dir:

—Escolteu-los! Són els fills de la nit. Quina música tan bella! —I en veure que aquestes paraules em sorprenien, va afegir—: Ah, senyor meu! Vosaltres, els habitants de les ciutats, no compreneu els sentiments d'un caçador. —Aleshores es va alçar tot dient—: Deveu estar cansat. El llit us espera perquè hi dormiu tant com vulgueu. Seré fora fins a la tarda. Que descanseu i que somieu felicitat!

Dit allò, em va acompanyar a la porta del dormitori i, amb una reverència, es va acomiadar.

I les hores han anat passant sense que aconsegueixi dormir. Em confon tot el que he vist i el que he sentit. Tinc dubtes. Tinc por. Tinc pensaments inquietants que la meva ànima rebutja. Que Déu m'ajudi!

7 de maig. Un cop més apunta el dia[15], però he descansat i gaudit de les darreres vint-i-quatre hores. Vaig dormir fins que el cos em va dir prou i, tan aviat com vaig estar vestit, vaig passar a l'estança on havia sopat. Damunt la taula, al costat de l'esmorzar parat, m'esperava una carta que deia: «Seré fora una bella estona. No m'espereu. D.».

Enllestit l'esmorzar, vaig buscar la campaneta per avisar el servei, però no la vaig trobar. Tot i les mostres de riquesa, aquesta casa té algunes deficiències intrigants. La coberteria és d'or, i les cortines i la

15 apuntar el dia: fer-se de dia.

tapisseria, si bé antigues, són de teles refinades i costoses; però no hi ha miralls en cap estança, ni tan sols al meu tocador, de manera que vaig haver de recórrer al mirallet de viatge per afaitar-me i pentinar-me. D'altra banda, encara no he vist un sol servent ni he sentit cap soroll revelador de vida, tret dels udols dels llops.

Com que no volia vagar pel castell sense el permís del comte, i a fi de distreure'm en l'entretant, vaig buscar alguna cosa per llegir. No hi havia a l'estança ni llibres ni diaris, però vaig descobrir una porta que donava accés a una biblioteca.

Els prestatges eren farcits de llibres anglesos, i al bell mig hi havia una taula amb una pila de revistes i diaris, també anglesos, però cap ni un de publicació recent. Els llibres versaven[16] sobre història, geografia, política, economia, botànica, geologia, dret... Tots els aspectes de la meva Anglaterra hi eren tractats, i també la vida i els costums dels seus habitants. Mentre els fullejava, la porta es va obrir i va entrar el comte, que em va saludar afectuosament i va dir:

—Heu descobert la biblioteca i me n'alegro, perquè hi trobareu moltes coses que us poden interessar. Des que vaig tenir la pensada de viatjar a Londres, aquests bons companys, els llibres, m'han permès de conèixer la vostra Anglaterra, i conèixer-la és estimar-la. Friso per passejar pels carrers del Londres poderós, trobar-me al bell cor del remolí dels seus habitants i compartir la seva vida i totes les coses que fan de la vida londinenca allò que és. Tot i així, ai!, només conec la vostra llengua gràcies als llibres. Espero que vós m'ensenyareu a parlar-la amb correcció.

—Però, comte, si la parleu correctament! —vaig protestar.

16 versar: tractar.

—Us agraeixo el compliment, amic meu. És cert que en conec la gramàtica i les paraules, però en desconec la pronúncia.

—La coneixeu, i tant que sí!

—No, jove. A Londres, només de sentir-me parlar, em reconeixerien com a foraster, i això no m'agrada. Aquí sóc un noble, el poble em coneix i m'accepta com a amo i senyor. Però un foraster en terra estranya no és ningú; com que els homes no el coneixen, no el respecten. Vós, senyor, no sou aquí només com a enviat de l'amic Peter Hawkins, d'Exeter,[17] per informar-me de la propietat que he adquirit a Londres, sinó que us quedareu un temps amb mi a fi d'ensenyar-me a parlar com un anglès de debò.

Vaig assegurar al comte que el complauria, i li vaig demanar si podia entrar a la biblioteca sempre que volgués.

—Podeu entrar allà on vulgueu —va contestar—, llevat que hi trobeu les portes tancades. Aquí, cada cosa té la seva raó per estar com està. I si vós veiéssiu amb els meus ulls i sabéssiu el que jo sé, ho entendríeu. Som a Transsilvània, senyor; els nostres costums no són els vostres, i veureu coses que us semblaran estranyes.

Aquestes paraules van donar peu a una llarga conversa, en el decurs de la qual el comte va contestar moltes preguntes meves, si bé en algunes ocasions va fer veure que no les sentia i canviava de tema. Li vaig preguntar, per exemple, pel cotxer i les flames blaves, i em va explicar que hi ha la creença que, en una nit concreta de l'any —precisament la nit anterior—, quan els mals esperits vagaregen al seu gust, una flama blava crema allà on s'oculta un tresor.

17 Ciutat del sud-est d'Anglaterra, capital del comtat de Devon.

—Hi ha tresors amagats a la contrada que vau travessar ahir a la nit, perquè durant segles va ser un camp de batalla i amb prou feines queda un pam de terra que no s'hagi nodrit de la sang de patriotes o invasors. Ara bé, quan triomfaven els enemics, poca cosa es podien endur, perquè la gent del país ja s'havia preocupat d'enterrar les seves riqueses.

Vam parlar de moltes altres qüestions també, fins que el comte va dir:

—Si us plau, parleu-me de Londres i de la llar que heu adquirit per a mi.

De manera que vam repassar la documentació de la casa que el comte, amb nosaltres com a mitjancers[18], havia comprat; i quan la va haver signada, vaig ficar-la en un sobre acompanyada d'una nota, a fi d'enviar-la al senyor Hawkins. Després el comte va voler saber com m'ho havia fet per trobar un indret tan escaient per als seus gustos, i li vaig llegir els apunts que havia pres en el seu moment i que afegeixo a continuació:

«En un carreró de Purfleet[19] he trobat la casa que convé al nostre client. Un cartell anuncia que la propietat està en venda. L'encercla un mur antic de pedra que demana a crits una restauració: les portes són de roure massís, però vell i clivellat, amb les reixes de ferro menjades pel rovell.

»La finca es diu Carfax i deu tenir unes vuit hectàrees, envoltades completament pel sòlid mur abans esmentat i ben poblades d'arbres, amb un estany fosc i profund. La casa és gran i antiquíssima;

18 mitjancer: intermediari.
19 Localitat molt propera a Londres.

em sembla que es remunta a l'edat mitjana, perquè una de les façanes és de carreus[20] molt gruixuts, amb finestres molt altes i enreixades. Potser formava part d'una torre, i s'alça a tocar d'una vella capella que no he pogut visitar perquè està tancada amb clau. Amb tot, he fet unes quantes fotografies amb la Kodak.[21] Hi ha poques cases al veïnat, entre les quals una de particularment gran que allotja un manicomi».

El comte va mostrar la seva satisfacció pel que li havia llegit:

—M'agrada que sigui vella i gran. Jo mateix pertanyo a una vella família, i viure en una casa nova m'entristiria. També m'agrada que tingui una capella antiga; els nobles transsilvans no permetríem per res del món que els nostres ossos descansessin entre els morts corrents. A més, estimo les ombres i la foscor; ja no sóc jove, i el meu cor, després d'haver plorat durant molts anys els difunts, no troba consol en les diversions.

Això darrer ho va dir amb un somriure maligne i misteriós; i tot seguit, excusant-se, es va retirar. Va tornar al cap de gairebé una hora.

—Us retrobo voltat de llibres! —va exclamar—. No hauríeu de forçar tant l'intel·lecte. Veniu! M'han dit que el sopar ja és a taula.

Em va agafar de bracet[22] i vam passar al menjador, on, efectivament, m'esperava un àpat excel·lent. Un cop més, el comte es va disculpar: no compartiríem taula perquè ja havia menjat alguna cosa

20 carreu: pedra grossa, més o menys escairada, que s'empra en la construcció de murs.
21 *Dràcula* fou publicada l'any 1897, una època en què la Revolució Industrial estava proporcionant grans avenços tecnològics, com ara la càmera fotogràfica —que aquí s'esmenta amb el nom de la marca Kodak—, el telègraf, el fonògraf i el ferrocarril. L'autor contraposa aquests referents de la modernitat al conjunt de supersticions i tradicions pròpies dels temps passats, que són el nus de la novel·la.
22 de bracet: amb els colzes entrellaçats.

mentre era fora. Però, igual que la nit abans, va seure vora la llar i em va donar conversa. Després vam seguir xerrant i va interrogar-me sobre tota mena de coses.

D'aquesta manera, conversant una hora rere l'altra, ha arribat la matinada. En el moment que el cant del gall esquinçava l'aire clar, el comte s'ha alçat d'un bot i s'ha acomiadat amb una de les seves reverències.

Jo he fet cap al dormitori i he descorregut les cortines, si bé hi ha ben poca cosa a veure, tret del cel gris que tot just es desperta. La finestra, tancada amb uns barrots de ferro, dóna al pati.

8 de maig. Hi ha alguna cosa ben estranya en aquest indret, i això em neguiteja. Tant de bo fos lluny d'aquí, i sa i estalvi[23]! Tant de bo no hi hagués vingut mai! Potser el neguit és culpa de la vida nocturna que aquí s'hi mena, i de la solitud que hi regna en tot moment. Si tingués algú per parlar-hi, se'm faria més suportable; però només parlo amb el comte, i el comte... Bé, podria ser que jo fos l'única ànima vivent del castell! Provaré d'explicar-me amb claredat; l'exercici m'ajudarà a tenir a ratlla la imaginació, perquè si aquesta se'm desferma[24], estic perdut.

He dormit unes poques hores i, en llevar-me, he posat el mirallet de viatge al costat de la finestra i he començat a afaitar-me. De sobte, he sentit una mà a l'espatlla, i també la veu del comte, que deia: «Bon dia». M'he espantat perquè no l'he vist acostar-se, tot i que el mirall reflectia la totalitat del dormitori. Aleshores m'he girat per saludar-lo i, en mirar-me de nou al mirall, m'he adonat que

23 sa i estalvi: fora de perill.
24 desfermar-se: desbocar-se, perdre la contenció.

m'havia fet un tall de no res amb la navalla. Ah, si la cosa hagués quedat en això i prou... Però a continuació, he tingut la certesa que el comte no es reflectia al mirall! Veia el dormitori darrere meu, però ni l'ombra d'un altre home. Aquest fenomen tan desconcertant ha fet créixer la inquietud que sento quan tinc el comte a la vora. Com que el tall sagnava una mica i la sang em degotava per la galta, he deixat la navalla per buscar l'esparadrap. Ha estat llavors que el comte s'ha fixat en la ferida, i els ulls li han flamejat amb una fúria diabòlica. De sobte, ha estirat la mà cap a la meva gola! He fet un pas enrere i la mà tot just ha fregat el crucifix que porto al coll. En aquell moment, la seva fúria s'ha apaivagat, si bé m'ha advertit:

—Feu atenció a no tallar-vos. En aquest país és més perillós que no sembla. —Llavors ha agafat el mirallet i ha afegit—: I aquest és l'objecte maleït que ha causat el mal, un vil[25] ornament de la vanitat humana! —Tot seguit, obrint la finestra amb aquella mà vigorosa[26], ha llançat el mirall, que s'ha trencat en mil bocins contra les lloses del pati.

I fet això, se n'ha anat sense acomiadar-se.

Al menjador, l'esmorzar ja m'esperava, com de costum; però el comte no s'hi ha deixat caure i he menjat tot sol. Quin home tan peculiar! Encara és hora que el vegi menjar o beure alguna cosa!

Havent esmorzat, he volgut explorar una mica el castell. He sortit a l'escala i, al pis de dalt, he trobat una estança que mira al sud. El paisatge que s'hi contempla és magnífic. El castell s'alça al caire d'una cinglera[27] que talla l'alè i que l'envolta per tres costats. Fins on

25 vil: indigne, infame, menyspreable.
26 vigorosa: forta, plena d'energia.
27 cinglera: conjunt de cingles; és a dir, parets verticals de gran alçada, penya-segats, precipicis.

arriba la vista, s'estén una mar verda d'arbres, solcada aquí i allà pels profunds barrancs que han excavat uns rius brillants com l'argent.

Però ara no estic d'humor per parlar de bellesa, perquè, després d'embadalir-me[28] amb les vistes, he reprès l'exploració i he anat passant per davant de portes, portes i més portes, tancades totes amb pany i clau! No hi havia cap sortida a l'exterior, llevat de les finestres. El castell és una presó i jo hi sóc pres!

28 embadalir-se: estar absort contemplant alguna cosa.

Capítol III

Diari de Jonathan Harker
(continuació)

La certesa que sóc presoner m'ha fet embogir tot d'una, i he arrencat a córrer amunt i avall de l'escala, provant d'obrir cada porta i abocant-me a cada finestra. A la fi, convençut de la meva impotència, m'he assegut per reflexionar. Però ara com ara, només he arribat a una conclusió: no he de compartir les meves sospites amb el comte. Sap prou bé que sóc presoner del castell, perquè és ell qui m'hi ha empresonat, i no hi puc confiar. Cal que li amagui la por que m'inspira i que tingui els ulls ben oberts perquè o bé aquesta por m'enganya, com li passaria a un nen, o bé em trobo en un gran destret[1]. I en aquest cas, em caldrà tenir la ment desperta per actuar.

Totes aquestes coses rumiava, assegut a l'escala, quan he sentit que es tancava la gran porta del pati; el comte havia tornat. Sigil·losament, m'he encaminat a les meves estances i, espiant per l'escletxa de la

1 destret: situació difícil, problemàtica o perillosa.

porta, l'he descobert que m'estava fent el llit. Després ha parat la taula del menjador. Això ha confirmat la meva sospita que no hi ha servents a la casa, sinó que és el comte en persona qui s'ocupa del servei, i, per tant, per força és ell l'home que conduïa la calessa que em va portar fins aquí. Es tracta d'una conclusió esgarrifosa, perquè vol dir que el comte té el poder de governar els llops amb un gest de la mà. Ara bé, per quins mitjans ho aconsegueix? I per què patien tant per mi la bona gent de Bistrita i els passatgers de la diligència? Per què em van regalar el rosari amb el crucifix, l'all i el roser de bosc? Ah, i com beneeixo l'àvia que va posar-me el crucifix al coll, perquè em dóna consol i força quan l'acaricio...

En endavant, aprofitaré les converses amb el comte per esbrinar tot el que pugui. Llavors potser entendré què està passant. Amb tot, he de ser prudent. No em convé que el meu amfitrió sospiti.

El mateix dia, a mitjanit. He conversat llargament amb Dràcula. Li he fet preguntes sobre la història de Transsilvània, i me n'ha parlat d'una manera —sobretot de les guerres— que semblava ben bé que hagués participat en totes les batalles.

—Els Dràcula ens enorgullim del nostre nom —ha explicat—, perquè corre per les nostres venes la sang de races valentes que van combatre l'enemic amb la braó[2] dels lleons. A la meva sang hi habita l'esperit guerrer d'Àtila,[3] que va superar en grandesa qualsevol di-

2 braó: empenta, decisió, passió.

3 Àtila va ser el darrer rei del poble dels huns, i el més poderós. Va néixer l'any 406 i va morir el 453, havent governat el més gran del imperis de l'Europa del seu temps, un imperi que s'estenia des del riu Danubi fins a la mar Bàltica i la mar Negra. Es va enfrontar amb l'Imperi romà, que ja estava en decadència, i va estar a punt de conquerir Roma. Això explica que la llegenda, a Occident, ens el presenti com un personatge cruel: «Àtila, l'assot de Déu».

moni o bruixa que hagi existit mai. Però els temps de les batalles han passat. En els nostres dies de pau deshonrosa, la sang és un bé massa preuat i les glòries de les grans races són llegenda.

Després, com que ja apuntava el dia, ens hem allitat.

12 de maig. Ahir a la nit, el comte em va preguntar sobre qüestions legals i sobre els procediments a seguir en determinats afers, com ara l'enviament de mercaderies a Anglaterra. Després, quan va estar satisfet, es va alçar i em va demanar:

—Digueu, a part de la nota que l'altre dia vau adjuntar a la documentació signada per mi, heu tornat a escriure al nostre amic, el senyor Peter Hawkins, o a algú altre?

Amb amargor, vaig contestar que ningú no m'havia ofert l'oportunitat d'enviar cap més carta.

—En aquest cas, escriviu ara mateix, jove —em va convidar, posant-me una mà feixuga[4] a l'espatlla—. Escriviu al nostre amic, o a qui us plagui, i digueu-li que encara us quedareu amb mi un mes sencer.

—Tant de temps desitgeu que em quedi? —vaig fer, amb el cor glaçat.

—Ho desitjo tant, amic meu, que no acceptaré una negativa —va dir—. Quan el vostre patró em va fer saber que m'enviava un substitut, va prometre que aquest substitut s'ocuparia de les meves necessitats, oi que és així?

I què podia fer jo, tret d'assentir? He de pensar en els interessos del senyor Hawkins, no pas en els meus. A més, amb la seva mirada

4 feixuga: pesant.

plena d'intenció, el comte em recordava que sóc el seu presoner i que no tinc altra alternativa que obeir. El meu posat abatut el devia convèncer del seu poder sobre mi, perquè va afegir:

—Us prego que en aquestes cartes només parleu de negocis. És clar que als vostres amics també els agradarà saber que esteu bé, i no dubto que és justament això el que els direu.

I mentre parlava, va posar-me al davant tres fulls i tres sobres. El seu somriure, amb les dents canines[5] que li fregaven aquell llavi inferior tan vermell, em va fer comprendre que qualsevol cosa que jo escrivís, ell la llegiria. Per prudència, doncs, em vaig limitar a redactar unes notes formals per al senyor Hawkins i per a Mina, però vaig decidir que també els escriuria d'amagat. Amb Mina, en concret, empraria l'escriptura taquigràfica. D'aquesta manera, si el comte interceptava el correu secret, no podria desxifrar-ne el contingut.

Vaig redactar les dues cartes i després vaig seure en silenci, fent veure que fullejava un llibre qualsevol, mentre el comte també preparava el seu correu. Quan el va haver enllestit, va ajuntar les cartes de l'un i l'altre, va deixar-les damunt la taula i va sortir. La porta no s'havia tancat del tot que jo ja saltava cap a la taula. La primera de les cartes del comte anava adreçada a Samuel F. Billington, número 7 de The Crescent, Whitby, i la segona a Herr Leutner, de Varna;[6] la tercera era per a Coutts & Co., de Londres, i la quarta per a Klopstock & Billreuth, banquers de Budapest. Els sobres de la segona i la

5 dent canina: ullal, dent més o menys acabada en punta que se situa a cada costat de les dents incisives o frontals.

6 Whitby és una vila i port important del comtat de North Yorkshire, situada a la costa nord-est d'Anglaterra. Varna és una ciutat portuària de l'est de Bulgària, a la riba de la mar Negra.

quarta carta encara eren oberts, i anava a llegir-les quan vaig sentir que el pom de la porta girava. Vaig córrer a seure i vaig reprendre la lectura, dissimulant. El meu amfitrió, aleshores, va recollir les cartes, hi va posar els segells i va dir:

—M'haureu de perdonar una altra vegada. Tinc moltes coses a fer i seré fora tota la nit. —I ja era a la porta, quan va girar-se i va afegir—: Només un advertiment, amic meu: en cap cas no dormiu enlloc més que no siguin les vostres estances. El castell és vell i ple de records, i reserva alguns malsons per a aquells que dormen on no toca. Quan sentiu que la son us venç, aneu de dret al vostre dormitori. Així descansareu fora de perill. N'esteu advertit!

Allà on ell sigui, allà sí que em fa por dormir! He penjat el crucifix al capçal del llit i l'hi penso deixar. Només així em sento protegit dels malsons.

Més tard. El comte se n'ha anat i jo m'he tancat al dormitori; però, passada una estona, com que no sentia cap soroll, he sortit a l'escala i he pujat a l'estança que mira al sud. Necessitava aire fresc, encara que fos nocturn. Amb tot, mentre m'abocava a la finestra, no podia evitar de sentir-me presoner un altre cop.

He estat embadalit durant hores, admirant aquell paisatge grandiós i tan bell a la llum suau de la lluna, i cada glopada d'aire que empassava em proporcionava pau i consol. Faltava poc per a l'alba quan m'he inclinat damunt l'ampit[7] de la finestra i he percebut un moviment al pis de sota, cap a l'esquerra, on m'afigurava que el comte tenia el dormitori. I, certament, era el seu cap allò que s'abo-

7 ampit: part inferior del marc de la finestra, que permet recolzar-s'hi per mirar enfora.

cava a la finestra. De primer, m'ha semblat una coincidència divertida, però he experimentat esgarrifança i repulsió quan, tot seguit, el cos sencer del comte ha sortit per la finestra i ha començat a reptar[8] de cap per avall pel mur del castell, suspès damunt la cinglera espantosa. Em negava a creure allò que veien els meus ulls! La capa se li desplegava com unes ales gegantines, i amb els dits de mans i peus s'aferrava als caires de les pedres mentre es despenjava fins a terra a una velocitat notable, com un llangardaix.

Quina mena d'home és el meu amfitrió? O quina mena de criatura amb aparença d'home és? M'aclapara el terror que regna en aquest indret esgarrifós. Tinc por, una por espantosa. Fins m'espanto de la meva ombra! Però no hi veig escapatòria.

15 de maig. Avui, una altra vegada, he vist el comte que sortia per la finestra com un llangardaix, i he aprofitat l'ocasió per explorar més a fons el castell. He provat un cop més d'obrir totes les portes, però tal com em pensava, seguien tancades. Aleshores he baixat l'escala fins al vestíbul i he despassat[9] els forrellats i les cadenes de la porta principal. També era tancada. Potser el comte en guarda la clau a la seva cambra, i, en aquest cas, faria ben fet de provar d'entrar-hi per qualsevol mitjà. Perquè si la trobés, llavors em podria escapar.

Decebut, he reprès la minuciosa exploració i he anat a parar al davant d'una nova porta que, inesperadament, s'ha obert quan l'he empès. Així és com he descobert aquesta cambra on sóc ara. És en una ala del castell situada més a la dreta del meu dormitori, i un pis per sota. Com que les finestres no tenen cortines, la llum brillant de

8 reptar: caminar arrossegant-se com un rèptil.
9 despassar: descórrer.

la lluna es filtra a través dels vidres. Una capa gruixuda de pols cobreix el mobiliari i dissimula els estralls[10] que hi han fet el temps i els corcs. Hi regna una solitud que glaça la sang, però, tot i així, m'estimo més ser aquí que a les estances on visc confinat com un pres i que avorreixo per culpa de la proximitat del comte. Ara, amb l'ànim una mica més serè, sec davant d'una tauleta de roure i redacto aquestes notes en escriptura taquigràfica. Vivim en la modernitat del segle XIX, i, tanmateix, penso que aquesta modernitat és incapaç de combatre els poders obscurs que hem heretat dels segles passats.

16 de maig, al matí. Que Déu em conservi el seny, perquè la confiança en les coses que veig i sento ja és cosa del passat! Heus aquí el meu sol desig: que no em torni boig durant l'estada al castell, si és que ja no sóc boig a hores d'ara. Ara bé, si és cert que continuo tenint seny, llavors és de bojos pensar que, de totes les coses nauseabundes[11] que habiten aquest indret odiós, el comte n'és la menys terrible, i que la meva seguretat depèn d'ell, almenys mentre li sigui útil. Déu misericordiós, fes que no perdi la calma, que no m'enfonsi en el deliri! Sortosament[12], la redacció d'aquest diari em proporciona un cert consol.

Ahir a la nit, quan vaig acabar d'escriure i vaig haver guardat el diari a la butxaca, em va venir la son. Vaig recordar l'advertència del comte que en cap cas no dormís fora de les meves estances, però temptat pel desig de desobeir, vaig decidir que passaria la nit en aquella mateixa cambra. Em vaig estirar en un sofà gran i polsegós i

10 estrall: dany, destrossa.
11 nauseabunda: que provoca nàusees, repugnant.
12 sortosament: per sort.

vaig tancar els ulls. I potser sí que em vaig adormir; si més no, així ho espero... Tot i que reconec que el que va passar a continuació va ser tan real, tan esgarrifosament real, que ara, a la claror del dia, em costa de creure que només fos un somni.

No estava sol a la cambra; hi havia tres dames joves davant meu, i, tal vegada perquè no projectaven cap ombra a terra, vaig creure que les somiava. Se'm van atansar i van intercanviar algunes paraules en xiuxiuejos. Dues eren brunes, de nas aguilenc, com el comte, i amb uns grans ulls negres i de mirada penetrant, que desprenien reflexos vermells a la llum blanca de la lluna. La tercera era rossa com el sol, de cabellera abundant i daurada, i tenia els ulls d'un blau molt pàl·lid, com dos safirs[13]. Totes tres ensenyaven unes dents blanques i enlluernadores, que brillaven com perles damunt del robí[14] dels seus llavis voluptuosos[15]. Però hi havia alguna cosa en elles que em neguitejava; les desitjava i les temia alhora. Vaig sentir el desig, ardent i maligne, que em besessin amb aquells llavis. No està bé que escrigui això, perquè algun dia Mina ho podria llegir i li doldria, però és la veritat.

Xiuxiuejaven entre elles, i van esclafir a riure amb una rialla musical, si bé massa forta, impròpia de criatures humanes. La jove rossa va fer un gest ple de coqueteria, i una de les companyes li va dir:

—Endavant! Nosaltres et seguirem. A tu et correspon el dret de començar.

—És jove i fort. Hi haurà prou petons per a les tres —va afegir l'altra companya.

13 safir: pedra preciosa de color blau.
14 robí: pedra preciosa de color vermell.
15 voluptuós: sensual, que desperta el desig.

Mentrestant, jo continuava immòbil, amb els ulls mig aclucats, frisant perquè comencessin. La jove rossa se'm va apropar. Ja podia flairar-ne l'alè, que era dolç com la mel, tot i que no arribava a ocultar una certa fortor amarga, que vaig reconèixer com l'olor de la sang. Es va agenollar i va inclinar-se damunt meu amb un deler[16] que era excitant i repulsiu alhora. Es llepava els llavis igual que una fera i amb la llengua vermella s'acariciava les dents blanques i punxegudes. Va inclinar-se encara més, i els seus llavis van recórrer els meus, i després van anar baixant per la barbeta i més avall, fins que vaig sentir al coll la tebior del seu alè, i la duresa de les seves dents que em fregaven la pell. Vaig tancar els ulls i vaig esperar, amb el cor que em palpitava[17].

En aquell instant, però, un calfred em va recórrer l'espinada. El comte havia aparegut de sobte i, amb la seva mà poderosa, engrapava el coll esvelt de la dama rossa i l'apartava de mi amb la força d'un colós[18]. Mai no havia imaginat una fúria semblant. Els ulls li llampegaven amb una llum vermella esgarrifosa, com si les ninetes li cremessin amb les flames de l'infern. Tenia el rostre pàl·lid com un mort, i les celles tan espesses se li ajuntaven per damunt del nas i recordaven una barra de metall incandescent[19]. Amb un moviment ferotge del braç, va empènyer la jove lluny de mi, i a les seves companyes les va fer recular sense tocar-les, només amb aquell gest que jo l'havia vist emprar amb els llops.

—Com goseu tocar-lo? —va rugir, amb una veu que tallava l'aire—. Com goseu ni tan sols mirar-lo, si us ho tinc prohibit?

16 deler: desig, anhel.
17 palpitar: bategar, el cor, acceleradament i amb força.
18 colós: gegant.
19 incandescent: que desprèn llum a causa de l'alta temperatura.

Aneu-vos-en! Aquest home em pertany i us les haureu amb mi, si us hi acosteu!

La jove rossa va riure amargament i va protestar:

—Tu no saps estimar. Tu no estimes!

I les seves companyes s'hi van afegir amb unes rialles tan tristes i inhumanes que quasi em desmaio en sentir-les.

—Sí, jo sé estimar —va murmurar el comte—. Vosaltres prou que ho sabeu, o potser ja heu oblidat els temps passats? Us prometo que, així que hauré acabat amb ell, podreu besar-lo tant com voldreu. I, ara, aneu-vos-en! Fora! És hora que el desperti; tenim feina a fer.

—Així, ens deixes sense res aquesta nit? —va demanar una de les dones. I, dient això, somreia i assenyalava un sac que el comte havia desat en un racó i es bellugava com si contingués alguna cosa viva.

Dràcula va assentir amb el cap, com donant-los consentiment, i elles van saltar sobre el sac i el van obrir. Si l'oïda no em va enganyar, vaig sentir un gemec i el plor ofegat d'un infant; però quan vaig voler mirar, les tres dames ja s'havien esvaït emportant-se el trofeu horrible. Sospito que devien esfumar-se entre els rajos de la lluna, perquè em va semblar que distingia tres siluetes molt tènues[20], amb prou feines tres ombres, a l'exterior de la finestra. En aquell moment, terroritzat fins al límit, vaig perdre el coneixement.

20 tènue: gairebé invisible.

Capítol IV

Diari de Jonathan Harker (continuació)

M'he despertat al meu dormitori. Si l'experiència d'ahir a la nit no va ser només un somni, és el comte qui em devia ficar al llit. Hi ha indicis que m'ho fan pensar: la meva roba plegada i desada d'una manera impròpia de mi, i el rellotge de butxaca aturat, quan tinc el costum de donar-li corda cada nit, abans d'allitar-me. Ben mirat, però, aquests indicis també podrien demostrar com està de trastornada la meva ment. D'una cosa me n'alegro: si és el comte qui em va allitar, devia fer-ho a corre-cuita i sense escorcollar-me[1] les butxaques. Altrament, hauria descobert el diari i l'hauria destruït.

Ara contemplo aquest dormitori que tant avorria i em sembla un santuari. No hi ha res de tan esgarrifós com aquelles dones abominables[2] que esperaven, que esperen encara!, el moment de xuclar-me la sang.

1 escorcollar: examinar minuciosament alguna cosa.
2 abominable: odiosa, detestable.

18 de maig. He volgut visitar a la llum del dia la cambra on se'm van aparèixer les dones, però l'he trobat tancada. Sembla barrada per dins. Tinc por que l'aparició no fos només un somni. Cal que actuï en conseqüència.

19 de maig. Ara ja és ben clar que estic en un greu destret. Ahir a la nit el comte em va demanar que escrivís tres cartes: l'una per explicar que la meva tasca a Transsilvània estava quasi enllestida i que partiria cap a Anglaterra d'aquí a pocs dies; una altra, per dir que sortia l'endemà mateix de la data que constava a la carta; i la tercera, per anunciar que ja havia abandonat el castell i arribat a Bistrita. Per justificar aquesta petició tan sospitosa, em va explicar que a Transsilvània el correu és lent i gens fiable, però que, si enviava amb temps les cartes, podia estar segur que arribarien a la seva hora i garantirien la tranquil·litat dels meus amics. Voldria haver-m'hi negat, però sóc a les mans del comte i temo les conseqüències de la seva ira. Està convençut que sé massa coses i que em cal morir. La meva única sortida és esperar que se'm presenti l'ocasió de fugir; de manera que vaig fingir que hi estava d'acord i li vaig preguntar quines dates havia de posar a les cartes.

—La primera hauria de ser del 12 de juny; la segona, del 19, i la tercera, del 29.

Així doncs, ara sé el que em queda de vida. Que Déu m'empari!

28 de maig. A la fi, una oportunitat d'escapar o, almenys, d'enviar notícies: una colla de zíngars[3] ha acampat al pati del castell. N'hi ha

3 zíngar: gitano.

milers a Hongria i Transsilvània. Viuen pràcticament al marge de la llei i acostumen a treballar per a algun noble, del qual adopten el cognom; no tenen por de res, ni tampoc religió, tot i que són molt supersticiosos, i parlen la llengua romaní[4]. Escriuré dues cartes i demanaré als zíngars que les enviïn.

Ja he escrit les cartes. La de Mina està en taquigrafia, i al senyor Hawkins només li demano que es posi en contacte amb ella. Així, en el cas que caiguin a les mans del comte, aquest no s'assabentarà que sospito d'ell. A Mina li explico la meva situació, però li estalvio els horrors; si li obrís el cor, la pobra es moriria de por.

He lliurat les cartes als zíngars. Els les he llançades per entre els barrots de la finestra, acompanyades d'una moneda d'or, i els he demanat per signes que les enviïn. L'home que les ha recollit les ha premut contra el pit, ha fet una reverència i se les ha amagades al barret. Ja està fet. Com que el comte no hi era, he passat l'estona llegint i escrivint. Quan ha tornat, s'ha assegut amb mi i ha murmurat amistosament, mentre obria dues cartes:

—Un zíngar m'ha fet a mans aquestes cartes. No sé d'on vénen, però ara ho esbrinaré. Vegem-ho! Una és vostra, per al meu amic Peter Hawkins; l'altra... —En aquest moment ha descobert els signes taquigràfics i la seva expressió ha esdevingut sinistra; els ulls li han llampegat amb una flama maligna i ha cridat—: L'altra és un objecte vil, una ofensa a l'amistat i l'hospitalitat! Però no està signada... Bé, en aquest cas no li donarem cap importància —ha afegit, tot acostant el sobre i la carta a la flama del llum i per cremar-los. Aleshores ha dit—: La carta per a Hawkins l'enviaré, naturalment,

4 romaní: llengua gitana.

perquè és vostra i les vostres cartes són sagrades per a mi. Perdoneu que l'obrís. Voleu tancar-la una altra vegada?

El comte m'ha donat la carta i un sobre nou. Hi he escrit l'adreça i li he tornat la carta en silenci.

31 de maig. Avui m'he llevat amb la idea d'agafar de l'equipatge uns quants sobres i paper, i guardar-me'ls a la butxaca a fi d'escriure a Mina si se'm presenta una nova ocasió; però ha desaparegut qualsevol rastre de paper del meu equipatge! M'he quedat sense les notes, sense les guies i els horaris dels transports, sense la carta de crèdit[5] i sense res que em pugui servir d'ajuda si mai arribo a sortir del castell. També han desaparegut el vestit amb què vaig arribar, l'abric i la manta de viatge.

17 de juny. De bon matí he sentit al pati un espetec de fuets i enrenou de cavalls. M'he abocat a la finestra i he vist que hi entraven dues grans carretes, cadascuna tirada per vuit cavalls robustos i guiada per un eslovac vestit amb el barret ample, el cinturó tatxonat de claus i les botes altes. He volgut baixar al rebedor per reunir-me amb ells, però la porta de la cambra era barrada per fora! He tornat a corre-cuita a la finestra i els he cridat. M'han mirat i m'han assenyalat. Aleshores el cap dels zíngars els ha dit alguna cosa i han esclafit a riure. Després, per més que he suplicat, ni tan sols m'han tornat a mirar. Han descarregat unes grans caixes de fusta amb nanses de corda i les han apilat en un racó del pati. Per la lleugeresa amb què les traginaven, em sembla que són buides. Enllestida la feina, el cap dels zíngars els ha pagat i han marxat.

5 carta de crèdit: document pel qual la persona que el signa ordena a algú, per exemple un banc, que doni diners a la persona que el porta.

24 de juny. Ahir a la nit el comte es va retirar d'hora al seu dormitori, i jo, després de fer el cor fort, vaig pujar l'escala i vaig mirar per la finestra que dóna al sud amb la intenció de vigilar els moviments del meu amfitrió. Darrerament hi ha molta activitat en aquesta casa. Els zíngars han tornat i treballen en alguna tasca misteriosa i, sens dubte, infame[6]. Sento soroll de pics i pales.

No feia ni mitja hora que vigilava quan vaig veure el comte que s'esquitllava[7] per la finestra. Anava mudat amb el meu vestit de viatge i carregava a l'espatlla el sac horrible que havia donat a les tres dones. Heus aquí el seu pla maligne: fer creure a la gent que jo mateix he sortit del castell per enviar les meves cartes, i al mateix temps culpar-me de qualsevol maldat que se li acudeixi cometre!

Vaig decidir que esperaria el seu retorn a la finestra. Passada una estona, vaig percebre uns borrallons curiosos, semblants a volves[8] de pols, que suraven en els rajos de lluna, giraven en remolí i es condensaven en petits núvols. Tot mirant-los, vaig experimentar una sensació de calma inexplicable. Els borrallons dansaven a la llum de la lluna, mentre els udols planyívols[9] dels gossos s'enlairaven de la vall i jo, gradualment, sentia com el meu cos es rendia a la crida d'antics instints salvatges. M'estaven hipnotitzant! Tot d'una, els borrallons giraven més i més de pressa, i començaven a adoptar unes vagues formes fantasmagòriques... Sortosament, vaig ser a temps de recuperar el domini de les meves facultats i de fugir de l'estança. Havia endevinat que aquelles formes eren les tres

6 infame: de gran maldat.
7 esquitllar-se: passar intentant no ser vist.
8 volva: qualsevol partícula petita i lleugera que flota en l'aire o en un líquid.
9 planyívol: que recorda un plany o un lament.

dones a qui estava destinat! Vaig córrer, doncs, fins a la seguretat del meu dormitori, on no entraven els rajos de la lluna i el llum de taula brillava intensament.

Arraulit vora el llum vaig passar dues hores, fins que vaig sentir un gemec agut que procedia de la cambra del comte, un gemec ràpidament silenciat. Això em va accelerar el cor i vaig córrer cap a la porta, però tornava a ser barrada per fora. De pura impotència, vaig esclafir a plorar. Aleshores algú va xisclar al pati; vaig obrir la finestra i vaig mirar entre els barrots. Allà baix hi havia una dona amb els cabells esbullats[10], visiblement esgotada de tant córrer. En veure'm, va cridar amb veu amenaçadora:

—Monstre, torna'm el meu fill!

I, tot seguit, es va agenollar i va cridar el mateix en un to de súplica, mentre s'estirava els cabells i es colpejava el pit. Llavors, inesperadament, es va alçar i es va llançar contra la porta.

De més amunt d'on jo era, probablement des de la torre, em va arribar la veu aspra i metàl·lica del comte. La seva crida fou correspostа, al lluny, pels udols dels llops, i, al cap de poc, una llopada va entrar al pati. La dona no va xisclar i els llops no van fer gaire enrenou. L'un rere l'altre es van anar retirant, mentre es llepaven la sang dels musells[11]. L'havien devorada viva! Amb tot, la infeliç no em va fer llàstima. Em podia imaginar què se n'havia fet, del seu fill, i em va semblar que estaria més bé morta.

Quant a mi, com podria escapar d'aquest indret horrible on fan niu la nit, la tenebra i la por?

10 esbullat: despentinat, desordenat.
11 musell: morro.

25 de juny. Aquell que no ha patit les amargors de la nit no coneix les dolçors del dia. Quan el sol ha sortit aquest matí, les meves pors s'han esvaït. Per tant, he d'actuar mentre el dia m'infongui coratge! Ahir a la nit, el comte va enviar amb retard una de les meves cartes, la primera de la sèrie fatal que ha d'esborrar de la Terra el rastre de la meva existència. Però no puc aturar-me a pensar. He d'actuar!

Ha estat sempre de nit quan m'han atacat o amenaçat, ha estat de nit quan he passat perills i por, i mai no he vist el comte a la llum del dia. Potser dorm quan els altres estan desperts, i està despert quan els altres dormen. Si pogués entrar a la seva cambra i trobar la clau de la porta principal! Però la porta sempre és tancada i no hi ha manera d'aconseguir-ho...

O, més ben dit, sí que n'hi ha una, si no em falla el coratge: per on surt un cos, en pot entrar un altre; per tant, així com ell surt per la seva finestra, per què no podria entrar-hi jo? És una acció desesperada, però jo estic desesperat i he de córrer aquest risc. Que Déu m'ajudi! Adéu, Mina, si per cas fracasso. Adéu, senyor Hawkins, amic fidel i el meu segon pare. Adéu!

El mateix dia, més tard. Ja està fet i, gràcies a Déu, he tornat sa i estalvi a la meva cambra. Ara descriuré amb detall els passos que he seguit. M'he tret les botes i he baixat escalant pel mur, aferrant-me a les juntures dels carreus, penjat sobre el gran abisme. Potser ha estat per causa de l'excitació, però no he sentit vertigen i el trajecte se m'ha fet curt. Aviat he arribat a la finestra del comte i m'he esquitllat al dormitori. Era buit, i una capa gruixuda de pols cobria els mobles. No hi he trobat la clau; però en un racó, sota les teranyines, hi he descobert un veritable tresor de joies i monedes; joies amb pedres precioses encastades i monedes d'or de tota llei: romanes i britàniques, austríaques i hongareses, gregues i turques, enfosquides pel pas dels anys, i cap ni una amb menys de tres segles d'antiguitat. En un altre racó, hi havia una porta gruixuda; era oberta i donava a un passadís que desembocava en una escala de cargol. L'escala baixava fins a un fosc corredor en forma de túnel, del qual procedia una olor dolcenca i humida, l'olor de terra vella remoguda de poc[12]. A mesura que avançava pel corredor, l'olor s'ha fet més forta i sufocant[13], i m'ha guiat fins a una capella antiga i ruïnosa que havia servit de cementiri. Una part de la terra havia estat cavada i guardada a les caixes que van portar els eslovacs, les quals s'apilaven contra una paret. També hi havia unes escales que conduïen a un seguit de criptes[14]. Hi he baixat, tremolant de por; dues de les criptes només contenien fragments de taüts, però a la tercera hi he fet un descobriment: allà, en una de les grans caixes, que era oberta, amb la tapa recolzada contra la paret, jeia el comte sobre un llit de terra.

Era mort o dormia, no ho sabria dir. Tenia els ulls esbatanats[15], amb la mirada glaçada, però sense l'aspecte vidriós de la mort. A més, la tebior de la vida aflorava a les seves galtes malgrat la pal·lidesa habitual, i els llavis eren més vermells que mai. Però no hi havia indicis de moviment, no tenia pols ni alè, no li bategava el cor. He pensat que potser el monstre duia al damunt la clau de la porta principal, però quan ja anava a escorcollar-lo, m'ha semblat veure una tal expressió d'odi als seus ulls que he arrencat a córrer escales

12 de poc: recentment.
13 sufocant: difícil o impossible de respirar, asfixiant.
14 cripta: lloc subterrani on s'enterren els morts.
15 esbatanat: molt obert.

amunt, m'he esquitllat de nou per la finestra del dormitori i he escalat el mur.

29 de juny. Avui és la data de la tercera i última carta que el comte em va fer escriure. Aquest ha tornat a sortir vestit amb la meva roba. Quan l'he vist que reptava pel mur com un llangardaix, he desitjat tenir una arma a l'abast per destruir-lo. Però temo que cap arma de factura humana no seria eficaç. Aquesta vegada no he volgut esperar el seu retorn; tenia por que se m'apareguessin aquelles tres dones terribles. De manera que m'he tancat a la biblioteca i he llegit fins que m'he adormit. Més tard, el comte m'ha despertat i ha dit:

—Amic meu, la vostra carta ja ha sortit i demà ens separarem. Vós tornareu a la vostra estimada Anglaterra i jo m'ocuparé d'una certa operació, el resultat de la qual farà que potser no ens vegem mai més. Encara que jo no hi sigui per acomiadar-me, ho trobareu tot llest per a la partida. Al matí vindran els zíngars i alguns eslovacs per enllestir una feina; així que hauran marxat, la meva calessa us conduirà al pas del Borgo, on trobareu la diligència de Bistrita.

Com que no em refio de la paraula del comte, he volgut provar la seva sinceritat dient-li que desitjava partir aleshores mateix. Ell ha contestat que en aquell moment el seu cotxer estava ocupat, i jo he replicat que gustosament me n'aniria a peu.

—I el vostre equipatge? —ha preguntat.

—No em preocupa. Puc fer que algú el reculli més endavant.

—Sia com vulgueu, doncs —ha fet ell, amb veu complaent—. Acompanyeu-me. No passareu una hora a casa meva en contra de la vostra voluntat. Anem!

I dit això, hem baixat l'escala fins al vestíbul. Allà s'ha aturat de sobte i, alçant la mà, m'ha demanat:

—Escolteu!

Ben a prop, s'ha sentit la udoladissa dels llops, i sospito que ha estat la mà alçada del comte allò que l'ha desencadenada. A continuació, ha despassat els forrellats de la porta i l'ha entreobert —així doncs, no estava tancada amb clau!—, i a mesura que l'obria, els udols dels llops se sentien més intensos i ferotges. Aleshores, tement el pitjor, he mirat cap a la foscor de fora. Certament, eren urpes i ullals allò que resplendia en les tenebres! El comte em llançava als llops, i a petició meva! Una idea maligna ben pròpia del meu amfitrió. En el darrer instant he cridat:

—Tanqueu la porta! Ja m'espero a demà! —I m'he tapat el rostre amb les mans per amagar les llàgrimes del desengany.

El comte ha tancat la porta i m'ha acompanyat en silenci al dormitori. Com a darrer comiat, m'ha besat la mà. El ulls li resplendien amb una llum vermella, triomfal, i somreia amb crueltat.

Més tard, quan ja em preparava per allitar-me, he sentit un murmuri a la porta. M'hi he atansat i he parat orella. Era la veu del meu amfitrió, que deia:

—Fora! Fora! Torneu a baix i tingueu paciència! Aquesta nit encara em pertany. Demà ja serà vostre.

En un rampell de ràbia, he obert la porta i he ensopegat amb les tres dones abominables. Es llepaven els llavis, i han deixat anar una rialla espantosa quan m'han vist. Després han desaparegut corredor enllà, i jo he tornat a la cambra i he caigut de genolls. Tan a la vora és la meva fi? Demà! Demà! Senyor, ajuda'ns a mi i als qui m'estimen!

30 de juny. Potser aquestes ratlles són les darreres que escric. Avui m'he llevat poc abans de l'alba i m'he agenollat un cop més per adreçar-me al bon Déu. Si la mort ha de venir, vull que em trobi preparat.

Decidit a fugir a qualsevol preu, m'he vestit i he baixat al vestíbul. Tenia l'esperança que la porta principal, que ahir va obrir el comte sense necessitat de clau, continués oberta. Amb mans tremoloses d'impaciència, n'he desenganxat les cadenes i he despassat els forrellats... Era tancada, sí! Tancada! Però jo havia d'aconseguir la clau de la manera que fos, escorcollar l'infern si molt calia! Així que he tornat a les criptes, passant una vegada més pel descens esgarrifós del mur i a través de la finestra del comte.

La seva caixa era al mateix lloc, però li havien posat la tapa, amb els claus que havien de servir per tancar-la col·locats als seus forats, si bé no havien estat clavats encara. He aixecat la tapa, doncs, i l'he recolzada a la paret. El que aleshores he vist m'ha posat els cabells de punta. Allà jeia el comte, però rejovenit: els cabells i el bigoti, ahir blancs, ara eren d'un gris fosc; la pell de les galtes tenia un saludable color rosat, i la boca, més vermella que mai, degotava una sang fresca que s'escolava[16] per la barbeta i el coll. Fins i tot les parpelles i les bosses dels ulls, inflades i lluents, semblaven plenes a rebentar de sang. Era ben bé com si l'abominable criatura s'hagués atipat del fluid vital d'algun pobre ésser, així com ho fan les sangoneres[17].

M'he estremit mentre m'inclinava sobre el cos, i en tocar-lo he cregut que em desmaiaria, però calia escorcollar-lo, regirar vestit i

16 escolar-se: un líquid, fluir i lliscar.
17 sangonera: nom donat a diversos cucs, propis de zones humides, que s'adhereixen als altres animals amb la boca i els xuclen la sang.

caixa malgrat la repugnància, o aviat seria home mort... No, la clau no hi era! I el comte, n'estic segur, ha fet un somriure burleta. Aquell era l'ésser a qui jo estava ajudant a traslladar-se a Londres, on tal vegada, durant segles, satisfarà la seva set de sang entre els milions de londinencs i crearà un cercle de semidimonis que prosperarà a costa dels indefensos!

Aquella idea m'ha fet embogir, m'ha posseït el desig d'estalviar-li al món un monstre semblant, i he empunyat una pala per ferir aquell rostre odiós. Però en el moment que alçava l'eina per colpejar-lo, el comte ha girat el cap i ha clavat en mi uns ulls que llampegaven. La pala m'ha tremolat a les mans i he apartat la mirada mentre descarregava el cop, de tal manera que només he aconseguit de ferli un tall profund al front. Després la pala ha anat a parar a l'altre costat de la caixa, ha colpejat la tapa, que recolzava a la paret, i l'ha fet caure, ocultant la criatura horrible.

Al mateix instant que això passava, he sentit a fora una cançó gitana, barrejada amb un enrenou de rodes i un espetec de fuets: ja arribaven els zíngars i els eslovacs! M'he afanyat a abandonar les criptes, he travessat la capella i he enfilat l'escala de cargol fins al dormitori del comte. Tan bon punt obrissin la porta de la capella per carregar les caixes, tornaria a baixar a més córrer i m'escaparia al pati i cap al bosc. Però així que els visitants han entrat, un corrent d'aire violent s'ha enfilat amunt per l'escala i ha tancat de cop la porta del dormitori. Quan l'he volgut obrir, estava ben travada. Desgràcia sobre desgràcia! Torno a estar pres i la teranyina del meu destí fatal va estrenyent-se al meu voltant!

Ara, mentre escric aquestes ratlles, els zíngars s'allunyen. Em deixen sol al castell amb les tres dones espantoses, amb els tres dimonis

de l'infern! Però no permetré que em trobin quan vinguin a buscar-me aquesta nit. Em despenjaré pel mur i per la cinglera espantosa, i m'emportaré l'or del dormitori del comte per si l'he de menester[18]. M'hi jugaré el tot pel tot en aquesta fugida. I després, cap a casa amb el tren més proper i més ràpid que pugui trobar! Adéu, indret maleït i terra maleïda, on el diable i els seus fills caminen amb peus d'home! La cinglera és alta i escarpada, però si m'hi estimbo, moriré com un home, no pas com una bestiola. La pietat de Déu és millor que la d'aquests monstres. Adéu, estimats. Adéu, Mina!

18 haver de menester: necessitar.

Capítol V

Carta de la senyoreta Mina Murray a la senyoreta Lucy Westenra

9 de maig

Estimada Lucy,

M'has de perdonar que tardi tant a contestar-te, però he estat molt enfeinada. La vida d'una mestra auxiliar és esgotadora. Ja tinc ganes que arribin els dies que passarem plegades a Whitby, a la riba del mar. Darrerament m'he aplicat amb entusiasme a aprendre taquigrafia. Així, quan em casi amb Jonathan, podré prendre nota dels seus dictats i després passar-los a màquina.[1] Vull ser una col·laboradora eficaç, a més de la seva esposa. De vegades ens escrivim cartes fent servir aquest mètode, i ell confecciona un diari taquigràfic dels seus viatges. Quan estiguem juntes, jo també en redactaré un.

1 La màquina d'escriure és un altre dels símbols de modernitat esmentats a la novel·la. Si bé ja havia estat inventada amb anterioritat, no es va comercialitzar fins al 1870. A partir d'aquest moment fou notablement millorada.

I t'explicaré amb detall els meus projectes. He rebut quatre ratlles de Jonathan des de Transsilvània; està bé i torna d'aquí a una setmana. Tinc moltes ganes d'escoltar les seves vivències. Ha de ser bonic conèixer països estranys, i em pregunto si algun dia els coneixerem plegats. Ara són les deu. Adéu. T'estima,

MINA

PD: Parla'm de tu. Fa molt que no m'expliques res. He sentit rumors sobre un home alt i ben plantat, de cabells rinxolats...

CARTA DE LUCY WESTENRA A MINA MURRAY

Dimecres

Estimada Mina,

Ets injusta quan dius que fa molt que no t'explico res. T'he escrit dues vegades des que ens vam separar.

En aquesta època de l'any, Londres està esplèndid i passejo diàriament pel parc. Imagino que l'home alt i de cabells rinxolats que esmentes és el mateix que em va acompanyar al darrer concert. Algú ha estat escampant xafarderies. Es tracta del senyor Holmwood; ens visita sovint i s'entén molt bé amb la mare.

No fa gaire vam conèixer un xicot ideal per a tu, si no fos que ja t'has promès amb Jonathan. És ric, ben plantat i de bona família; exerceix de metge i està dotat d'una gran intel·ligència. Només té vint-i-nou anys i ja dirigeix un manicomi. Me'l va presentar Arthur, vull dir el senyor Holmwood, i també ens visita sovint. Se'l veu un home decidit però tranquil; sembla que res no el pertorbi.

Jo penso que per força ha d'exercir una influència extraordinària en els seus pacients, perquè sempre mira la gent als ulls, com si volgués llegir-los la ment. Ha provat de llegir la meva, però jo li dic que tinc la closca molt dura. Ell afirma que sóc un cas digne d'estudi psicològic, i potser té raó, perquè la moda, per exemple, no m'interessa gaire. Trobo que haver de mirar tant la roba que et poses és una «llauna». Aquest darrer mot potser no et sembla gaire elegant, però no hi fa res; Arthur sovint fa servir aquesta mena de paraules.

Ho veus? Ja torno a esmentar Arthur... Sí, Mina. Tu i jo ens hem confessat secrets des que érem petites; hem dormit plegades, menjat plegades, rigut i plorat plegades, i ara, tot i que ja t'he contat moltes coses, vull contar-te'n una altra. Ai, Mina, que potser ja ho endevines? L'estimo. M'enrojolo[2] només d'escriure-ho, perquè, si bé penso que ell també m'estima, no m'ho ha dit amb paraules. Ai, Mina, l'estimo! L'estimo!

Tant de bo fossis aquí, amiga meva, i et pogués explicar el que sento. Escriu-me de seguida i digues què en penses.

Prega per la meva felicitat, Mina.

LUCY

CARTA DE LUCY WESTENRA A MINA MURRAY

24 de maig

Estimada Mina,

Gràcies, gràcies per la resposta tan dolça. Ha estat agradable d'explicar-t'ho i comptar amb la teva comprensió.

2 enrojolar-se: posar-se vermell.

Amiga meva, sempre plou sobre mullat. Aquí em tens, faré vint anys al setembre i mai no m'havien fet cap proposta de matrimoni; però avui me n'han fet tres. Tres en un sol dia! No és terrible? Compadeixo profundament dos dels pretendents.

Ara et parlaré d'aquests tres homes, però no ho has d'explicar a ningú, llevat de Jonathan, és clar. A ell li ho pots dir perquè jo, en el teu lloc, ho contaria a Arthur.

El primer a declarar-se ha estat John Seward, el metge del manicomi. Ha arribat abans de dinar, tot tibat i nerviós, i ha estat molt directe. Ha confessat que m'estima, i anava a afegir com se sentiria d'infeliç si no el corresponia quan ha vist que jo plorava. Aleshores s'ha disculpat. Ha dit que era un bèstia i que no em volia disgustar, però m'ha preguntat si l'estimava. He contestat que no. Després, tremolant, m'ha demanat si estimo algú altre, i si encara té alguna esperança que arribi a estimar-lo amb el temps. M'he vist en l'obligació moral de dir-li que estimo un altre home. El doctor s'ha posat molt seriós, m'ha agafat les mans i m'ha dit que em desitjava tota la felicitat del món, i que si mai em calia un amic, comptés amb ell.

Ai, Mina estimada, no em puc estar de plorar. És bonic que se't declarin, però és ben trist haver de rebutjar un home que t'estima, i veure com se'n va amb el cor trencat. Amiga meva, t'he de deixar perquè, tot i que sóc molt feliç, l'emoció no em deixa continuar.

A la tarda. Arthur acaba de marxar, i estic més animada que quan t'he deixat. Segueixo relatant-te les emocions del dia.

El segon pretendent, el senyor Quincey P. Morris, ha arribat després de dinar. És un americà molt agradable de Texas, tan jove i ingenu que sembla impossible que hagi vist tant de món i viscut tantes aventures. Doncs bé, el senyor Quincey s'ha presentat molt alegre, tot i que de seguida he notat que estava neguitós. De primer, se m'ha declarat com si fes broma, de manera que no se m'ha fet gaire difícil rebutjar-lo. Aleshores ha reconegut que havia parlat massa a la lleugera i m'ha demanat que el perdonés per bromejar en una ocasió tan important. I tot seguit, abans que jo pogués contestar, m'ha obert el seu cor i ha confessat que m'estima amb tota l'ànima. Però ha vist alguna cosa en la meva expressió, perquè de sobte ha callat i m'ha preguntat si hi ha un altre home. He confessat que sí. Ell m'ha agafat les mans i m'ha dit que no plorés, que agraïa la meva sinceritat i que sempre el tindria com a amic. Després se n'ha anat, i aquí em tens, plorant altra vegada.

Haver de rebutjar el doctor Seward i el senyor Morris m'ha afectat moltíssim i ara mateix sóc incapaç de seguir parlant sobre la meva felicitat. Et parlaré del tercer home quan recuperi l'alegria. T'estima sempre,

Lucy

PD: Quant al tercer, no cal que et digui qui és, oi que no? Només ha passat un instant des que ha entrat a la sala fins que m'ha abraçat i m'ha besat. Ara sí que sóc completament feliç! Resto eternament agraïda a Déu perquè m'ha enviat un amant, amic i marit.

Adéu.

DIARI DEL DOCTOR SEWARD (ENREGISTRAT EN FONÒGRAF[3])

25 de maig. No puc menjar ni dormir. Des que ahir Lucy em va rebutjar, res d'aquest món no em sembla important. Com que l'únic remei en aquests casos és la feina, he visitat els meus pacients. M'he centrat en un cas molt interessant; és tan singular que paga la pena que m'esforci a entendre'l. Aquesta és la seva fitxa:

«R. M. Renfield, 59 anys. Temperament fort i gran fortalesa física, tan excitable que arriba a emmalaltir, amb fases de malenconia[4] que desemboquen en una idea obsessiva que encara no he pogut comprendre. Potencialment perillós».

CARTA DE QUINCEY P. MORRIS A ARTHUR HOLMWOOD

25 de maig

Estimat Art,[5]

Hem compartit històries a la vora del foc, ens hem curat l'un a l'altre les ferides en terres llunyanes, i hem brindat a la nostra salut a la riba del Titicaca.[6] Però encara hi ha noves històries per explicar, noves ferides per curar i algunes coses més per les quals brindar. Voldries que tot plegat ho féssim vora el foc de la meva llar demà a la nit? Sé que una certa dama ha d'assistir a un cert sopar i que tens la nit lliure.

3 fonògraf: instrument que enregistra i reprodueix sons en un disc o, com en el cas del doctor Seward, en un cilindre. Thomas Alva Edison va inventar-lo l'any 1877.
4 malenconia: tristesa duradora.
5 Diminutiu d'Arthur (Arthur Holmwood).
6 Es tracta del llac navegable situat a més altura del món (3.800 m). Es troba a la serralada dels Andes, a cavall del Perú i Bolívia. També és el segon llac més gran de l'Amèrica del Sud.

Ens acompanyarà l'amic John Seward. Els dos volem beure a la salut de l'home més afortunat del món, que s'ha guanyat, ben meritòriament[7], el cor femení més noble que Déu ha creat. Et prometem una rebuda amistosa i ens comprometem a tornar-te a casa si beus més del que toca a la salut d'un cert parell d'ulls. No hi faltis! Teu, avui i sempre,

QUINCEY P. MORRIS

TELEGRAMA D'ARTHUR HOLMWOOD A QUINCEY P. MORRIS

26 de maig

«No hi faltaré. Tinc notícies que us agradarà escoltar. ART.»

7 meritòriament: amb mèrit, merescudament.

Capítol VI

Diari de Mina Murray

Whitby, 24 de juliol. Lucy està més dolça i encantadora que mai, i Whitby és una vila preciosa. Dalt de tot, s'alcen les ruïnes grandioses i nobles d'una abadia, i entre aquestes i la població, a la vora d'un penya-segat, hi ha l'església parroquial amb el seu cementiri ple de tombes. És l'indret més agradable de Whitby, amb vistes sobre la vila, el port, la badia i la gran escullera. Tot de senders, amb els seus bancs per descansar, travessen el cementiri, i he decidit que hi vindré sovint per seure-hi i escriure, així com faig ara.

1 d'agost. Fa una hora que seiem aquí amb Lucy, que té un color ben saludable des que va arribar a Whitby. Hem conversat molta estona, i m'ha tornat a explicar tots els detalls del casament amb Arthur. Això m'ha entristit, perquè fa un mes que no sé res de Jonathan. Espero que no li hagi passat res de dolent. Em pregunto on para i si pensa en mi. Tant de bo ja fos aquí!

DIARI DEL DOCTOR SEWARD

5 de juny. El cas del pacient Renfield m'interessa com més va, més. És un home egoista i reservat, i sembla que té alguna mena de pla, però no sé quin. Parla a favor seu l'amor que sent per les bèsties, si bé, de vegades, aquest amor es trastoca en una crueltat anormal. Té preferència pels animals estranys. Ara s'ha aficionat a capturar mosques; en té tantes que he hagut de protestar. Em sorprèn, però, que no s'hagi posat com una fúria. Després de meditar uns instants, m'ha demanat: «Em concediu tres dies per desfer-me'n?». Li he concedit tres dies. Cal que el vigili.

18 de juny. Ara s'ha aficionat a les aranyes, i guarda uns quants exemplars molt grossos en una capsa. Les alimenta amb les mosques que abans adorava.

1 de juliol. Les seves aranyes s'han fet tan molestes com les mosques. Avui li he dit que també se'n desfaci, però això li ha causat tanta aflicció que li he permès que se'n quedi algunes. Té un termini de tres dies per eliminar la resta d'exemplars. Durant la visita, una moscarda horrible, inflada de carronya, ha entrat brunzint a la cel·la. Renfield l'ha atrapat al vol i se l'ha menjat. Un acte repugnant. Quan l'he renyat, ha assegurat que era molt bona i sana, que era vida i que, de passada, li donava vida a ell.

8 de juliol. Ara Renfield té un pardal i l'alimenta amb les aranyes. D'aquestes, en conserva algunes, que alimenta amb les mosques.

19 de juliol. El pacient ja té tota una colònia de pardals, i quasi no li queden mosques ni aranyes. Avui m'ha demanat un favor:

—Voldria un gatet petit! Un cadellet bufó per jugar-hi, ensenyar-lo i alimentar-lo, alimentar-lo i alimentar-lo!

—No us convindria més un gat adult?

—Oh, sí, un gat adult! He demanat el gatet per si no em deixàveu tenir un gat gran.

Li he dit que de moment no podrà ser, i aleshores he detectat en els seus ulls la mirada ferotge de l'assassí. Aquest home és un maníac homicida en potència.

20 de juliol. He visitat Renfield ben d'hora. Ja s'havia llevat i cantussejava mentre escampava sucre per l'ampit de la finestra; volia reprendre la cacera de mosques. Com que no he vist els pardals, li he preguntat on eren, i m'ha dit que han volat. Hi havia plomes pels racons de la cel·la i una taca de sang al coixí, però no he fet cap comentari. He demanat al zelador[1] que m'informi si passa res d'estrany.

El mateix dia, a les 11.00 h. El zelador diu que Renfield ha estat molt malalt i ha vomitat un bon grapat de plomes.

—Doctor, em penso que s'ha cruspit els ocells de viu en viu! —ha dit.

El mateix dia, a les 23.00 h. El meu maníac homicida és zoòfag, és a dir, «menjador de vida animal». La seva obsessió és absorbir tantes vides com pugui, de manera acumulativa. Va donar moltes mosques

1 zelador: vigilant.

a una aranya i moltes aranyes a un ocell, i després volia que un gat mengés molts ocells. Quin hauria estat el pas següent?

Diari de Mina Murray

26 de juliol. Em preocupa Jonathan. Fa temps que no en sé res, però ahir el senyor Hawkins, molt amablement, va enviar-me una carta seva. És una ratlla i prou, escrita al castell del comte Dràcula, en què anuncia que emprèn la tornada a casa. Aquest estil no és propi de Jonathan; no ho entenc i m'inquieta. Lucy també m'amoïna: tot i que es troba bé, ha represès l'antic costum de caminar adormida. N'he parlat amb la seva mare i m'ha dit que té por que prengui mal. Hem decidit que el millor és que, de nits, jo tanqui amb clau la porta del nostre dormitori.

Lucy es casa a la tardor i no para de pensar-hi. Jo també penso en la meva boda amb Jonathan. El promès de Lucy, el senyor Holmwood, és Arthur Holmwood, fill únic de lord Godalming, que vindrà així que pugui abandonar la ciutat, on el reté la salut delicada del seu pare. Lucy compta els segons que falten perquè arribi. Potser és l'espera allò que la pertorba. Quan Arthur sigui aquí, deixarà de caminar adormida.

27 de juliol. Cap notícia de Jonathan. Em té molt neguitosa. Tant de bo m'escrivís, encara que fos una ratlla.

Ara Lucy camina adormida totes les nits, i em desperta mentre va amunt i avall de la cambra. L'ansietat que sento per Jonathan i els sobresalts nocturns comencen a afectar-me; tinc els nervis alterats i em costa agafar el son. Gràcies a Déu, la salut de Lucy resisteix.

3 d'agost. Una altra setmana i segueixo sense notícies de Jonathan. He rellegit la seva última carta, tan breu que no em convenç; no sembla d'ell, encara que la lletra sí que és seva, d'això n'estic segura.

Lucy ha passat unes nits força tranquil·les, però té una expressió estranya, i, de vegades, tot i que sé que està adormida, tinc la impressió que em vigila. Si alguna vegada es lleva, tracta d'obrir la porta, i com que la troba tancada, passeja somnàmbula[2] per la cambra a la recerca de la clau.

6 d'agost. Tres dies més, i cap novetat. Aquesta incertesa és un turment. Si almenys sabés on li puc escriure o a qui acudir, em sentiria més tranquil·la; però ningú no ha tingut notícies de Jonathan des de l'última carta. Prego a Déu que em doni paciència.

Lucy està molt neguitosa, però en general es troba bé. Hem tingut una nit molt agitada. Els pescadors diuen que s'acosta un temporal. Fa un dia molt gris, hi ha núvols que oculten l'horitzó i el mar bramula[3] com si anunciés una fatalitat.

2 El somnambulisme és un estat que es produeix durant el son, en què la persona camina i actua com si estigués desperta. Té l'origen en diversos trastorns nerviosos.
3 bramular: bramar.

Capítol VII

Retall del *Daily Telegraph*, 8 d'agost (enganxat al diari de Mina Murray)

D'un corresponsal

Whitby. En aquesta població hem patit una de les tempestes més violentes i sobtades que es recorden, amb resultats únics i extraordinaris. Dissabte va fer un temps excepcionalment bo fins a la tarda, moment en què el vigilant de la costa va albirar una nuvolada al nord-oest i un vell pescador va predir que s'acostava un temporal. La posta de sol va ser d'una gran bellesa, i a mitjanit regnava una calma absoluta, si bé acompanyada d'una calor sufocant i de la típica tensió que anuncia la tempesta. Davant l'amenaça de perill, les barques de pesca s'havien quedat a terra, i l'única vela que es veia mar endins pertanyia a una goleta[1] estrangera que navegava a tot drap[2]. Passada la mitjanit va arribar de l'horitzó una remor de trons

1 goleta: embarcació de vela de dos pals.
2 a tot drap: amb totes les veles desplegades.

sorda i profunda. Al cap de poc, va esclatar la tempesta. Les onades es van alçar amb una fúria salvatge, cadascuna més alta que l'anterior, i en cosa de minuts el mar —fins aleshores un mirall— es va convertir en un monstre rugent i engolidor. L'onatge de cresta blanca batia contra la platja i es llançava contra els penya-segats, s'estavellava contra el moll i escombrava amb l'escuma els fars de l'escullera. Per si no fos prou, una espessa boira blanca, humida i freda, va lliscar terra endins com un fantasma, i va caldre encendre el reflector[3] nou del port, situat al capdamunt d'un penya-segat, per il·luminar les aigües. No gaire després va ser albirada la goleta que havia estat vista a la tarda. Tothom pensava que s'estavellaria contra l'escullera quan una nova massa de boira, més espessa que la primera, va caure damunt la costa i la tempesta va bramar el doble de fort. Però aquesta boira va escampar de manera sobtada, i aleshores, com si es tractés d'un miracle, va aparèixer la goleta forastera a la bocana[4] del port. Un calfred va estremir aquells que la van veure acostar-se per les aigües interiors. La coberta era deserta, amb l'excepció d'un cadàver que estava amarrat[5] a la roda del timó, amb el cap que li penjava sobre el pit i es gronxava horriblement a cada vaivé de l'embarcació. La goleta havia arribat a port governada per la mà d'un mort!

Quan va encallar a la riba, va aparèixer a coberta un segon tripulant: un gos enorme que va saltar a la platja, va arrencar a córrer cap al penya-segat del cementiri i es va perdre en la foscor.

A mi em fou permès de pujar a bord i examinar el mariner mort. Com ja he dit, estava amarrat a la roda del timó; i a les mans, lligades

3 reflector: aparell equipat amb un focus de llum potent.
4 bocana: boca, entrada d'un port.
5 amarrar: en llenguatge nàutic, lligar.

l'una a l'altra amb un rosari, hi tenia un crucifix. Amb els vaivens del vaixell, la roda havia sacsejat l'infeliç amb tanta brutalitat que les cordes li havien tallat la carn fins a l'os. Un metge va declarar que devia fer dos dies que era mort. A més a més, el mariner duia en una butxaca una ampolla que contenia un paper enrotllat: una mena d'apèndix del diari de bord. Naturalment, el timoner mort ha estat traslladat al depòsit de cadàvers per a un examen més detallat.

Whitby, 9 d'agost (continuació de la notícia). Sembla que la goleta, de nom *Demèter*, és russa i procedeix del port de Varna. Transporta poca càrrega: només unes caixes plenes de terra que ja han estat recuperades per la persona a qui anaven destinades, el senyor Samuel F. Billington, advocat d'aquesta població. El gos que va saltar a la platja quan el vaixell va encallar encara no ha estat vist. Com que semblava una bèstia perillosa, hi ha la por que s'hagi amagat a la rodalia. Aquest matí han trobat mort un gran mastí[6] davant del jardí del seu amo. El coll trencat i el ventre obert són indicis clars que ha lluitat amb un adversari ferotge.

Més tard. He pogut examinar el diari de bord de la *Demèter*, però és més interessant el paper trobat a l'ampolla; mai no he llegit un relat tan extraordinari. Explica com, en una travessia inusualment[7] dolenta quant al clima (perquè a les tempestes de les primeres jornades va seguir una boira espessa que semblava ben bé obra del diable), van anar desapareixent, un per un, els tripulants de la goleta. Van salpar

6 mastí: raça de gos, gran i robusta, que s'empra en vigilància i per guardar els ramats dels atacs dels llops.
7 inusualment: anormalment.

de Varna el 6 de juliol; el dia 13 els homes estaven neguitosos, però no es va saber el perquè; el 14 van comentar que alguna cosa anava malament, i van senyar-se; el 16 de juliol va desaparèixer el primer tripulant i la resta va afirmar que hi havia «quelcom» a bord; el dia 17 un dels homes va dir al capità que havia vist un desconegut a la proa, però que el desconegut s'havia esfumat quan ell se li havia acostat (aquell mateix dia van escorcollar el vaixell i, en no trobar res d'estrany, la tripulació es va tranquil·litzar). Però el dia 24 va desaparèixer un altre mariner, i el 29, encara un altre.

El 3 d'agost només quedaven a bord el capità i un oficial, que semblava que hagués perdut el seny; jurava que havia vist un home alt i prim, pàl·lid com un mort, i que li havia clavat un ganivet, però que l'havia travessat com si fos d'aire. Convençut que el desconegut s'amagava en una de les caixes, va baixar a la bodega per obrir-les. Al cap de poc, el capità va sentir un xiscle i va veure l'oficial que tornava a coberta amb el rostre desencaixat de por. «Veniu amb mi, capità! Veniu abans no sigui massa tard!», va cridar. «És aquí! Conec el seu secret! Només el mar ens salvarà del dimoni!» I, dit això, va saltar per la borda. Aleshores el capità va deduir que devia ser l'oficial qui, en un rampell de bogeria, havia mort els altres homes i que després s'havia suïcidat. Però el 4 d'agost també ell va veure el desconegut i va estar temptat de llançar-se a l'aigua. Això no obstant, l'honor no li permetia abandonar el vaixell, de manera que es va amarrar al timó amb un crucifix entre les mans, i, en aquesta posició, lluitant fins a l'últim segon per portar el vaixell a bon port, el va atrapar la mort. La gent opina que és un heroi, i ja està decidit que se li retrà homenatge amb un funeral públic. Quant al gos, encara no l'han trobat.

DIARI DE MINA MURRAY

8 d'agost. La tempesta va ser esgarrifosa. Els trons retrunyien a la xemeneia i cada ràfega de vent ressonava com una canonada. Lucy es va aixecar adormida dues vegades i es va vestir, i les dues vegades la vaig despullar i la vaig ficar al llit. Vaig alegrar-me que Jonathan no fos al mar, sinó en sec. Però és en sec o al mar? On para i com està? L'angoixa creix cada dia que passa. Tant de bo sabés què he de fer!

Capítol VIII

Diari de Mina Murray

11 d'agost. Estic massa neguitosa per agafar el son; així doncs, escriuré. Hem viscut una experiència terrible! Jo dormia, però m'he despertat de sobte amb una sensació de por insuportable. Com que la cambra era a les fosques, m'he acostat a les palpentes[1] al llit de Lucy. Era buit! He encès un llumí i he comprovat que la meva amiga havia desaparegut del dormitori. La porta era oberta, malgrat que jo, com cada nit, m'havia assegurat que la tancava amb clau abans d'allitar-me. No he volgut despertar la mare de Lucy, que té la salut delicada, i he emprès la recerca tota sola. Lucy no era a casa. També la porta principal era oberta; m'he abrigat amb un xal i he sortit al carrer.

El rellotge assenyalava la una de la matinada quan la recerca m'ha dut al cim d'un dels penya-segats que volten la vila i el port. Llavors,

1 a les palpentes: fent servir el tacte, sense veure-hi.

en mirar cap al penya-segat del davant, el que corona el cementiri, hi he vist mig reclinada en el nostre banc favorit, sota la lluna plena que resplendia, una figura blanca com la neu. Però no estava sola; m'ha semblat que una figura fosca s'inclinava damunt seu, i he arrencat a córrer, avall per l'escala costeruda que mena al port, i després amunt per l'escala que porta al cementiri. La vila semblava morta, no s'hi veia ni una ànima, i el temps i la distància se'm feien infinits. Em flaquejaven[2] els genolls i em faltava l'alè mentre m'enfilava pels graons interminables. Quan ja era a tocar del cim, he tornat a veure el banc i la figura blanca. Sens dubte, hi havia alguna cosa allargada i negra que s'inclinava damunt seu. Espantada, he cridat: «Lucy!», i aquella cosa ha alçat el cap. Llavors he entrevist un rostre pàl·lid i uns ulls vermells i resplendents. Però Lucy no ha contestat. Durant un moment, mentre travessava la porta del cementiri, l'església s'ha interposat entre el banc i jo, i he perdut de vista la meva amiga.

Quan l'he retrobada, jeia amb el cap recolzat al respatller i no hi havia cap rastre de criatura vivent a la vora. Dormia encara; tenia els llavis entreoberts i empassava aire a grans glopades, com si volgués omplir-se'n els pulmons. Li he posat el xal, que li abrigués les espatlles, i l'hi he subjectat al voltant del coll amb una agulla. Ha estat llavors, per culpa dels nervis, que l'he punxat sense voler, o això és el que em temo, perquè Lucy s'ha dut les mans a la gola i ha gemegat. Després li he calçat les meves sabates i l'he despertat. Tremolava, i quan li he dit que havíem de tornar a casa, s'ha alçat en silenci i m'ha seguit, obedient com una criatura.

2 flaquejar: perdre la força.

La sort ha estat propícia i hem arribat a casa sense que ens veiés ningú. Un cop a dins, ens hem rentat els peus, hem resat una oració d'agraïment i l'he acompanyada al llit. Abans d'adormir-se, m'ha pregat que no expliqués a ningú, ni tan sols a la seva mare, l'aventura somnàmbula d'aquesta nit. Pensant en la salut delicada de la senyora Westenra i en l'escàndol que una història semblant podria provocar, així li ho he promès. Espero haver actuat correctament. He tancat la porta i m'he lligat la clau al canell. Ara Lucy dorm profundament. Ja apunta l'alba.

El mateix dia, al migdia. Tot va bé. Lucy ha dormit fins tard, i el seu aspecte és molt més bo que dies enrere. Però per culpa de la meva poca traça amb l'agulla, li he ferit el coll; hi té dos puntets vermells, provocats per la punxada. Una taqueta de sang li embrutava la camisa de dormir. Ha rigut quan li he demanat que em perdonés, i ha dit que ni se n'havia adonat.

12 d'agost. Ahir a la nit, com de costum, vaig tancar la porta del dormitori i em vaig lligar la clau al canell. Lucy es va llevar dues vegades i va provar de sortir. Va rondinar, impacient en veure's aturada, i va tornar al llit. Ens hem despertat a l'alba, i em satisfà veure que el seu aspecte ha millorat encara més. Torna a tenir aquell caràcter alegre. S'ha arraulit al meu costat i m'ha parlat d'Arthur. Jo li he confessat com em preocupa no saber res de Jonathan.

13 d'agost. Un cop més, m'he despertat a mitjanit i he trobat Lucy asseguda al llit, adormida, que assenyalava la finestra. M'hi he atansat sigil·losament i he descorregut la cortina. La lluna resplendia, i l'efecte suau de la seva llum sobre el mar i el cel, que s'abraçaven en un silenci tot misteriós, era d'una bellesa indescriptible. A fora voletejava[3] un gran ratpenat, que, en veure'm, s'ha allunyat per damunt del port en direcció al cementiri i l'abadia. Quan m'he enretirat de la finestra, Lucy ja tornava a dormir profundament.

14 d'agost. Aquest vespre Lucy ha dit una cosa ben estranya. Tornàvem del nostre banc favorit, al cementiri, quan ens hem aturat a frec del penya-segat per admirar les vistes. El sol era baix a l'horitzó i acoloria el paisatge d'una bella tonalitat rosa. Aleshores Lucy ha murmurat per a si mateixa: «Heus aquí els seus ulls vermells!». Aquesta sortida tan a propòsit de no res m'ha sobresaltat. L'he mirat; feia un posat somiós[4] i clavava els ulls en el banc que havíem deixat enrere, on ara seia una figura obscura. M'he esglaiat[5] perquè m'ha semblat, per un instant, que tenia uns grans ulls que flamejaven. Però quan m'hi he fixat una mica més, la figura s'ha esvaït com si es tractés d'un efecte òptic. Tot i que Lucy s'ha refet de seguida, li ha quedat un posat trist. Potser evocava la nit terrible que va passar en aquell mateix banc, però com que mai no me'n parla, no li n'he volgut dir res. Hem tornat a casa i la meva amiga s'ha allitat d'hora. Jo he sortit a passejar.

He caminat pel penya-segat, pensant en Jonathan i sospirant d'enyorança. En tornar, la lluna era ben alta i brillant. He donat una ullada a la nostra finestra; era oberta i Lucy mirava cap a fora. L'he saludat amb el mocador, però no m'ha vist ni s'ha mogut. Recolzava el

3 voletejar: volar d'un costat a l'altre o en cercles.
4 somiós: com si somiés despert, o deixés anar els pensaments a l'atzar.
5 esglaiar-se: tenir un ensurt molt fort.

cap al marc de la finestra i tenia els ulls tancats, talment com si dormís. Al seu costat, damunt l'ampit, hi havia quelcom semblant a un ocell de bona mida. He tingut por que Lucy es refredés i m'he afanyat a reunir-me amb ella, però ja estava allitada quan he entrat a la cambra. Dormia profundament, si bé respirava amb dificultat i s'agafava la gola amb una mà, com si volgués abrigar-la del fred. L'he acotxada[6], he tancat la finestra i he assegurat la porta amb clau.

Lucy és tan encisadora quan dorm..., però val a dir que està més pàl·lida que mai i fa unes ulleres que no m'agraden gens.

15 d'agost. Avui m'he llevat tard. Lucy també s'ha despertat, però estava tota lànguida[7] i ha seguit dormint. Durant l'esmorzar ha arribat una bona notícia: el pare d'Arthur està més bé i vol que el casament se celebri aviat. A Lucy se la veu feliç, però serena, i la seva mare està contenta i trista alhora. L'entristeix perdre la filla, però s'alegra perquè aviat tindrà algú que la protegirà. La pobra dona m'ha confessat que li queda poc temps de vida. No ho ha dit a Lucy, i m'ha fet prometre que li guardaria el secret: té el cor dèbil i el metge li ha anunciat que morirà en pocs mesos. Va ser un encert que li amaguéssim l'afer horrible de la nit somnàmbula de Lucy, perquè el disgust més petit podria matar-la.

17 d'agost. Els dos darrers dies m'ha faltat el coratge d'escriure. Un núvol fosc entela la nostra felicitat. No hi ha notícies de Jonathan, Lucy s'afebleix a ulls veients[8] i la seva mare té els dies comptats. No

6 acotxar: abrigar amb la roba del llit.
7 lànguida: dèbil, sense empenta.
8 a ulls veients: de manera clara i constatable.

sé què li passa a la meva amiga. Menja bé, dorm bé i respira l'aire saludable de la mar, però les seves galtes perden de mica en mica el color rosat, es cansa i, de nits, panteixa[9] com si li faltés l'aire. Sovint es lleva i passeja pel dormitori. Després obre la finestra, hi seu al davant i mira a l'exterior. Així vaig trobar-la ahir a la nit, i poc després se'm va desmaiar als braços. Quan va tornar en si, estava molt feble i va plorar en silenci enmig de llargs i dolorosos esforços per respirar. Li vaig demanar què hi feia, a la finestra, però ella va sacsejar el cap i em va girar l'esquena. Espero que aquesta malaltia no sigui la conseqüència de la punxada amb l'agulla del xal. Li he examinat el coll mentre dormia i he vist que les minúscules ferides no tan sols no s'han curat, sinó que semblen més grans. Són com dos puntets vermells amb les vores blanquinoses.

Carta de Samuel L. Billington i fill, advocats de Whitby, als senyors Carter, Paterson i cia., de Londres

17 d'agost

Benvolguts senyors,

En breu sortiran cap a Londres, en un tren de la Great Northern Railway,[10] els béns que cal enviar a Carfax, prop de Purfleet, de seguida que arribin a l'estació de King's Cross.[11] Cal desar les cinquanta caixes a l'antiga capella. Els adjuntem les claus, que hauran de deixar al vestíbul principal així que hauran acabat el

9 panteixar: respirar amb dificultat.
10 L'antiga companyia de ferrocarrils britànica.
11 King's Cross és una important estació de ferrocarril londinenca.

trasllat. El propietari, que encara no s'hi ha instal·lat, les trobarà quan entri a casa fent-ne servir la còpia.

Els saluden atentament,

SAMUEL F. BILLINGTON I FILL

CARTA DELS SENYORS CARTER, PATERSON I CIA., DE LONDRES, A SAMUEL L. BILLINGTON I FILL, ADVOCATS DE WHITBY

21 d'agost

Benvolguts senyors,

Les caixes han arribat a destinació d'acord amb les seves instruccions, i les claus han estat desades al vestíbul principal.

Rebeu salutacions cordials,

CARTER, PATERSON I CIA

DIARI DE MINA MURRAY

18 d'agost. Avui estic contenta. Lucy millora. Aquesta nit ha dormit bé. A poc a poc, el color li torna a les galtes, tot i que encara se la veu pàl·lida i ullerosa. Si no s'hagués recuperat del llanguiment[12], pensaria que té anèmia[13]. Sortosament ara és plena de vida i alegria.

19 d'agost. Alegria, alegria, alegria! Però no pas completa... A la fi he tingut notícies de Jonathan! El meu estimat ha estat malalt, per això no m'escrivia. Demà al matí marxo per reunir-me amb ell, per cuidar-lo i portar-lo a casa. És en un hospital de Budapest. El senyor

12 llanguiment: estat de feblesa física prolongat.

13 anèmia: deficiència de glòbuls vermells i hemoglobina, que provoca, entre altres símptomes, pal·lidesa i llanguiment.

Hawkins diu que no faríem mal fet de casar-nos allà mateix. Mentre llegia la carta que ens ha enviat una bona monja hongaresa, la germana Agatha, les meves llàgrimes de joia mullaven el paper; encara és humit i el guardo al pit, perquè és de Jonathan i és vora el cor que l'he de tenir. El viatge ja està organitzat i l'equipatge està a punt.

CARTA DE SOR[14] AGATHA, DE L'HOSPITAL DE SANT JOSEP I SANTA MARIA DE BUDAPEST, A LA SENYORETA WILHELMINA MURRAY

12 d'agost

Benvolguda senyora,

Us escric en nom del senyor Jonathan Harker, el qual, de moment, no està prou recuperat per fer-ho ell mateix, tot i que la seva salut millora. Fa gairebé sis setmanes que el vetllem, després que patís una violenta febre cerebral[15]. El senyor Harker em demana que us faci constar el seu amor per vós, i que us digui que escriurà també al senyor Peter Hawkins, d'Exeter, per fer-li saber que lamenta el retard en les notícies, però que ja ha complert la tasca que li va encomanar. El senyor Harker encara necessitarà unes quantes setmanes per refer-se. En acabat, abandonarà el nostre sanatori i tornarà a Anglaterra.

Rebeu les meves benediccions,

SOR AGATHA

PD: Aprofito que el pacient dorm per afegir unes paraules personals a aquesta carta. El doctor diu que el senyor Harker ha patit un trasbals molt fort. En l'agonia dels seus deliris ha parlat de llops, sang, fantas-

14 sor: tractament que s'usa amb les religioses.
15 febre cerebral: es tracta d'encefalitis, una inflamació d'una part de l'encèfal.

mes, dimonis i altres coses que no goso esmentar. Tingueu cura de no alterar-lo amb temes d'aquesta naturalesa durant un temps. Les seqüeles d'una malaltia com la seva no desapareixen fàcilment. Fa setmanes que us hauríem d'haver escrit, però no sabíem a qui adreçar-nos. El pacient no duia cap document a sobre, o almenys cap document que poguéssim entendre. Va arribar en tren des de Klausenburg,[16] on, segons el cap d'estació, s'havia presentat demanant a crits un bitllet per tornar a casa. Quan van saber que era anglès, li van donar un bitllet per a la població més llunyana del tren de la línia de l'oest, és a dir, la més «propera» a Anglaterra, segons el criteri d'aquesta bona gent.

Tingueu la seguretat que amb nosaltres està ben atès. S'ha guanyat els nostres cors amb la seva dolçor i amabilitat. Es refà a bon ritme i aviat serà el mateix de sempre. Però cuideu-lo molt. Prego a Déu, sant Josep i la Verge que us concedeixin molts anys de felicitat.

DIARI DEL DOCTOR SEWARD

19 d'agost. Ahir a la nit Renfield va fer un canvi sobtat: cap a les vuit va començar a neguitejar-se i a ensumar-ho tot com un gos de caça. Aquest comportament va sorprendre el zelador, el qual, sabedor de l'interès que sento per l'intern, el va animar a parlar.

—No vull parlar amb vós —li va contestar Renfield—. Vós ja no sou important. L'amo és ben a prop.

A les nou vaig visitar-lo, i es va comportar de la mateixa manera. Va dir que les bestioles ja no l'interessen gens.

Aquesta nit em sento cansat i abatut. No puc deixar de pensar en Lucy i la seva negativa a casar-se amb mi. Em costa tant agafar el son...

16 Petita ciutat de Romania.

Més tard. A les dues el conserge nocturn ha vingut de part del zelador per avisar-me que Renfield acabava de fugir. Quan he arribat a la cel·la del pacient, el zelador m'ha explicat que s'havia escapat per la finestra, i que no l'havia perseguit perquè, com que és més corpulent que Renfield, no podia esquitllar-se darrere seu. Per això, i perquè tenia por de perdre'l de vista si corria cap a la porta de l'edifici, s'havia estimat més quedar-se allà i seguir-lo amb la mirada. Jo, que sóc més prim, sí que he sortit per la finestra. Sabíem que havia fugit en línia recta cap a l'esquerra, de manera que he arrencat a córrer en aquesta direcció. He travessat la filera d'arbres i he vist una figura blanca que escalava el mur que separa el nostre jardí del jardí de la casa veïna, que està deshabitada. M'he afanyat a tornar i he demanat al conserge que aplegués tres o quatre homes i em seguís a la finca de Carfax. Hem agafat una escala i hem saltat el mur. En aquell moment, Renfield desapareixia per una cantonada i li hem anat al darrere. Quan l'hem tornat a veure, estava enganxat a la porta de roure de la capella. Semblava que parlés amb algú; m'hi he apropat silenciosament i he sentit que deia:

—Sóc aquí per complir els vostres desitjos, amo. Sóc el vostre esclau i us seré fidel. Ara que heu arribat, espero instruccions. I vós em recompensareu quan repartiu els vostres béns, oi que sí, amo estimat?

Ha lluitat com un tigre quan l'hem enxampat. Mai no he vist un llunàtic[17] en un estat de fúria semblant. Però ara està ben custodiat. Li hem posat una camisa de força i l'hem encadenat a la sala de parets encoixinades. Des de l'estudi sento els seus crits espantosos.

17 llunàtic: boig.

Capítol IX

Carta de Mina Murray a Lucy Westenra

Budapest, 24 d'agost

Estimada Lucy,

Deus estar ansiosa per saber les coses que m'han passat des que vaig partir. Doncs heus aquí que vaig trobar el meu estimat Jonathan molt pàl·lid i amagrit[1], convertit en una ombra del que era. No recorda res del que li ha esdevingut, o potser és això el que em vol fer creure, així que no goso preguntar-li res. Ha patit un trasbals terrible i tinc por que, si s'esforça per recordar, el seu cervell esgotat se'n ressenti. Sec al capçal del seu llit i me'l miro mentre dorm. Ara es desperta...

Així que s'ha despertat, m'ha demanat l'abric; volia alguna cosa que guarda a la butxaca. He demanat l'abric a la germana Agatha, i la bona dona ha portat les pertinences de Jonathan, entre les quals

1 amagrit: que s'ha aprimat.

hi ha el seu diari. He pensat que, si el llegia, hi trobaria alguna pista del que va passar. Però Jonathan, seriós, ha dit:

—Wilhelmina, saps que sóc del parer[2] que no hi ha d'haver secrets entre nosaltres. Ara bé, he patit un trasbals molt fort, i no sé si els fets que me'l van provocar van ser reals o van ser el somni d'un pobre boig. En aquest diari hi ha el secret de la febre cerebral que gairebé em mata, però no el vull recordar. Vull començar una nova vida amb el nostre matrimoni. Guarda el diari, Mina, o llegeix-lo si vols, però no m'expliquis què diu, llevat que un deure solemne m'obligui a reviure les hores amargues que vaig passar, ja fos adormit o despert, en plena possessió de les meves facultats o completament boig.

Dit això, s'ha deixat caure esgotat. Jo l'he besat i he desat el diari sota el coixí. Després hem fet cridar un capellà. Tan bon punt Jonathan es desperti, ens casarem...

Lucy, ja ha passat tot. Sóc tan feliç! Jonathan ha pronunciat el seu «Sí, ho vull» amb veu forta i decidida, assegut al llit. Jo, en canvi, com que tenia el cor a la gola, l'he pronunciat amb un fil de veu. Quan ens hem quedat tots dos sols, he agafat el diari, l'he embolicat amb un paper blanc, l'he lligat amb una cinta i l'he segellat amb lacre[3]; com a segell he fet servir l'anell de casada. Després he besat el diari, l'he ensenyat al meu espòs i li he promès que el guardaré així tancat com a símbol de la confiança que ens tenim, i que mai no l'obriré llevat que s'esdevingui un cas de força major. Aleshores Jonathan m'ha agafat les mans i ha dit que sóc el que més estima del

2 parer: opinió.
3 lacre: pasta sòlida feta de laca i pega vegetal. Es fon quan s'escalfa, i s'usa per segellar o tancar sobres i altres documents.

món, i que, si fos menester, tornaria a passar pel mateix calvari per tal d'estar amb mi.

Adéu, amiga meva. Jonathan s'ha despertat. T'estima sempre,

Mina Harker

Diari del doctor Seward

22 d'agost. Quin cas tan interessant, aquest Renfield! Després del seu atac, va estar violent en tot moment, però la nit següent, tan bon punt va sortir la lluna, va dir: «Ara puc esperar». De manera que vaig manar que li traguessin la camisa de força i les cadenes. Des d'aleshores està tranquil fins que arriba l'alba, moment en què comença a inquietar-se, es torna violent i, finalment, queda tan esgotat que cau en una mena de coma. Actua sota una influència que desconec.

23 d'agost. Renfield ha tornat a fugir! Aprofitant que el zelador ha entrat a la cel·la durant la ronda, ha arrencat a córrer pel passadís. Ha tornat a la casa deshabitada, on l'hem trobat un altre cop enganxat a la porta de la capella. En veure'm, s'ha enfurit, i hauria tractat de matar-me si els vigilants no l'haguessin aturat. Mentre el subjectàvem, ha passat una cosa estranya: ha vist alguna cosa i s'ha calmat tot d'una. Li he seguit la mirada i he ensopegat amb un ratpenat enorme que volava, silenciós i fantasmagòric, cap a l'oest. Després Renfield ens ha seguit sense causar cap més problema.

DIARI DE LUCY WESTENRA

Hillingham, 24 d'agost. Faré com Mina i escriuré un diari. Tant de bo fos aquí! Em sento ben trista. Aquesta nit he tornat a somiar, com em passava a Whitby. Però és horrible que no pugui recordar els somnis. Arthur és aquí, i l'estimo més que mai. Ha vingut a dinar, i quan m'ha vist s'ha amoïnat; jo no tenia forces per fingir alegria.

25 d'agost. Una altra nit dolenta. M'he esforçat per restar desperta, però la son m'ha vençut. M'he desvetllat quan el rellotge tocava les dotze; alguna cosa voletejava a la finestra, però no n'he fet cas i m'he tornat a adormir. He tingut malsons. Tant de bo pogués recordar-los! Aquest matí em sento espantosament feble. Em miro al mirall i em veig blanca com el paper. Em fa mal la gola i em falta l'aire.

CARTA D'ARTHUR HOLMWOOD AL DOCTOR SEWARD

Hotel Albemarle, 31 d'agost

Estimat John,

Vull demanar-te un favor. Lucy està malalta; més ben dit, no pateix cap malaltia en concret, que jo sàpiga, però té molt mal aspecte. No goso parlar-ne amb la seva mare. La dona m'ha confessat que pateix del cor i que ja no viurà gaire temps, i no vull preocupar-la. La pobra Lucy ignora això de la senyora Westenra, i, amb tot, alguna cosa que no sap explicar la neguiteja. Pateixo només de mirar-la. Vine a Hillingham demà a l'hora de dinar, com a convidat a taula; així la senyora Westenra no sospitarà res i no s'espantarà. Lucy s'ho farà venir bé perquè la puguis examinar. No hi faltis!

ARTHUR

TELEGRAMA D'ARTHUR HOLMWOOD AL DOCTOR SEWARD

1 de setembre

«El meu pare està pitjor. Cal que vagi a Ring. Escriu-me una carta amb els detalls de la teva visita a Lucy, o envia'm un telegrama.»

CARTA DEL DOCTOR SEWARD A ARTHUR HOLMWOOD

2 de setembre

Estimat i vell amic,

El meu parer és que la senyoreta Westenra no pateix cap malaltia que jo conegui. Amb tot, no m'agrada el seu aspecte. La vaig examinar i la vaig trobar sense forces, com algú que ha perdut una gran quantitat de sang, però l'analítica que li vaig fer descarta l'anèmia i revela que la seva salut és bona. Per tant, deu patir un trastorn de tipus mental. Es queixa de respiració dificultosa i de malsons que no aconsegueix recordar. M'ha dit que, de petita, solia caminar adormida, i que a Whitby aquest costum es va repetir, però que darrerament ha cessat.

Dubtós com estic, he escrit al meu mestre i bon amic, el professor Van Helsing, d'Amsterdam, que és una eminència mundial en malalties obscures, i li he demanat que vingui amb urgència. Hi podem confiar i caldrà que fem tot allò que ens digui. És filòsof, metafísic[4] i un dels científics més avançats del nostre temps. A la seva mentalitat oberta —val a dir que és un apassionat de l'hipnotisme[5]—, cal afegir uns nervis d'acer, un gran coratge i el cor més bondadós i lleial que ha existit mai. Compta sempre amb mi,

JOHN SEWARD

4 metafísic: persona versada o interessada en coses que superen la comprensió científica o humana.
5 hipnotisme: conjunt de tècniques que permeten hipnotitzar, i també dels usos que se'n poden fer de la hipnosi.

Carta d'Abraham van Helsing, doctor en medicina, filosofia, literatura i un llarg etcètera, al doctor Seward

2 de setembre

Estimat amic,

Acabo de rebre la vostra carta i ja m'he posat en camí en el vaixell correu[6]. Organitzeu-ho tot a fi que puguem visitar la senyoreta demà mateix, però no gaire tard, perquè em cal emprendre el retorn a la nit. Si calgués, però, tornaria al cap de tres dies i m'hi quedaria més temps. Fins aleshores, a reveure.

Abraham van Helsing

Carta del doctor Seward a Arthur Holmwood

3 de setembre

Estimat Art,

Van Helsing ha vingut i ja ha marxat. Com que la senyora Westenra dinava fora, hem pogut estar sols amb Lucy i fer-li un examen minuciós. Van Helsing està molt preocupat. M'ha comentat que és un afer de vida o mort, i potser també alguna cosa més. Li he demanat què volia dir, però no m'ho ha volgut explicar. No t'enutgis amb ell, Art; la seva reserva significa que ha posat la ment a treballar pel bé de Lucy. Parlarà sense embuts[7] quan arribi el moment; hi pots comptar.

Vull afegir que, durant la visita, he trobat Lucy més alegre que en dies anteriors, i també amb més bon aspecte. Ha recuperat una mica

6 vaixell correu: ferri, vaixell que uneix dues costes d'una manera regular i sovintejada, i que permet la tramesa ràpida de correu, mercaderies i passatgers.
7 sense embuts: amb sinceritat.

el color i respira amb normalitat. Van Helsing ha confirmat que no pateix cap trastorn funcional i que no té anèmia, però sospita que ha perdut molta sang i afirma que hi ha d'haver, per força, una causa per al seu mal. M'ha dit que havia de tornar a casa seva i reflexionar sobre el cas, però que li enviés un telegrama diari per mantenir-lo al corrent de la situació, i també que, si ho trobava necessari, acudiria de nou.

Ara, Art, en saps tant com jo. Espero que el teu pobre pare es trobi millor. Ha de ser terrible la teva situació, passant pena per dues persones que estimes tant. Sóc conscient del deure que tens envers el teu pare, i fas bé de quedar-te al seu costat. Si és menester, et faré cridar; així doncs, no et neguitegis gaire llevat que rebis notícies meves.

DIARI DEL DOCTOR SEWARD

4 de setembre. Ahir Renfield va tenir un nou atac de fúria. Des d'aleshores, es troba en un estat de malenconia.

Més tard. Renfield s'ha excusat pel seu mal comportament i m'ha demanat humilment que el torni a la seva cel·la. He pensat que li faria un bé i hi he accedit. Ara té la finestra oberta; ha escampat el sucre del te per l'ampit i caça mosques, però ja no se les menja, sinó que les guarda en una capsa, com abans. També grata pels racons buscant aranyes. He volgut que m'expliqués la raó de les seves fugides i el seu comportament violent. S'ha limitat a murmurar, com parlant per a si mateix: «S'ha acabat! M'ha abandonat! Ja no en puc esperar res, tret que ho faci jo mateix!».

El mateix dia, a mitjanit. Avui he visitat Lucy i l'he trobat molt refeta. Està animada i ha recuperat la gana. Quan tornava al manicomi, a la posta de sol, he sentit Renfield que cridava. No s'ha asserenat fins que el sol s'ha amagat del tot; després ha escombrat el sucre de l'ampit de la finestra i ha deixat escapar totes les mosques. Li he preguntat si ja no les volia.

—No! —ha exclamat—. N'estic fart, d'aquestes ximpleries!

TELEGRAMA DE SEWARD, LONDRES, A VAN HELSING, AMSTERDAM

6 de setembre

«Terrible empitjorament de la pacient. Veniu de seguida. No perdeu ni una hora.»

CAPÍTOL X

CARTA DEL DOCTOR SEWARD A ARTHUR HOLMWOOD

6 de setembre

Estimat Art,

Lucy ha patit una lleu recaiguda. Amb tot, n'hem tret una cosa bona: la senyora Westenra estava preocupada per la seva filla, com és natural, i m'ha consultat en qualitat de metge. He aprofitat l'avinentesa[1] per dir-li que el meu antic mestre, el gran especialista Van Helsing, ve cap aquí, i que tots dos tindrem cura de Lucy. En endavant podrem entrar i sortir sense alarmar la pobra dona, i això és ben convenient, ja que l'ensurt més petit podria matar-la i, en conseqüència, repercutiria molt negativament en la salut de la teva estimada. Ens assetgen[2] les dificultats, company, però triomfarem si Déu ho vol. T'escriuré quan hi hagi novetats. Compta sempre amb mi,

JOHN SEWARD

1 avinentesa: ocasió.
2 assetjar: acorralar, perseguir.

Diari del doctor Seward

7 de setembre. Només d'arribar, Van Helsing ha volgut saber si he dit res a Arthur de la seva visita.

—Li vaig escriure per dir-li que Lucy no acaba de refer-se i que veníeu cap aquí —he explicat—. Això és tot.

—Bé, amic meu, molt bé! —ha exclamat ell—. És millor que no sàpiga gran cosa, almenys mentre no sigui necessari.

I ha afegit que, ara com ara, hem de reservar per a nosaltres els resultats de les investigacions.

Després, quan li he descrit els símptomes de Lucy, que són els mateixos que dies enrere, però més acusats, s'ha quedat tot capficat[3] i en silenci. Ha agafat el maletí amb l'instrumental i hem fet cap a la visita.

A Hillingham ens ha rebut la senyora Westenra, i, atès el seu estat delicat, li he prohibit que s'estigui més temps del que calgui al costat de la filla, passant neguit. Lucy ens esperava allitada.

Si ahir em vaig alarmar, avui m'he esgarrifat: estava blanca com la llet; llavis i genives havien perdut la coloració vermella, i se li marcaven els ossos de la cara. Els esforços que havia de fer per respirar la mantenien immòbil al llit, sense esma[4] per parlar. L'hem observada en silenci una estona i hem sortit de la cambra. Aleshores Van Helsing ha exclamat:

—*Mein Gott*[5], és terrible! No hi ha temps a perdre. Morirà per manca de sang si no li fem una transfusió ara mateix. Qui de nosaltres serà el donant?

3 capficat: molt preocupat.
4 sense esma: sense energia, sense coratge.
5 *mein Gott*: en holandès, 'Déu meu'.

—Jo sóc més jove i més fort, professor. Si em permeteu...

Ens han interromput uns trucs a la porta del carrer: era Arthur.

—John, estava molt preocupat —ha murmurat en veure'ns—. El pare es troba millor i he decidit venir a veure Lucy. —I, adreçant-se al professor, ha preguntat—: Sou vós el doctor Van Helsing? Agraeixo els vostres esforços, senyor.

El doctor semblava irritat per aquella interrupció inoportuna, però, quan s'ha fixat en la constitució robusta d'Arthur, els ulls li han brillat i ha dit:

—Així, sou el promès de la nostra estimada Lucy. Doncs arribeu a temps. La senyoreta està molt greu. Però vós la podeu ajudar.

—Què he de fer? Digueu-ho i ho faré. La meva vida pertany a Lucy i donaria fins la darrera gota de sang per ella.

—No en caldrà pas tanta —ha contestat Van Helsing—, però si no li fem una transfusió, morirà. John s'ha ofert com a donant, però, ja que sou aquí, és millor que us hi oferiu vós. Penso que la vostra sang és plena de vigor.

Hem fet esperar Arthur al passadís mentre, al dormitori de Lucy, el professor obria el maletí i disposava l'instrumental en una tauleta. Ha preparat un narcòtic[6] i ha demanat a la pacient que se'l begués. Només quan el beuratge ha fet efecte Van Helsing ha permès que Arthur entrés a l'habitació.

—Podeu besar-la mentre acosto la taula al llit.

Arthur ha besat Lucy i Van Helsing ha començat la transfusió. A mesura que la sang passava d'un cos a l'altre, l'escalfor de la vida tornava a les galtes de la noia. Arthur resplendia d'alegria davant del

6 narcòtic: substància que produeix son i relaxament muscular.

resultat. Amb tot, la transfusió s'allargava i anava empal·lidint cada vegada més, fins al punt que ha començat a estremir-se; i això que és un home fort! Jo he sentit una punxada d'inquietud: la gran quantitat de sang que Lucy necessitava per refer-se tot just una mica revelava fins a quin punt era greu el seu estat.

Enllestida l'operació, el doctor li ha acomodat el cap al coixí. Mentre ho feia, la cinta de vellut negre que la noia porta sempre al voltant del coll s'ha desplaçat i ha deixat a la vista un senyal vermell. Arthur no l'ha vist, però a Van Helsing se li ha escapat un grunyit d'estupefacció[7].

—John, acompanyeu el nostre promès a baix, doneu-li un vas de porto[8] i feu que s'estiri una estona. Després, que se'n vagi a casa i que dormi i mengi bé. Ha de recuperar la vida que ha donat a la seva estimada.

Quan Arthur se n'ha anat i he pogut tornar a l'habitació, Lucy dormia profundament i la seva respiració era més regular. Van Helsing seia al seu costat i la mirava atentament. La cinta de vellut ja tornava a tapar el senyal vermell. He preguntat en veu baixa:

—Professor, què en penseu, d'aquesta marca al coll?

—Què en penseu vós?

—Encara no l'he examinat —he dit, i he descordat la cinta.

La pell de damunt la vena jugular presentava dues perforacions. No eren gaire grans ni semblaven infectades, però tenien les vores blanquinoses, amb un lleu esquinçament de la carn, ben bé com el producte d'una mossegada. Aleshores se m'ha acudit que aquesta fe-

7 estupefacció: desconcert tan gran que la persona, per un moment, queda paralitzada d'acció i de pensament.
8 porto: vi dolç originari de la ciutat portuguesa de Porto.

rida podia ser la causa de la gran pèrdua de sang. Però he descartat la idea perquè, en aquest cas, hauríem d'haver trobat Lucy ajaguda en un bassal vermell. No he sabut què contestar al professor, que s'ha aixecat i ha dit:

—Torno a Amsterdam aquesta mateixa nit per recollir alguns llibres i altres coses que necessito. Vós quedeu-vos aquí i vetlleu la pacient. No li tragueu els ulls de sobre, i assegureu-vos que menja com cal i que res no la molesta. Tornaré així que pugui i llavors començarem.

—Començarem? Què voleu dir?

—Això ja ho veurem! —ha contestat mentre sortia per la porta. Abans de tancar, però, m'ha fet aquest advertiment:

—Recordeu que sou responsable de Lucy. Si l'abandonéssiu i li passés res, no podríeu dormir mai més!

8 de setembre. El narcòtic va fer efecte fins al vespre, moment en què Lucy es va despertar. Després de la transfusió, semblava una altra persona. Tot i la feblesa, estava molt més animada i plena de vida. Però em vaig adonar que, cada vegada que el son la vencia, lluitava per mantenir-se en vetlla, una lluita cada cop més desesperada. Era evident que no es volia adormir.

—No voleu dormir, Lucy?

—No, estic espantada.

—Us espanta dormir? Per què? Si és una benedicció que tothom voldria.

—Ah, no! No ho diríeu pas si fóssiu al meu lloc i la son fos per a vós un presagi[9] d'horror!

9 presagi: senyal que anuncia un esdeveniment futur.

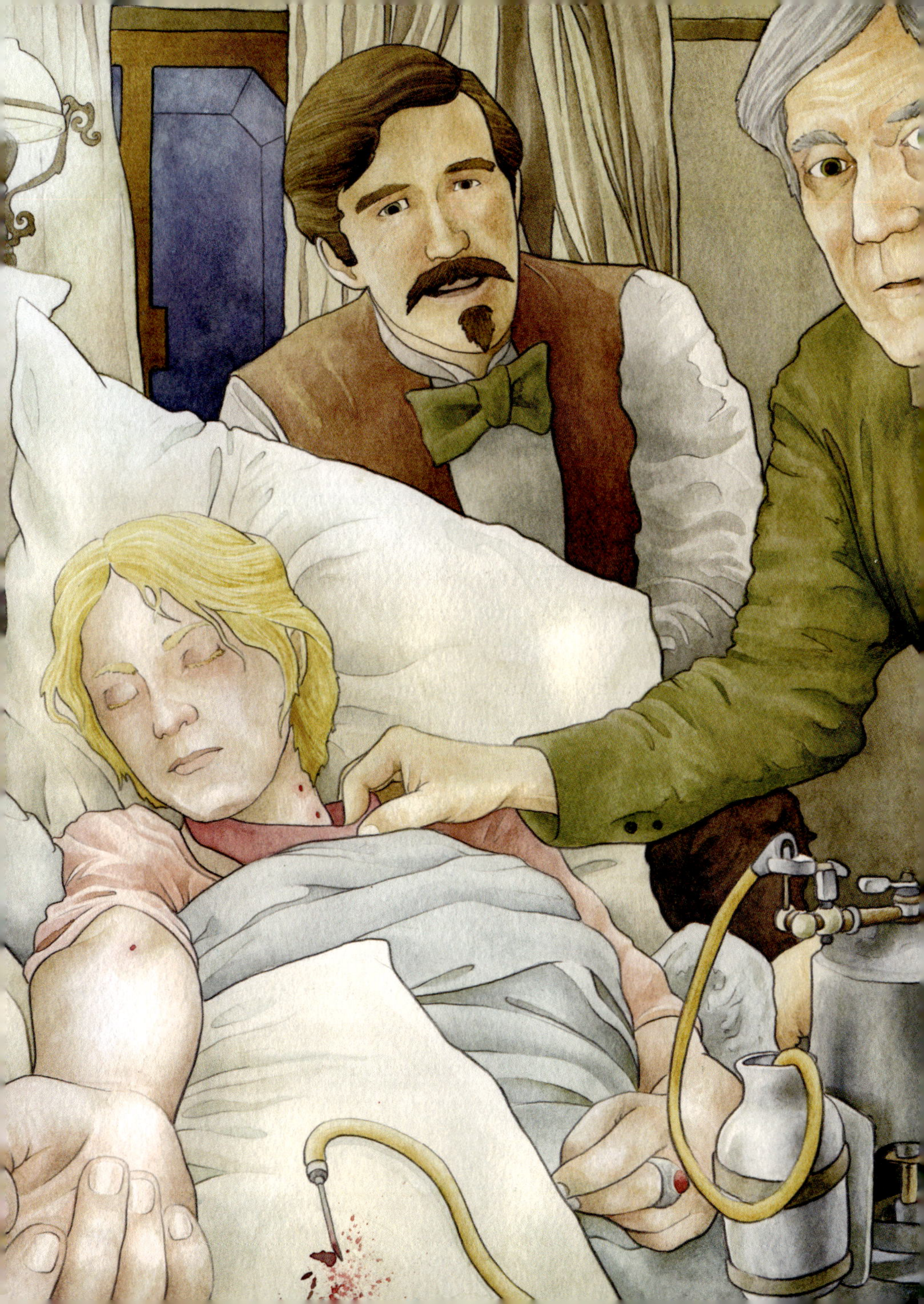

—Un presagi d'horror? Què voleu dir?

—No ho sé! Ai, no ho sé! I això és el pitjor. Però estic segura que aquesta feblesa que em turmenta m'arriba mentre dormo, i tremolo només de pensar en aclucar els ulls.

—Però, estimada, aquesta nit us convé el descans. Jo vigilaré i no us passarà res.

—Sí, sé que puc confiar en vós!

—Us prometo que, si veig que teniu un malson, us despertaré a l'instant.

—Oh, de debò que ho fareu? Sou molt bondadós amb mi. Aleshores dormiré!

I tot seguit va sospirar alleujada i es va adormir.

L'he vetllada tota la nit. En cap moment no s'ha mogut i ha gaudit d'un son profund i reparador, sense que cap malson pertorbés la pau del seu esperit. He marxat de Hillingham de bon matí i he enviat un telegrama a Van Helsing i un altre a Arthur, informant-los de l'excel·lent resultat de la transfusió. A l'hora de sopar he rebut a casa la resposta d'Amsterdam: el doctor em demana que torni a Hillingham i vetlli Lucy una altra nit. Ell arribarà demà al matí.

9 de setembre. Vaig tornar a Hillingham al vespre, però estava esgotat. Amb prou feines havia dormit en els darrers dies i la son em tenia atordit. Lucy s'havia llevat i estava molt animada. Em va mirar als ulls i va dir:

—Aquesta nit no vetllareu. Esteu extenuat[10] i jo em trobo perfectament. —Va mostrar-me una estança veïna a la seva i va afegir—:

10 extenuat: completament esgotat.

Us quedareu aquí i descansareu en aquest sofà. Deixarem les portes obertes i així, si necessito res, us cridaré i acudireu de seguida.

Com que la fatiga no m'hauria permès vetllar Lucy per més que m'hi hagués esforçat, vaig acceptar la proposta. Després de fer-li prometre que em cridaria si volia res, em vaig estirar al sofà i em vaig oblidar del món.

10 de setembre. M'he desvetllat en notar la mà del professor al cap.

—Com es troba la nostra pacient, John?

—Estava bé quan l'he deixat, o, més ben dit, quan ella m'ha deixat a mi.

—Comprovem-ho —ha fet Van Helsing, i hem entrat plegats al dormitori.

Aleshores, tan bon punt he aixecat la persiana i la llum del matí ha inundat la cambra, el doctor ha deixat escapar un d'aquells grunyits que signifiquen estupefacció.

—Déu del cel! —ha cridat a continuació, mentre assenyalava el llit amb el rostre blanc com un fantasma.

A mi, els genolls m'han flaquejat. Lucy jeia al llit, mig esvanida[11], i més pàl·lida i demacrada[12] que mai. Fins i tot els llavis havien perdut el color, i semblava que les dents li sobresortien perquè les genives se li havien encongit.

—Afanyeu-vos! Porteu el *brandy*[13]!

He corregut al menjador i he tornat amb el licor. El professor l'ha fet servir per humitejar els llavis de la pacient, i per fer-li fregues

11 esvanida: desmaiada.
12 demacrada: molt prima i amb mal aspecte.
13 *brandy*: beguda alcohòlica d'alta graduació, semblant al conyac.

a les mans, els canells i el pit. Després l'ha auscultat[14] amb molta atenció i, passats uns instants de suspens agònic, ha anunciat:

—Encara som a temps! El cor batega, però molt feble. Haurem de començar de cap i de nou! Com que Arthur no és aquí, us ho demano a vós, John: la noia necessita una transfusió.

Naturalment, he accedit de grat[15] a donar la meva sang; i per segona vegada l'hem sotmès a l'operació. En acabat, Van Helsing m'ha enviat a beure un got de vi. Però, abans que abandonés el dormitori, m'ha dit en un xiuxiueig:

—Arthur no ho ha de saber. Si es deixa caure per aquí, no li'n digueu ni una paraula, perquè l'espantaríeu i el posaríeu gelós; i res d'això ens convé.

Quan he tornat, m'ha ordenat que descansés i esmorzés per recuperar les forces. Em sentia tan afeblit que no m'ho he fet dir dues vegades. M'he estirat al sofà i, mentre provava de dormir, bo i demanant-me què devia haver passat perquè Lucy tornés a perdre tanta sang, les petites ferides que té a la gola acudien una vegada i una altra al meu pensament.

Lucy ha dormit fins ben entrat el dia, i en despertar se sentia tan refeta com després de la primera transfusió. Van Helsing l'ha examinat, després me l'ha encomanat amb l'ordre de no separar-me'n ni un sol instant, i ha sortit per enviar un telegrama. A la tornada, m'ha acomiadat amb aquesta recomanació:

—Aneu-vos-en a casa i reposeu; mengeu i beveu força. Jo vetllaré la senyoreta aquesta nit. Però pareu atenció: aquest cas demana un estudi minuciós i molt de silenci. Tinc motius seriosos per demanar

14 auscultar: escoltar els sorolls que es produeixen dins del cor a fi de detectar-hi alguna anomalia.
15 de grat: amb gust, voluntàriament.

que no expliqueu res a ningú. No, ara no em feu preguntes! Penseu el que vulgueu i no tingueu por de pensar el més improbable. Bona nit.

11 de setembre. He tornat a Hillingham a la tarda, i he trobat Van Helsing molt satisfet i Lucy molt refeta. No feia gaire que era amb ells quan el professor ha rebut un voluminós paquet procedent d'Amsterdam; contenia un gran ram de flors blanques.

—Són per a vós, senyoreta Lucy —ha dit.

—Per a mi? Oh, doctor!

—Sí, estimada. Flors medicinals. Però no patiu; no us les faré beure en infusió ni us les administraré per cap altre mitjà repugnant. Simplement, en posaré unes quantes a la finestra del dormitori i, amb la resta, confeccionaré una garlanda[16] ben bonica per guarnir-vos el coll. Això farà que dormiu apaciblement.

Lucy ha examinat les flors, les ha ensumat i ha exclamat mig riallera, mig enfadada:

—Professor, quines bromes de fer! Són flors d'all!

Van Helsing, aleshores, s'ha encarcarat tot ell i ha proclamat amb severitat:

—Mai no faig broma, senyoreta! Tot plegat té una finalitat prou seriosa i no deixaré que ho engegueu a rodar. Si no us voleu cuidar pel vostre bé, feu-ho pel bé dels altres. —Llavors, en veure que l'havia espantat, ha afegit en un to més amable—: Estimada Lucy, no em tingueu por. Ho faig en benefici vostre. Aquestes flors tan vulgars tenen moltes virtuts.

16 garlanda: cadena de flors o herbes trenades, que es fa servir com a adorn.

I, dit això, ha tancat la finestra, posant cura d'assegurar-la amb el baldó[17], i ha agafat un manat de flors i les ha fregat a consciència contra el marc, a fi que tot quedés ben impregnat d'olor d'all. També ha fregat els marcs de la porta i de la llar de foc. Tot plegat em semblava tan estrafolari[18] que no m'he pogut estar de dir:

—Professor, sé que mai no feu res sense motiu, però ara em desconcerteu; això sembla un conjur per foragitar un esperit maligne.

—I potser ho és, estimat John! —ha contestat mentre trenava la garlanda.

Quan Lucy, després de fer-se la toaleta, s'ha allitat, el professor li ha posat la garlanda al voltant del coll.

—No us la tragueu per res del món —li ha recomanat—; i encara que trobeu l'atmosfera massa carregada, no obriu la porta ni la finestra. M'ho prometeu, senyoreta?

—Ho prometo —ha fet Lucy—. I moltes gràcies a tots dos; sou tot bondat.

Quan sortíem de la casa, Van Helsing ha sospirat alleujat:

—Aquesta nit podré dormir en pau, i us ben asseguro que ho necessito. Demà, ben d'hora, tornarem i trobarem la pacient d'allò més envigorida gràcies al meu «conjur».

17 baldó: barra o passador de metall que, fixat en una porta o finestra per la part de dins, serveix per impedir que s'obri des de fora.
18 estrafolari: extravagant, fora de lloc.

Capítol XI

Diari de Lucy Westenra

12 de setembre. Tothom és tan bondadós amb mi! Aprecio moltíssim els esforços del doctor Van Helsing. Deu tenir raó pel que fa a aquestes flors. Em sento més alleujada des que porto la garlanda, i sé que aquesta nit podré dormir sense por dels malsons.

Diari del doctor Seward

13 de setembre. Van Helsing i jo hem arribat a Hillingham a les vuit en punt, i la senyora Westenra ens ha rebut amb aquestes paraules:

—Els agradarà saber que Lucy està millor. Ara mateix dorm i no he volgut despertar-la.

El professor ha somrigut satisfet, s'ha fregat les mans i ha exclamat amb alegria:

—Sabia que el diagnòstic era encertat. El meu tractament funciona!

—Oh, no us hauríeu d'atribuir tot el mèrit, doctor —ha fet la senyora Westenra—. En part, la millora de Lucy és cosa meva.

—Què voleu dir?

—Ahir a la nit vaig pujar a fer-li una visita. Dormia tan profundament que no es va despertar. Però l'aire del dormitori era sufocant; pertot hi havia aquelles flors horribles que fan una olor tan forta, i fins i tot en tenia un grapat al voltant del coll. Em va fer por que una flaire tan penetrant no fos excessiva, de manera que vaig retirar les flors i vaig obrir una mica la finestra perquè entrés l'aire fresc.

A mesura que la senyora Westenra parlava, el professor anava empal·lidint. Dissimulava el seu enuig perquè coneix la fragilitat de la dona i sap fins a quin punt podria afectar-la un disgust. Però així que ens hem quedat sols, m'ha arrossegat al menjador i ha tancat la porta. Aleshores, per primer cop, l'he vist ensorrar-se. S'ha agafat el cap amb les mans, s'ha deixat caure en una cadira i, cobrint-se el rostre, ha esclafit a plorar amb uns sanglots que li sortien del fons del cor.

—Oh, *mein Gott*! —ha gemegat—. Què ha fet aquesta criatura innocent perquè la castiguin d'aquesta manera? La pobra mare ignorant, pensant que feia un bé, perdrà la filla en cos i ànima; i no li ho podem dir perquè, si ho sabés, es moriria, i llavors totes dues moririen. Tenim els poders del diable en contra!

De sobte, s'ha alçat i ha brandat[1] el seu maletí:

—De pressa! Ara és moment de veure i actuar! Tant se val que siguin dimonis; cal plantar-los cara!

1 brandar: fer anar com si fos una arma.

Hem corregut a l'habitació de Lucy, que tornava a jeure amb aquell aspecte demacrat i pàl·lid de dies enrere. El doctor li ha fet una tercera transfusió; i aquesta vegada ha estat ell el donant de sang. Després ha demanat a la senyora Westenra que no toqués res del dormitori sense consultar-li-ho abans, i li ha explicat que les flors són medicinals i que la seva olor forma part del tractament. A mi m'ha dit que s'encarregaria personalment de vetllar Lucy aquesta nit i la següent, i que em faria cridar si em necessitava.

DIARI DE LUCY WESTENRA

17 de setembre. Quatre dies i quatre nits de pau. Em sento tan envigorida que amb prou feines em conec. Des que el doctor Van Helsing és al meu costat, s'han esvaït els malsons. Els sorolls que tant m'espantaven —aquells copets als vidres de la finestra, i la veu aspra i llunyana que em manava fer coses que no puc recordar— han cessat. Ara m'allito sense por de dormir i fins i tot m'he aficionat a l'all, que ens envien diàriament des d'Holanda. Aquesta nit el professor serà fora perquè el reclama un afer a Amsterdam. Però m'ha dit que em vetllarà el doctor Seward.

THE PALL MALL GAZETTE, 18 DE SETEMBRE
LA FUGIDA DEL LLOP
LA PERILLOSA AVENTURA DEL NOSTRE REPORTER

Entrevista amb un cuidador del jardí zoològic

Thomas Bilder, el cuidador dels llops, ha explicat al nostre reporter que l'exemplar que es va escapar es deia Bersicker i era un dels tres llops grisos que van arribar de Noruega ara fa quatre anys. Diu que és un animal bo i mansoi, que mai no causava problemes. Però ahir a la tarda, dues hores després que Bilder li donés el dinar, va començar a udolar com si hagués embogit. També udolaven els seus companys de les gàbies veïnes, però Bersicker fins i tot mossegava els barrots. Davant de la seva gàbia hi havia un home alt i prim, de nas aguilenc, barba punxeguda i una mica canosa, mirada freda i ulls vermells. Bilder conta que el visitant va assenyalar els animals i va dir: «Hi ha alguna cosa que molesta els llops». «Potser sou vós», va contestar Bilder, a qui no agradaven els aires que gastava aquell home. «Oh, no ho crec pas», va fer el desconegut amb un somriure que ensenyava unes dents blanques i esmolades.

Diu Bilder que els llops, quan els van sentir enraonar, es van tranquil·litzar i van jeure, i que quan es va acostar a Bersicker, el llop es va deixar acariciar com de costum. Després, amb gran sorpresa de Bilder, el desconegut va ficar la mà entre els barrots i també el va acariciar. Bilder li va aconsellar que anés amb compte, però l'home va contestar: «Oh, estic acostumat a aquestes bèsties». Més tard, quan va sortir la lluna, els llops van udolar; i poc abans de mitjanit, quan Bilder va anar a donar una ullada a la gàbia de Bersicker, la va trobar buida, amb els barrots trencats i retorçats.

Anotades aquestes explicacions del cuidador, el nostre reporter ja es disposava a finalitzar l'entrevista quan s'ha sentit un cop a la finestra.

—Que Déu em beneeixi! —ha exclamat el senyor Bilder—. És el vell Bersicker, que torna tot solet!

I així ha aparegut, dòcil com un cadellet de gos, el llop que ha terroritzat la ciutat de Londres durant mig dia. Bilder l'ha acollit com un fill pròdig,[2] l'ha examinat amb molta tendresa i ha murmurat:

—Sabia que el pobre es ficaria en embolics. Té el cap ple de talls i bocins de vidre. Deu haver hagut de saltar una tàpia o qualsevol d'aquests maleïts entrebancs. És una vergonya que la gent enganxi ampolles trencades a les tàpies. Ja veieu què passa!

I, dient això, s'ha endut el llop a la gàbia per curar-lo i atipar-lo.

DIARI DEL DOCTOR SEWARD

17 de setembre. Treballava a l'estudi, havent sopat, quan la porta s'ha obert amb violència i ha entrat Renfield amb el rostre desencaixat de fúria i empunyant un ganivet. Ha saltat de dret cap a mi sense vacil·lar i m'ha fet un tall profund al canell esquerre. Sortosament, he pogut aturar el segon assalt; l'he colpejat amb la mà dreta i ha caigut d'esquena a terra. La sang, que em rajava en abundància, començava a formar un bassal a la catifa, i, com que m'ha semblat que Renfield havia perdut l'empenta i ja no tenia intenció d'atacar, m'he afanyat a embenar-me la ferida. Quan han arribat els meus ajudants, el pacient seguia a terra i feia una cosa que m'ha omplert de repugnància: llepava com un gos la meva sang vessada. M'ha sorprès que no oferís resistència quan l'han aixecat. Ha deixat que se l'emportessin mentre repetia una vegada i una altra:

—La sang és vida! La sang és vida!

Ho és, sí, i jo no en puc perdre més. La transfusió i els esforços dels darrers dies m'han esgotat les forces. Necessito repòs. Com que el doctor Van Helsing no m'ha fet cridar, aprofitaré per dormir.

2 Se'n diu així del fill que abandona la casa dels pares per independitzar-se, però al final torna sense haver-se'n sortit.

18 de setembre. Déu del cel! Ahir Van Helsing em va enviar un telegrama en què em demanava que passés la nit a Hillingham, i el telegrama m'arriba tot just ara! Lucy ha estat una nit sense que ningú la vetllés! I ja sabem què pot passar en una sola nit... La fatalitat ens assetja, sempre hi ha algun accident que esguerra els nostres plans! M'emporto el cilindre a Hillingham i acabaré la gravació del diari amb el fonògraf de Lucy.

NOTA DE LUCY WESTENRA

17 de setembre, a la nit. Escric aquestes ratlles perquè no vull que ningú tingui problemes per culpa meva. És un relat exacte del que ha passat aquesta nit. Sento que moro de feblesa, amb prou feines tinc força per sostenir la ploma, però cal que ho faci, encara que la vida m'abandoni mentre escric.

Després d'assegurar-me que les flors eren on les havia col·locat el doctor, m'he allitat i m'he adormit de seguida.

M'han despertat aquells copets a la finestra que vaig sentir a Whitby per primera vegada. Aleshores he desitjat que el doctor Seward, tal com Van Helsing li havia demanat, m'estigués vetllant a l'habitació del costat. Tenia son i les parpelles se'm tancaven, però havia tornat la por de quedar-me adormida. M'esforçava per mantenir-me desperta quan he sentit una mena d'udol, com el d'un gos, però més ferotge i profund. He mirat per la finestra. Un gran ratpenat batia les ales contra el vidre, no res de preocupant. En aquell moment, la mare ha entrat a la cambra.

—Pateixo per tu, filla —ha dit.

Jo, tement que es refredés, li he demanat que es fiqués al llit amb mi. I mentre ens estàvem allà abraçades, s'han tornat a sentir els copets, i tot seguit, un altre cop l'udol. Aleshores el vidre de la finestra ha esclatat amb un estrèpit esgarrifós. Un llop gris, enorme, s'ha abocat per l'esvoranc[3], i la mare ha cridat i ha bracejat desesperadament. Les seves mans, buscant algun objecte que l'ajudés a incorporar-se, han engrapat la garlanda de flors i me l'han arrencat del coll. Quan per fi ha aconseguit seure, ha assenyalat el llop, ha fet un xiscle ofegat i s'ha ensorrat com tocada per un llamp. En la caiguda, el seu cap ha picat contra el meu i m'ha mig estabornit[4]. La cambra, llavors, ha començat a rodar al meu voltant, però jo clavava la mirada a la finestra i he vist que el llop s'enretirava per deixar entrar una miríada[5] de petites volves que dansaven en cercle, talment com els remolins de pols que el vent aixeca en el desert. En va he tractat d'escapar; sentia com si un encanteri s'ensenyorís de la meva voluntat, i d'altra banda, el cos de la mare, que s'anava refredant perquè el seu cor havia deixat de bategar, em tenia atrapada al llit. A l'últim, he perdut els sentits.

No devia passar gaire temps fins que m'he refet i he cridat el servei. Les minyones, només d'entrar i veure la mare morta, han començat a xisclar. M'ha costat moltíssim tranquil·litzar-les i que m'ajudessin a aixecar-la. Després, quan a la fi m'he pogut alçar del llit, hem tapat el cadàver amb un llençol. Les noies estaven tan espantades que les he enviat a la cuina a beure un got de xerès[6].

Jo, en un rampell de tendresa, havia desat la garlanda de flors damunt del pit de la mare, i quan he recordat tot d'una les advertèn-

3 esvoranc: forat produït per un trencament o despreniment.
4 estabornir: fer perdre els sentits d'un cop.
5 miríada: conjunt de deu mil persones o coses; aquí vol dir una quantitat immensa de coses.
6 xerès: vi dolç, originari de la població andalusa de Jerez de la Frontera, molt apreciat pels anglesos.

cies del doctor, ja no l'he volgut tocar. Al capdavall, les minyones havien de tornar de seguida per fer-me companyia. Però les minyones no tornaven. He cridat. Cap resposta. Aleshores he baixat al menjador.

El que hi he vist m'ha encongit el cor: les noies jeien per terra, profundament adormides. L'ampolla de xerès era mig buida sobre la taula i una olor acre[7] surava en l'ambient. Hi he reconegut l'essència del làudan[8]. Damunt del bufet, el flascó del medicament que el metge va receptar a la mare era buit del tot.

I ara què faré? Què puc fer? He tornat al dormitori amb la meva pobra mare. No me'n vull separar i estic ben sola, perquè és segur que les minyones, que algú ha drogat, no es despertaran. Estic sola amb la mort! No goso sortir perquè sento l'udol del llop a l'altre costat de la finestra trencada, i la nit és plena de volves brillants que giren en remolí. Que Déu m'empari! M'amagaré aquesta nota al pit, on la podran trobar quan vinguin a amortallar-me[9]. La mare estimada és morta i és hora que mori jo també. Adéu, Arthur del meu cor, si no arribo a veure la llum de l'alba. Que Déu ens ajudi a tu i a mi!

7 acre: aspre i picant, com ara l'olor de l'all o d'un llumí encès.
8 làudan: extracte d'opi. L'opi és un narcòtic que s'obté del suc dels fruits del cascall, una planta que pertany a la mateixa família que la rosella.
9 amortallar: preparar i vestir un cadàver abans del funeral.

Capítol XII

Diari del doctor Seward

18 de setembre. Era ben d'hora quan he arribat a Hillingham i he trucat a la porta. Ningú no acudia a obrir. He insistit, però ha estat debades. He fet la volta a la casa, provant d'obrir totes les portes i les finestres baixes; eren tancades. En aquell moment s'ha presentat Van Helsing tot neguitós.

—Què hi feu, aquí fora? —s'ha sorprès—. Acabeu d'arribar? Heu vist Lucy? No vau rebre el meu telegrama?

Li he explicat que, per alguna raó ben inoportuna, l'havia rebut aquest mateix matí, i li he fet saber que ningú no acudia a obrir.

—Aleshores, potser ja és massa tard —ha sentenciat, greu.

A la fi hem pogut entrar a la casa després de serrar els barrots de la finestra de la cuina amb la serra quirúrgica del professor. Al menjador hem trobat les quatre minyones inconscients. La respiració agitada i l'olor acre del làudan delataven que havien estat drogades.

—Ens n'ocuparem més tard —ha dit el professor, i hem corregut escales amunt.

L'espectacle que ens esperava al dormitori, com el podria descriure? Lucy jeia al llit amb la seva mare. A la senyora Westenra l'havien tapat amb un llençol blanc, però l'airet que entrava per l'esvoranc de la finestra trencada havia aixecat un extrem de la mortalla i havia deixat al descobert un rostre de marbre, desfigurat per una ganyota de terror. Al seu costat, Lucy estava tot just una mica menys pàl·lida i demacrada. La garlanda descansava sobre el pit de la mare, i el coll nu de la filla exhibia les dues petites ferides que ja coneixíem. Sense dir ni un mot, el professor ha recolzat el cap sobre el pit de la jove. Després s'ha incorporat d'un bot i ha cridat:

—Potser encara hi som a temps! Afanyeu-vos! Porteu el *brandy*!

He corregut escales avall i he tornat amb l'ampolla; però abans n'he ensumat i tastat el contingut per comprovar que no estigués adulterat amb droga, com el xerès. El professor ha friccionat[1] amb el licor els llavis i les genives de Lucy, també els canells i els palmells de les mans, i aleshores ha ordenat:

—Aneu a despertar les minyones; mulleu-los la cara amb un drap humit, i quan tornin en si, que encenguin el foc i preparin un bany calent. Aquesta criatura està gairebé tan freda com la seva mare. Abans que res, cal que recuperi la temperatura corporal.

Així que tot ha estat preparat, hem portat Lucy al bany i l'hem submergit a la banyera. Al cap de poc, han trucat a la porta. Una minyona ha vingut a dir-nos que un missatger del senyor Holmwood volia veure Lucy. Li hem demanat que el fes esperar.

Mai no havia vist Van Helsing treballar amb tant d'afany. Lentament, l'escalfor començava a fer efecte en l'organisme de

1 friccionar: fer fregues.

Lucy. El cor li bategava amb més força i ja s'apreciava com s'eixamplava el pit en respirar. El rostre del professor s'ha il·luminat. Hem tret la pacient del bany i l'hem embolcallat amb una tovallola calenta. Després l'hem instal·lat en una altra cambra, li hem abocat als llavis unes gotes de brandy i Van Helsing li ha embenat el coll amb un mocador de seda. Lucy, però, seguia inconscient i el seu aspecte no era gens falaguer[2]. El professor ha ordenat a una de les minyones que la vetllés i hem baixat al menjador.

—Morirà abans d'una hora si no li fem una altra transfusió de sang —m'ha explicat—. Nosaltres estem esgotats, i no em fa el pes demanar-ho a les minyones, per molt que estiguin disposades a ajudar. On trobaríem algú que s'obrís les venes per Lucy?

—Què els sembla si me les obro jo? —ha suggerit una veu des del sofà, a l'altre costat de l'estança.

Era la veu de l'amic Quincey Morris, i el cor se m'ha omplert d'esperança i goig.

—Quincey! Què t'ha fet venir? —li he demanat, encaixant-li la mà.

—El nostre bon Art —ha contestat, i m'ha fet a mans aquest telegrama:

«Tres dies sense saber res de Seward. Molt preocupat. Pare en el mateix estat. No el puc abandonar. Envia'm notícies de Lucy. No triguis. HOLMWOOD».

—I ara veig que arribo just a temps —ha afegit Quincey—. Digueu què he de fer.

2 falaguer: esperançador.

I així, un cop més, hem realitzat l'espantosa operació. Però aquesta vegada, tot i que les venes han rebut sang en abundància, el cos de Lucy amb prou feines ha reaccionat. Tot just ha millorat l'activitat del cor i dels pulmons. En acabat, he baixat amb Quincey per obligar-lo a descansar i esmorzar una mica, i he tornat al dormitori. Van Helsing tenia una nota a la mà i feia un posat tot satisfet, el posat d'algú que hagués resolt un misteri. M'ha passat la nota i ha explicat:

—Ha caigut del pit de Lucy quan la dúiem al bany.

—Déu del cel! —he exclamat en llegir-la—. Què vol dir tot plegat? Que potser és boja? Quina mena de perill horrible l'amenaça?

—Ara com ara, no us hi capfiqueu[3]. Ho entendreu quan arribi el moment.

El professor és així, té la mania de no informar mai obertament. He anat a veure Quincey, que ja estava més refet.

—John! Oh, John! —m'ha dit—. Què li passa a Lucy? Mai no he vist ningú debilitar-se tan ràpidament des que vaig estar a la Pampa[4] i la meva euga se'n va anar d'aquest món en una sola nit. Un d'aquells grans ratpenats que anomenen vampirs[5] va xuclar-li tanta sang que, al matí, la pobra bèstia agonitzava i no hi va haver més remei que engegar-li una bala... Escolta, tu saps que estimo Lucy, igual que Arthur i tu. Digue'm quin mal té!

3 capficar-se: preocupar-se molt per alguna cosa.
4 La Pampa és una regió natural molt extensa de l'Amèrica del Sud; inclou part de l'Argentina, gairebé tot l'Uruguai i l'extrem sud del Brasil.
5 Reben el nom de *vampirs* diverses espècies americanes de ratpenats que s'alimenten de la sang dels mamífers. S'acosten de nit a les seves víctimes adormides, els fan una mossegada indolora i llepen la sang que brolla de la ferida. Amb tot, els vampirs són de mida petita, i Stoker exagera quan diu que un sol ratpenat va matar una euga en una nit. Sí que és cert, però, que un gran mamífer atacat per vampirs durant moltes nits seguides pot acabar morint.

Quincey, certament, es mereixia una explicació; així que l'he posat al corrent del poc que sabem de la malaltia de Lucy.

—Compteu amb mi —s'ha ofert al capdavall—. Tu i aquest senyor holandès digueu què he de fer i ho faré.

La primera reacció de Lucy, en despertar, ha estat escorcollar-se el pit. M'ha sorprès d'allò més que en tragués la nota que Van Helsing i jo havíem llegit. El professor, sempre tan meticulós[6], la hi havia tornat perquè no s'espantés quan recobrés la consciència. La pobra ha somrigut així que ens ha vist, però de seguida ha donat un cop d'ull a la cambra i s'ha tapat el rostre amb les mans amagrides; acabava de recordar tot d'una la mort de la seva mare. Estava ensorrada de cos i d'esperit, i ha plorat llargament i en silenci. Li hem promès que ja no ens separaríem del seu costat, i això l'ha alleujat una mica.

19 de setembre. Lucy ha passat la nit dormint a estones, temorosa sempre de caure en el son. El professor i jo l'hem vetllat per torns i no l'hem deixat sola ni un segon. Quant a Quincey, sé que ha vigilat la casa tota la nit.

Aquest matí continuava molt afeblida. En les estones que s'endormiscava, la seva respiració esdevenia més tranquil·la, i aleshores entreobria la boca i ensenyava unes genives descolorides i molt disminuïdes, i també unes dents que semblava que s'haguessin allargat i afuat. La seva expressió s'endolcia quan es despertava. Llavors tornava a ser la mateixa Lucy de sempre, però moribunda. A la tarda ha preguntat per Arthur, i hem enviat un telegrama al nostre amic per demanar-li que vingués. Quincey l'ha recollit a l'estació.

6 meticulós: que fa les coses amb molta cura, pensant en tots els detalls.

Pobre Art! Cap de nosaltres no ha estat capaç de pronunciar una sola paraula quan ha entrat a la cambra i s'ha aturat en sec, colpit per la visió de la seva estimada. Lucy li ha parlat en un to més animat que no esperàvem, i ell també s'ha volgut mostrar alegre, cosa que li ha costat un esforç sobrehumà.

CARTA DE MINA HARKER A LUCY WESTENRA (SENSE OBRIR PER LUCY)

17 de setembre

Estimada Lucy,

Fa una eternitat que no sé res de tu i que no t'escric. Però em perdonaràs quan llegeixis aquesta carta.

Abans que res, et diré que el meu marit torna a ser a Anglaterra. Quan vam arribar a Exeter, ens hi esperava el senyor Hawkins. L'home pateix de gota, però tot i així, ens va recollir amb un cotxe i ens va convidar a casa seva. Després, havent sopat, ens va anunciar: «Us conec des que éreu unes criatures i us he vist créixer. Jo no tinc fills, així que us ho deixo tot en el meu testament i us demano que us instal·leu a la meva llar». Amiga Lucy, em van venir les llàgrimes als ulls quan Jonathan i el senyor Hawkins van encaixar les mans. Va ser una vetllada feliç.

I ara, aquí em tens, en aquesta casa antiga i meravellosa, davant per davant de la catedral. Visc molt atrafegada[7] endreçant les nostres coses i ocupant-me de les tasques domèstiques. Jonathan i el senyor Hawkins treballen de sol a sol perquè, ara que són socis, el bon home vol posar el meu marit al corrent de tots els detalls del negoci.

7 atrafegada: ocupada en una feina gran o dificultosa.

Com està la teva mare? Tant de bo pogués venir a veure't un parell de dies, però les responsabilitats em retenen i Jonathan encara necessita algú que el cuidi. De mica en mica va guanyant pes, però la malaltia el va deixar extenuat.

Conta'm les teves novetats. Quan et cases?, i on? Ja saps com aniràs vestida? Ho vull saber tot.

Jonathan t'envia salutacions. Adéu, Lucy del meu cor, i que Déu et beneeixi.

MINA HARKER

INFORME DEL DOCTOR PATRICK HENNESSEY PER AL DOCTOR SEWARD

20 de setembre

Benvolgut senyor,

Tal com demanàveu, us poso al corrent de l'estat del pacient que heu deixat temporalment al meu càrrec. El senyor Renfield ha patit un altre atac que podria haver acabat de forma tràgica. Sortosament, les conseqüències no han estat greus.

Aquest matí han arribat dos traginers amb una carreta de mudances a la casa buida que és a tocar de la nostra, la mateixa on el pacient s'ha escapat un parell de vegades. Doncs resulta que feia poca estona que hi eren quan ens hem adonat que Renfield havia fugit per la finestra de la cel·la i corria cap a ells, que en aquell moment descansaven després d'haver carregat unes grans caixes de fusta a la carreta. Abans que el poguéssim atrapar, s'ha llançat contra els dos homes, n'ha fet caure un i li ha colpejat el cap contra el terra. El seu company ha començat a assotar Renfield amb el fuet, però el nostre pacient s'hi ha tornat, i també s'ha enfrontat amb nosaltres quan hem tractat de subjectar-lo. A la fi l'hem reduït i li hem posat la camisa de força. Aleshores ha començat a cridar tot de disbarats, com ara: «Jo faré que fracassin! Aquesta gent no em robarà pas! No em mataran! Lluitaré pel meu amo i senyor!». Ha estat una tasca difícil tancar-lo a la cel·la encoixinada.

Els dos traginers han amenaçat de denunciar-nos, però els he convidat a un vas de grog[8], els he donat una gratificació i han quedat satisfets. De tota manera, he pres nota dels seus noms i adreces, per si mai els necessitem. Són els següents: Jack Smollet, amb domicili a Dudding's Rents, King George's Road, Great Walworth, i Thomas Snelling, que viu a Peter Farley's Row, Guide Court, Bethnal Green. Tots dos treballen per a la casa de mudances i transports Harris & Sons, d'Orange Master's Yard, Soho.

Us mantindré informat i us enviaré un telegrama si s'esdevé alguna urgència.

Salutacions atentes,

PATRICK HENNESSEY

CARTA DE MINA HARKER A LUCY WESTENRA (SENSE OBRIR PER LUCY)

18 de setembre

Estimada Lucy,

Hem rebut un cop dolorós: el senyor Hawkins ha mort de sobte. L'estimàvem tant que ha estat com si ens abandonés un pare. Jonathan

8 grog: beguda que es prepara amb rom, aigua, sucre i llimona.

n'està molt afectat. No es tracta només de la pèrdua de l'home que l'ha tractat sempre com un fill, sinó que l'aclapara també la responsabilitat del negoci, que ara ha d'afrontar en solitari. Jo m'esforço per animar-lo, i la confiança que li tinc l'ajuda a confiar en ell mateix. Amb tot, el veig molt ensorrat. El que ha passat no l'ajuda gens a superar la commoció que va patir a Transsilvània.

Hem de viatjar a Londres perquè el pobre senyor Hawkins va deixar dit en el testament que volia que l'enterressin a la tomba del seu pare. Faré tots els possibles per venir a veure't aprofitant el viatge. Perdona que pertorbi la teva felicitat amb les meves penes. Rep les meves benediccions,

MINA HARKER

DIARI DEL DOCTOR SEWARD

20 de setembre. Sóc tan dissortat[9] que ara mateix no em faria res sentir al clatell l'alè de l'àngel de la mort.

Ahir a la nit vaig anar a rellevar Van Helsing al capçal del llit de Lucy. Arthur no es volia allitar, però li vaig dir que el necessitaríem quan es fes de dia, i que no podíem permetre que la manca de son ens ensorrés a tots, perquè això perjudicaria la seva promesa. A la fi el vaig convèncer perquè es retirés.

Lucy jeia immòbil. El professor, un cop més, li havia posat al coll, al voltant del mocador de seda, una garlanda de flors d'all, i havia fregat amb all la finestra del dormitori. Ella respirava fatigosament i mig ensenyava les dents, que semblaven més llargues i esmolades que al matí, sobretot les dues canines. Vaig seure al seu costat, i al

9 dissortat: desgraciat, malaurat.

cap de poc, va començar a regirar-se, inquieta. Se sentia una remor d'ales a la finestra. Vaig mirar a fora. Al cel brillava la lluna plena, i a la seva claror vaig veure un gran ratpenat que voletejava arran del vidre. Quan vaig tornar vora el llit, Lucy s'havia tret la garlanda; la hi vaig tornar a posar, i llavors es va despertar a mitges i va abraçar les flors contra el seu pit.

Vaig trobar ben estrany que se les tragués mentre dormia i que, ben a l'inrevés, les aferrés en despertar. Aquest comportament s'ha repetit tot al llarg de la nit.

A les sis en punt ha arribat el professor i l'ha examinat. Li ha retirat la garlanda i el mocador de seda i ha exclamat: «*Mein Gott*!». En examinar-la jo també, un calfred m'ha recorregut l'espinada: les ferides del coll havien desaparegut!

—Se'ns mor —ha diagnosticat Van Helsing—. No falta gaire. Desperteu el pobre Arthur perquè es puguin acomiadar.

Quan he tornat amb Arthur, Lucy ha obert els ulls, l'ha mirat i ha murmurat:

—Arthur, amor meu! M'alegro tant que siguis aquí!

Arthur s'ha agenollat al seu costat i li ha agafat la mà. Ella ha tancat els ulls i s'ha adormit. Llavors, un cop més, ha experimentat aquell canvi que ja havíem observat les darreres hores: la respiració se li ha accelerat i la boca se li ha obert, mostrant unes genives més disminuïdes i unes dents més llargues i punxegudes que mai. Al cap de poc, en un estat semblant al somnambulisme, ha obert els ulls i, amb una mirada dura i tèrbola, ha dit amb veu sensual:

—Arthur, amor meu! M'alegro tant que siguis aquí! Fes-me un petó!

I Arthur ja anava a besar-la, quan Van Helsing, alertat per la veu de Lucy, ha engrapat el pobre noi pel coll i, amb una força irresistible que no li hauria atribuït mai, l'ha llançat cap a l'altre extrem de la cambra.

—No ho feu si us estimeu la vida! —ha cridat.

Arthur ha quedat tan sorprès que, per un moment, no ha sabut com reaccionar. Però quan ja estava a punt d'inflamar-se d'ira, ha mirat la seva estimada i ha callat. Lucy tenia el rostre desfigurat per la ràbia i feia carrisquejar[10] les dents esmolades. Aquesta ganyota ha durat uns pocs segons. A continuació ha tancat els ulls; tornava a respirar amb dificultat. Quan, no gaire després, els ha obert de nou, havia recuperat la dolçor de sempre. Ha agafat la mà del professor amb la maneta esquelètica i l'ha besada.

—El meu bon amic! —ha sospirat amb una veu feble, que desbordava dolor—. Protegiu Arthur i doneu-me la pau!

—Així ho faré, senyoreta Lucy! —s'ha compromès el professor amb veu solemne, agenollant-se al seu costat. Tot seguit, ha mirat Arthur i li ha demanat:

—Apropeu-vos, fill meu. Preneu la seva mà entre les vostres, i feu-li un petó al front.

I ha estat d'aquesta manera que s'han acomiadat els dos promesos. Els ulls de Lucy s'han tancat, i Van Helsing ha fet sortir Arthur de l'habitació. La respiració de la jove ha esdevingut un panteix ràpid i, tot de sobte, ha cessat.

—S'ha acabat —ha sentenciat Van Helsing—. És morta.

He anat a buscar Arthur i, agafant-lo del braç, l'he acompanyat al

10 carrisquejar: produir un so desagradable per fregament.

menjador, on s'ha assegut amb el rostre entre les mans, sanglotant desconsoladament. Passada una estona, he tornat al dormitori. Van Helsing contemplava Lucy amb aire greu. La mort li havia tornat una part de l'antiga bellesa: havia recuperat la suavitat de la fesomia[11], i fins els llavis havien guanyat en vermellor.

—Ara descansa en pau —he dit—. És la fi.

—De cap manera —ha murmurat el professor—. Tot just és el començament...

Quan li he demanat què volia dir, ha brandat el cap i ha contestat:

—Ara hem d'esperar i veure què passa.

11 fesomia: conjunt dels trets de la cara.

Capítol XIII

Diari del doctor Seward (continuació)

21 de desembre. La mort ha colpit doblement l'infeliç Arthur. Ahir, després que Lucy morís, va arribar la notícia de la mort del seu pare. Vam acordar que ell tornaria a Ring, a la casa paterna, i que jo m'encarregaria d'organitzar el funeral de Lucy i la seva mare. Està previst que les enterrem demà passat, quan Arthur haurà tornat. Van Helsing va insistir a revisar els papers personals de Lucy; no volia que caigués en mans estranyes cap nota com la que li havíem trobat al pit.

La documentació de la senyora Westenra estava en ordre; havia fet testament en favor d'Arthur, en qualitat de futur marit i protector de la seva filla, i deixava instruccions precises sobre el lloc on volia que l'enterressin. Havia acabat de preparar tots els papers per enviar-los a l'advocat de la difunta, quan va entrar Van Helsing i em va dir:

—He trobat unes cartes de Lucy, algunes notes i el seu diari. Quan torni el dissortat Arthur, li demanarem permís per llegir-los.

I ara, amic John, cal que recuperem el son endarrerit. Demà hi ha molta feina a fer.

Amb tot, abans de retirar-nos, vam fer una visita a la capella ardent[1] de Lucy. Vam quedar atònits en contemplar-la. La mort li havia tornat l'encís perdut, i les hores que havien transcorregut des de la defunció, en comptes de donar pas als primers indicis de la descomposició, li havien restaurat la bellesa fins al punt que costava de creure que es tractés d'un cadàver. El professor, seriós i capficat, va sortir un moment i va tornar amb un altre ram de flors d'all. Les va col·locar al voltant del cos de Lucy i, sobre els llavis, va posar-li un petit crucifix d'or.

Arthur ha tornat aquesta tarda; el pobre està ensorrat. La pèrdua del pare i de Lucy se li fa insuportable.

—Oh, John! —s'ha lamentat—. M'han pres en un sol dia tot allò que més estimava. La vida ja no té cap al·licient per a mi!

He tractat de consolar-lo tan bé com he sabut, i l'he acompanyat a veure Lucy. Un cop més, la bellesa de la difunta m'ha sorprès. Cada hora que passa realça els seus encants. Al cap d'uns minuts de silenci, Arthur m'ha demanat en un xiuxiueig:

—John, de debò que és morta?

Li he explicat que, de vegades, sobretot quan la mort s'esdevé al final d'una llarga malaltia, la fesomia se suavitza i recupera la bellesa. Sembla que això l'ha tranquil·litzat, i ha estat una estona agenollat al costat de Lucy, mirant-la amorosament. A l'últim, quan li he dit que se n'havia d'acomiadar perquè calia preparar el fèretre, li ha agafat la mà inerta[2] i l'ha besat, i també li ha besat el front. Aleshores ha sortit de l'habitació.

1 capella ardent: cambra il·luminada i guarnida on s'exposa el cadàver d'una persona.
2 inerta: sense vida.

El sopar ha estat tristíssim, i a la sobretaula, Arthur ha parlat amb Van Helsing.

—No tinc paraules per agrair el que heu fet per Lucy, professor. Sé que ella comprenia la vostra bondat més que no jo. Vau ser amic d'ella i sou amic de John. Per això mateix, confio plenament en vós.

—Em permet una pregunta? —ha fet el professor.

—Naturalment.

—Sabeu que la senyora Westenra us ha deixat en herència tots els seus béns?

—No, no ho sabia. Pobra dona!

—Doncs en sou l'hereu i, per tant, teniu dret a disposar de l'herència al vostre gust. Però voldria que em permetéssiu llegir els papers i les cartes de Lucy; tinc una bona raó per fer-ho i estic segur que ella hi consentiria. Mireu, aquí els tinc. Els vaig retenir per evitar que qualsevol estrany pogués tafanejar en la seva intimitat. Voldria conservar-los uns dies més. Potser és millor que vós no els llegiu encara. Sé que és dolorós i agosarat això que us demano, però m'ho concediu, pel bé de Lucy?

—Doctor Van Helsing, feu el que us sembli millor. Estic segur que Lucy us ho concediria de grat, i no us destorbaré amb preguntes fins que cregueu que ha arribat el moment.

—Una decisió excel·lent, amic meu. Encara experimentarem dolor, però no tot serà dolor, ni aquest dolor serà l'últim. Tots nosaltres, i vós el primer, tastarem l'amargor abans d'assaborir la dolçor. Però, si som generosos i valents, i complim amb el nostre deure, tot acabarà bé.

Diari de Mina Harker

22 de setembre. En el tren a Exeter. Jonathan dorm. El funeral del senyor Hawkins ha estat senzill i solemne. Després hem tornat a Londres i hem passejat de bracet per Piccadilly.[3] M'estava mirant una jove molt ben plantada que m'ha cridat l'atenció, quan Jonathan m'ha agafat tan fort del braç que m'ha fet mal. «Déu meu!», ha exclamat. Li he preguntat què passava. Estava molt pàl·lid, i els seus ulls, que reflectien una barreja de sorpresa i por, seguien un home alt i prim, de nas aguilenc, bigoti negre i barba punxeguda. Aquest home també contemplava, així com jo, la jove ben plantada. De fet, l'observava tan intensament que no s'ha adonat que nosaltres el miràvem a ell. Tenia el rostre dur i cruel, i unes dents grosses i blanques, esmolades com les d'una fera.

—És ell! És ell en persona! —ha cridat Jonathan.

El pobre estava aterrit. Les cames li han flaquejat i l'he hagut de sostenir. No podia deixar de mirar aquell personatge, que s'ha allunyat seguint el carruatge en què viatjava la jove ben plantada.

—Diria que és el comte... Però el veig tan rejovenit! Ah, Déu meu, si això fos cert...

Estava tan alterat que no he volgut molestar-lo amb un interrogatori. Hem continuat passejant fins a Green Park, on hem descansat una estona. Ell s'ha assegut amb la mirada clavada en el no-res, ha tancat els ulls i s'ha adormit damunt la meva espatlla. Al cap de poc, quan s'ha despertat, ha dit amb veu alegre:

—Mina, m'he adormit! Ha estat una grolleria per part meva! Vine, que prendrem una tassa de te.

3 Gran carrer de Londres que va des de Hyde Park fins a Piccadilly Circus, una plaça al bell cor de la ciutat.

Era evident que havia oblidat l'home de Piccadilly, de la mateixa manera que va oblidar, durant la malaltia que el va tenir prostrat[4] a l'hospital de Budapest, les experiències viscudes a Transsilvània. No m'agraden aquestes pèrdues de memòria. Sé que no li hauria de fer preguntes, perquè el podria perjudicar encara més, però em penso que, després de l'incident d'avui, cal que conegui els incidents del viatge als Carpats. Em temo que ha arribat el moment d'obrir el seu diari i llegir-lo. Oh, Jonathan, perdona'm si m'equivoco, però només vull el teu bé.

Més tard. La tornada ha estat ben trista. A casa tot parla de l'home que va ser tan bo amb nosaltres; Jonathan continua pàl·lid i abatut. I el pitjor de tot: m'hi esperava un telegrama d'un tal Van Helsing, que diu: «Us trencarà el cor saber que la senyora Westenra va morir fa cinc dies, i que Lucy va morir abans-d'ahir. Totes dues han estat enterrades avui».

Oh, quant de dolor en tan poques paraules! Pobra senyora Westenra! Dissortada Lucy! Se n'ha anat, se n'ha anat per sempre! I pobre, pobre Arthur, que ha perdut la dolçor de la vida! Que Déu ens ajudi a suportar les penes!

DIARI DEL DOCTOR SEWARD

22 de setembre. Ara torno del cementiri de Hampstead.[5] S'ha celebrat el funeral i tot s'ha acabat. Arthur ha marxat en companyia de Quincey Morris. Quin home excel·lent, aquest Quincey! Estic segur

4 prostrat: sense forces.
5 Hampstead és un barri londinenc on viuen nombrosos intel·lectuals i artistes.

que ha patit tant com nosaltres per la mort de Lucy, però ha aguantat el dolor com un víking. Ara Van Helsing descansa. Aquesta nit surt cap a Amsterdam, però torna demà. Sospito que la tensió d'aquesta última setmana ha minat la seva fortalesa de ferro.

THE WESTMINSTER GAZETTE, 25 DE SETEMBRE

MISTERI A HAMPSTEAD

El barri de Hampstead és l'escenari d'un seguit d'esdeveniments estranys. En els darrers dos o tres dies, han estat denunciats diversos casos de criatures extraviades al parc de Hampstead Heath. Com és natural, els seus pares no les han trobat a faltar fins a entrada de fosc, i, en dues ocasions, no han estat recuperades fins l'endemà al matí. En tots els casos, els nens són massa petits per donar una explicació coherent dels fets, però coincideixen a dir que han estat amb una «dama molt guapa». A més, tots presenten una ferida al coll, tal vegada per la mossegada d'una rata o d'un gos petit. La policia té ordres de vigilar la zona per protegir els infants, i de mantenir-se atenta a qualsevol gos que s'hagi pogut extraviar pels voltants del parc.

Capítol XIV

Diari de Mina Harker

23 de setembre. Jonathan es va refent. Té molta feina i això el distreu de qualsevol pensament dolorós. M'enorgulleix veure'l per fi a l'altura de les seves responsabilitats. Com que avui serà fora tot el dia, aprofitaré per llegir el seu diari.

24 de setembre. Ahir a la nit em va faltar el coratge per escriure, fins a aquest punt em va pertorbar el relat esgarrifós de Jonathan. Pobret meu! Tant si és veritable com si es tracta d'un producte de la seva imaginació, de segur que ha patit moltíssim. Aquestes coses que explica van ser el desencadenant de la febre? O, a l'inrevés, només en són la conseqüència? Si gosés parlar-ne amb ell sortiria de dubtes! D'altra banda, l'home que vam veure a Piccadilly abans-d'ahir... Jonathan estava convençut que el coneixia. Qui sap si les emocions provocades per la mort del senyor Hawkins van obrir l'aixeta dels vells records! Ben mirat, hi ha una certa coherència en tot plegat: segons el diari, el comte Dràcula es proposava venir a Londres, i si és cas que al final hagués vingut... Aleshores se'ns presentaria un deure solemne que caldria complir pel bé de la humanitat. Així doncs, faria ben fet de preparar-me per a qualsevol cosa que es pugui esdevenir. Transcriuré i mecanografiaré el diari taquigràfic de Jonathan; d'aquesta manera, si és menester, el podran llegir uns altres ulls. A més a més, si estic preparada, Jonathan no té per què patir; jo mateixa parlaré per ell i el mantindré al marge d'aquest afer.

CARTA DE VAN HELSING A LA SENYORA HARKER (CONFIDENCIAL)

24 de setembre

Benvolguda senyora,

Perdoneu que jo, l'amic llunyà que us va assabentar de la trista mort de Lucy, us escrigui. Lord Godalming, l'Arthur de la senyoreta Lucy, m'ha donat permís per llegir els papers íntims de la seva promesa, els quals em poden ser molt útils en un cert afer de vital importància. Entre els papers he trobat unes quantes cartes vostres i he sabut que vau ser grans amigues. En nom d'aquesta amistat, senyora Harker, i per reparar un gran mal i evitar noves desgràcies, us prego que m'ajudeu.

Podeu confiar en mi; sóc amic del doctor John Seward i de lord Godalming. Si em permeteu que us faci una visita, vindré a Exeter immediatament. És millor que no en digueu res al vostre marit; no voldria inquietar-lo.

ABRAHAM VAN HELSING

TELEGRAMA DE LA SENYORA HARKER A VAN HELSING

25 de setembre
«Veniu avui en el tren de les 10.15. Us espero. WILHELMINA HARKER.»

DIARI DE MINA HARKER

25 de setembre. Tal vegada el doctor Van Helsing m'ajudi a aclarir les obscures experiències de Jonathan, però no em vull fer il·lusions. Allò que l'interessa és, sens dubte, qualsevol cosa que tingui a veure amb la malaltia de Lucy, potser amb el seu somnambulisme. A fi de ser-li útil, he mecanografiat també el meu diari de Whitby. Espero ansiosa la seva visita.

Més tard. El doctor Van Helsing ja ha estat aquí. És un home d'estatura mitjana i constitució forta, de front ample i grans ulls blaus. Per força, essent com és amic d'Arthur i el doctor Seward, ha de ser bondadós, noble i intel·ligent; si no, no l'haurien fet venir des d'Holanda perquè tingués cura de Lucy. Eren dos quarts de tres quan ha arribat.

—Sou la senyora Harker? —ha preguntat—. De soltera, la senyoreta Murray?

Jo he assentit amb el cap.

—Doncs és Mina Murray qui he vingut a veure, l'amiga de la pobra Lucy Westenra. Perdoneu que llegís les vostres cartes, però bé havia de començar a investigar per algun lloc i no tenia ningú a qui preguntar. Sé que vau estar plegades a Whitby, però això no us ha de sorprendre; Lucy en parla al seu diari. M'interessen molt especialment els detalls de la nit que es va escapar en somnis al cementiri i vós la vau salvar.

—Ho recordo absolutament tot, d'aquella nit —li he contestat—, perquè jo també en vaig prendre nota.

I aleshores, incapaç de resistir la temptació de desconcertar una mica aquest home tan seriós, li he fet a mans el meu diari escrit en taquigrafia. El doctor s'ha mirat els signes, certament desconcertat, i tot seguit s'ha posat dempeus i ha fet una reverència.

—Sou una dona molt intel·ligent! —ha afirmat—. Però jo no sé un borrall de taquigrafia! Em faríeu el favor de llegir-me'l?

Confesso que de seguida m'he sentit avergonyida per la petita broma. Així que m'he afanyat a donar-li'n, també, la còpia transcrita i mecanografiada.

—Perdoneu —he dit—, no ho he pogut evitar. Ja m'imaginava que voldríeu parlar de la pobra Lucy i que no tindríeu gaire temps, de manera que he mecanografiat una còpia del diari. Agafeu-la.

—Sou molt generosa —ha contestat ell, amb els ulls que li brillaven—. La puc consultar?

—Naturalment.

Tot seguit m'he retirat i l'he deixat llegint. Quan he tornat, m'ha confessat:

—Senyora Mina, aquest relat és com la llum del sol! Us estic molt agraït, i si mai puc fer res per vós, no cal sinó que m'ho digueu. Gustosament us serviré com un amic. A la vida hi ha llums i ombres, i vós sou una d'aquestes llums.

Davant d'un tal oferiment, és clar, no m'he pogut estar de parlar-li de Jonathan. Li he explicat tot el que sé de la seva malaltia, que el professor ja coneixia per les meves cartes a Lucy, i li he descrit el

Estimada senyora Mina,
He llegit el sorprenent diari
No dubteu en cap moment,
que us sembli, que allò que
A una altra persona que no
vivències li podrien haver
però ell és noble, i sé per
d'escalar aquell
d'entrar en

trasbals tan fort que va patir a Londres en veure l'home de Piccadilly. Pobra de mi, a mesura que li obria el meu cor, m'anava esfondrant, fins al punt que he acabat de genolls i implorant que curés Jonathan. Van Helsing m'ha agafat les mans i ha dit, amb una dolçor infinita:

—Vós m'heu donat esperança, i és just que jo us doni esperança a vós. El vostre marit pateix, i conec la causa d'aquest patiment. Us prometo que faré tots els possibles per ajudar-vos.

La noblesa que inspirava el professor m'ha decidit a donar-li també la còpia mecanografiada que he fet del diari de Jonathan.

—La llegiré de seguida. Aquesta nit em quedo a Exeter. Ara sé moltes coses de Lucy i Jonathan que demanen reflexió. Demà al matí, si m'ho permeteu, vindré per parlar amb tots dos.

Dit això, ha guardat curosament els dos diaris i se n'ha anat.

CARTA DE VAN HELSING A LA SENYORA HARKER (ESCRITA A MÀ)

25 de setembre, a les 18 h

Estimada senyora Mina,

He llegit el sorprenent diari del vostre marit. No dubteu en cap moment, per estrany i terrible que us sembli, que allò que s'hi relata és cert. A una altra persona que no fos Jonathan, unes tals vivències li podrien haver causat un mal irreparable; però ell és noble, i sé per experiència que algú capaç d'escalar aquell mur suspès sobre la cinglera, i d'entrar en aquella cripta dues vegades, no està destinat a patir un dany permanent per culpa d'una impressió. El seu cervell i el seu cor estan sans; no em cal veure'l per saber-ho amb certesa.

Així doncs, estigueu tranquil·la. Hi ha moltes preguntes que voldria fer a Jonathan. El que he descobert en aquestes darreres hores em té estupefacte i necessito pensar. Vostre per sempre,

ABRAHAM VAN HELSING

CARTA DE LA SENYORA HARKER A VAN HELSING

25 de setembre, a les 18.30 h

Estimat doctor Van Helsing,

Us agraeixo de tot cor la vostra carta, que m'ha tret un gran pes de sobre. Amb tot, si les coses que es descriuen al diari de Jonathan són certes, quines coses més terribles que hi ha en aquest món! I quina por si aquell home, aquell monstre, ara és a Londres! M'esgarrifo de pensar-hi. Acabo de rebre un telegrama de Jonathan; diu que arriba aquesta nit. Així doncs, voldríeu esmorzar amb nosaltres demà a les vuit? Si no rebo resposta, entendré que accepteu la invitació.

La vostra amiga fidel i agraïda,

MINA HARKER

DIARI DE JONATHAN HARKER

26 de setembre. Em pensava que no escriuria mai més en aquest diari, però ja és hora que m'hi torni a posar. Ahir a la nit, mentre sopàvem, Mina em va parlar de la visita de Van Helsing, de la conversa que havien tingut sobre mi, i no em va amagar que li havia donat una còpia del seu diari i del meu. També em va ensenyar la carta en què el doctor afirma que tot el que vaig escriure a Transsilvània és fidel a la realitat. I això ha fet de mi un home nou, perquè el dubte sobre si van ser reals o no les experiències amb Dràcula em turmentava. Però ara que el dubte s'ha dissipat, ja no tinc por, ni tan sols del comte, i estic segur que l'individu que vaig veure a Piccadilly és ell. Al final, doncs, ha aconseguit traslladar-se a Londres! Però com és possible que hagi rejovenit? Si Van Helsing és tal com Mina el descriu, aleshores és un home ben capaç de desemmascarar Dràcula i atrapar-lo. De seguida el coneixeré. Ara he d'anar a recollir-lo a l'hotel.

El mateix dia, al migdia. Un cop a casa, durant l'esmorzar, Van Helsing m'ha estat interrogant sobre el viatge a Transsilvània. Ha dit que necessitava informar-se'n amb vista a un afer molt important, i jo, que sabia que el doctor havia d'agafar el tren, li he demanat:

—Senyor, l'afer que teniu entre mans té relació amb el comte?

—Ho està —ha contestat amb gravetat.

—Aleshores compteu que us ajudaré en cos i ànima. Com que heu d'agafar el tren de dos quarts d'onze, us faltarà temps per consultar el feix de papers que us he preparat. Emporteu-vos-els i llegiu-los durant el trajecte, si voleu.

Més tard, quan ens acomiadàvem a l'estació, aquest home tan extraordinari m'ha advertit:

—Potser us demanaré que vingueu a Londres amb la senyora Mina. Ho fareu?

—Acudirem immediatament —li he promès.

A més del feix de papers, li havia donat els diaris del matí i els de Londres de la nit abans. I mentre esperàvem que el tren arrenqués, tot parlant per la finestreta del vagó, deu haver llegit de cua d'ull un titular de la *Westminster Gazette* que li ha cridat l'atenció, perquè tot d'una ha empal·lidit i ha exclamat: «*Mein Gott*! Tan aviat! Tan aviat!».

En aquell moment, el tren s'ha posat en marxa.

—Saludeu afectuosament Mina de part meva —ha cridat, fent-me adéu amb la mà—. Us escriuré així que pugui!

DIARI DEL DOCTOR SEWARD

26 de setembre. Renfield torna a estar engrescat amb les mosques i les aranyes; això el distreu i el manté tranquil. Les novetats arriben d'una altra banda: he rebut carta d'Arthur. Sembla que suporta admirablement el dolor. Sens dubte, el bon humor de Quincey, que és amb ell, resulta una influència beneficiosa. Quant a mi, he represès la feina amb l'entusiasme d'abans, fins al punt que podria semblar que la ferida per la mort de Lucy comença a cicatritzar; però això no és cert, el seu cas no està resolt i només Déu sap quan es tancarà. Van Helsing, després d'una escapada a Exeter, s'ha presentat a dos quarts de cinc al meu estudi i m'ha fet a mans un exemplar de la *Westminster Gazette*.

—Què me'n dieu, d'això? —m'ha preguntat.

He llegit la notícia dels infants atrets per una «dama molt guapa» i recuperats amb petites ferides al coll.

—I doncs? —ha insistit el professor.

—Unes ferides com les de Lucy.

—I què en penseu?

—Doncs que hi ha d'haver una causa comuna. Fos el que fos el que va ferir la nostra estimada, també ha ferit aquestes criatures.

—Això és veritat, però només indirectament.

—Quin misteri és aquest, professor? —li he demanat—. Digueu-m'ho!

—Voleu que cregui, amic John, que no teniu la més petita sospita del que va causar la mort de Lucy? Ni tan sols davant dels nombrosos indicis que us han proporcionat els fets i jo mateix?

—Jo només sé que va morir d'un esgotament nerviós després d'una gran pèrdua de sang.

—I com va perdre aquesta sang?

En aquest punt, he arronsat les espatlles.

—Sou un home intel·ligent, John —ha dit el professor—, però teniu massa prejudicis. No deixeu que els vostres ulls vegin ni que les vostres orelles escoltin. Sou del parer que en aquest món s'esdevenen fenòmens que, tot i ser inexplicables, són ben reals? Admeteu que hi ha gent capaç de veure coses que els altres no veuen?

—Sí —he contestat—, ho admeto.

—La vida és plena de misteris, amic meu. Ben segur que sabeu que a la Pampa, i en altres indrets, hi ha ratpenats que s'acosten de nits al bestiar i li obren les venes per beure-se'n la sang. I segur que també sabeu que a les illes dels mars occidentals hi ha ratpenats que pengen dels arbres com si fossin fruits inofensius, però que, en caure la nit, volen sobre els mariners adormits i l'endemà... L'endemà aquests mariners apareixen morts, tan blancs com la senyoreta Lucy.

—Déu del cel, professor! M'esteu dient que un d'aquests ratpenats va mossegar Lucy? I que això va passar aquí, a Londres, en ple segle XIX?

—Mireu, John, necessito que cregueu.

—Que cregui què?

—Que cregueu en coses que no podeu creure. Vós afirmeu que les petites ferides als colls dels nens tenen el mateix origen que les ferides del coll de Lucy, oi que sí?

—Sí, ho afirmo.

—Doncs aneu errat. Tant de bo fos així, però és pitjor, molt pitjor!

—En nom de Déu, professor, què voleu dir?

—Que les ferides dels nens són obra de Lucy!

Capítol XV

Diari del doctor Seward (continuació)

L'acusació de Van Helsing contra Lucy m'ha encès d'indignació.

—Que sou boig, professor? —he cridat.

—La bogeria seria un consol comparada amb una veritat com aquesta —ha contestat ell—. Us sembla, John, que m'ho passo bé burxant[1] en el vostre dolor? Per què penseu que he fet tantes voltes per acabar dient-vos una cosa tan simple? Per què creieu que he tardat tant a exposar-vos la meva opinió? Per què us odio i us vull mal? Vinga, home!

—Està bé, perdoneu que m'hagi enfadat —he dit aleshores, ja més calmat.

—Sé que estimàveu Lucy i que aquest horror us costa de creure. Però ben aviat us demostraré que tinc raó. Em voldreu acompanyar?

1 burxar: punxar, remenar en una ferida.

Passarem la nit al cementiri on està enterrada la noia. Aquesta és la clau del panteó[2]; me l'ha donat l'enterramorts perquè la faci a mans d'Arthur.

La proposta de Van Helsing m'ha encongit el cor, i, tanmateix, al capdavall he reunit prou coratge per contestar que, si ho havíem de fer, ens havíem d'afanyar, perquè començava a fosquejar.

Així doncs, hem anat al cementiri, n'hem escalat la tàpia i, amb una certa dificultat per causa de les tenebres, hem localitzat el panteó de la família Westenra. El professor ha introduït la clau al pany, ha empès la porta, que s'ha obert amb un grinyol, i m'ha convidat a entrar. Un cop dins, ha furgat[3] en el maletí, n'ha tret llumins i una espelma, i ha fet llum. Llavors, a la claror vacil·lant de la flama, hem pogut veure el taüt de la nostra Lucy estimada, voltat d'un matalàs de flors marcides. Van Helsing n'ha descargolat la tapa amb un tornavís, n'ha serrat el revestiment interior de plom amb la serra quirúrgica i a la fi ha arribat el moment que més temia. Jo, que havia reculat i em tapava el nas per por de la sortida dels gasos de la descomposició del cadàver, he obeït el senyal de Van Helsing. M'he atansat al taüt, he mirat a dins... i no res, era buit! El professor no s'ha immutat[4]; ell ja s'ho esperava.

—Em creieu, ara? —ha preguntat.

—Potser s'ha emportat el cos un lladre de cadàvers —he suggerit—. Potser l'ha robat algú de la funerària.

—Veig que necessiteu més proves. Veniu amb mi!

Hem cargolat la tapa del taüt, hem apagat l'espelma i hem sortit

2 panteó: tomba col·lectiva, on normalment s'enterren els membres d'una mateixa família.
3 furgar: remenar en una pila de coses.
4 immutar-se: alterar-se.

del panteó. Mentre tancava la porta amb clau, Van Helsing em donava instruccions: ens apostaríem cadascú en un racó del cementiri i obriríem els ulls.

L'espera ha estat llarga, solitària i fatigosa. Feia fred i tenia molta son. De sobte, però, entre dos arbres centenaris de l'altre extrem del cementiri, he vist una figura blanca que es movia en direcció al panteó dels Westenra. També he vist el professor, que saltava del seu amagatall i arrencava a córrer cap a ella. Jo he fet el mateix, però en aquella cursa en les tenebres, esquivant làpides i creus, m'he desorientat i li he perdut el rastre. Al final he trobat Van Helsing, que sostenia un nen en braços.

—I ara, em creieu? —ha insistit.

—No! No us puc creure! —he contestat, panteixant encara per la correguda.

—I què me'n dieu, d'aquesta criatura?

—Ha pres mal?

El nen dormia. L'hem examinat; no tenia cap ferida al coll.

—Ja ho veieu! —he exclamat aleshores, triomfal—. Lucy no li ha fet res. Jo tenia raó!

—De cap manera. El que passa és que hem arribat a temps —ha al·legat el professor per justificar-se.

Per no haver d'explicar a la policia la nostra aventura nocturna, hem decidit que portaríem la criatura al parc de Hampstead Heath i la deixaríem ben a la vista d'algun agent. Això és el que hem fet, i un policia l'ha recollit.

Ara no puc agafar el son. Sec davant del fonògraf i enregistro els fets esgarrifosos de la nit. Tot i així, hauria de descansar unes quantes hores perquè Van Helsing passarà a recollir-me al migdia; insisteix que l'acompanyi en una altra expedició.

27 de setembre. Cap a les dues de la tarda tornàvem a esquitllar-nos a l'interior del panteó. El professor ha forçat un cop més el taüt i un calfred m'ha recorregut l'espinada: aquesta vegada hi havia Lucy, i l'he trobada més bella que mai! Tant, que costava de creure que fos morta. Els seus llavis eren més vermells que en vida, i les galtes eren d'un rosa delicat.

—A veure si per fi us puc convèncer —ha sospirat el professor, i ha separat els llavis de la noia per ensenyar-me les dents—: Fixeu-vos com són d'esmolades. I amb aquestes —ha dit, assenyalant les dues canines— mossega els nens. Em creureu algun dia, amic John?

—Potser han tornat a col·locar el seu cadàver aquesta nit.

—És això el que penseu? I per què l'haurien d'haver tornat? I qui?

—No ho sé. Algú ho ha fet!

—John, un cadàver d'una setmana no té aquest aspecte! Som davant d'un fet que contradiu tot el que fins ara sabíem i crèiem: existeix una doble vida fora de la normal. Lucy era somnàmbula, i el vampir va mossegar-la quan vagarejava en somnis, és a dir, mentre estava en trànsit. I com que va morir en trànsit, és una «no morta» en trànsit. Això la diferencia de la resta dels no morts. Quan aquests dormen, el seu rostre reflecteix allò que són, uns veritables dimonis! Però en el rostre de Lucy només hi ha dolçor, no hi ha cap rastre de malignitat. Se'm farà molt difícil matar-la mentre dorm, John...

Ah, quines paraules terribles pronunciava Van Helsing! I, amb tot, jo començava a acceptar la seva teoria. Ell se n'ha adonat i, amb una expressió que era quasi d'alegria, ha preguntat:

—I doncs, em creieu o no?

—Estic disposat a creure-us... Però, digueu, com penseu matar-la?

—Li travessaré el cor amb una estaca, li tallaré el cap i li farciré la boca d'all.

Tot i que he tingut una esgarrifança, reconec que a hores d'ara la presència de la no morta començava a inquietar-me, i fins i tot m'inspirava un cert odi. El professor ha estat uns minuts en silenci, reflexionant, i en acabat ha dit:

—Hi he rumiat i he decidit què és el millor. Si hagués d'obeir les meves inclinacions, compliria ara mateix amb el meu deure. Però el deure no s'acaba amb la mort de Lucy; la feina va més enllà i potser necessitarem l'ajuda d'Arthur, i aleshores què li direm? Com el convencerem que hem actuat correctament? Si no ens creu, es turmentarà pensant que hem enterrat Lucy en vida; i si ens creu, es turmentarà pensant que va estimar una no morta. Totes dues coses són igual d'horribles. Per això és ell qui l'ha de matar. Coneixerà una amargor com pocs homes l'han coneguda, però després coneixerà la dolçor, perquè haurà donat la pau a la seva estimada. Està decidit, doncs. Demà a la nit, a les deu en punt, recolliu-me a l'hotel Berkeley. Faré venir Arthur i aquell jove excel·lent d'Amèrica. Hi ha feina per als quatre.

29 de setembre. Ahir a la nit, poc abans de les deu, Arthur i Quincey van trucar a la porta de l'habitació de Van Helsing, a l'hotel Berkeley. Ja hi érem tots, i el professor va començar a explicar allò que esperava de nosaltres, i ho va fer adreçant-se a Arthur en particular.

—Necessito el vostre permís —li va dir— per fer el bé aquesta nit; cal que anem al cementiri on descansa Lucy.

—On descansa la meva Lucy? —es va estranyar Arthur, amb el rostre desencaixat tot d'una—. Què hi hem de fer?

—Entrarem al seu panteó.

—Entrar al panteó! És una broma macabra, professor?

—I obrirem el taüt.

—Això ja és massa, senyor meu! —va cridar Arthur, en un rampell d'ira—. Sóc un home pacient quan es parla de coses raonables, però esteu parlant de profanar la tomba de...

—Amic meu, Déu sap que us estalviaria aquest mal tràngol[5] si pogués. Però cal que aquesta nit, sens falta, els nostres peus recorrin senderes plenes d'espines, o, altrament, els peus que tant estimeu recorreran per sempre més senderes en flames![6]

Havia arribat el moment que Van Helsing exposés sense embuts la seva teoria que Lucy no era viva ni morta, sinó una no morta. I com anava empal·lidint Arthur, a mesura que s'assabentava de l'esgarrifosa realitat! Al final, però, aquell professor tan persuasiu[7] el va convèncer, i a la resta també, perquè l'acompanyéssim aleshores mateix al cementiri.

5 mal tràngol: situació dolenta o dolorosa.
6 El professor Van Helsing es refereix als peus de Lucy, que cremaran, com la resta del seu cos, a l'infern (si no la salven).
7 persuasiu: que té la virtut de convèncer.

Capítol XVI

Diari del doctor Seward (continuació)

Vam arribar al cementiri a tres quarts de dotze. El cel estava encapotat[1] i la nit era fosca. Només de tant en tant s'esquitllava entre els núvols un raig de lluna. Vam obrir el panteó i hi vam entrar, i el professor va tancar la porta. Fet això, va encendre un fanal i va assenyalar el fèretre. Arthur s'hi va atansar amb passes vacil·lants, tremolant tot ell de cap a peus. Van Helsing em va mirar:

—Ahir vau ser aquí amb mi. Contesteu, hi havia el cos de la senyoreta Lucy en aquest taüt?

—Sí, hi era.

Aleshores va obrir el fèretre. Arthur, pàl·lid i silenciós, seguia amb atenció cadascun dels seus moviments.

—Doncs ara —va dir el professor—, mireu.

El taüt tornava a ser buit!

1 encapotat: tapat de núvols, ennuvolat.

Vam estar uns minuts en silenci, incapaços de dir res. I quan Van Helsing va tornar a parlar, ho va fer per explicar a Arthur i Morris els fets de la nit que ell i jo havíem visitat el cementiri: el taüt buit, la figura blanca entre els arbres, l'infant que vam deixar sa i estalvi a Hampstead Heath... I com que era evident que Arthur i Morris el creien, es va atrevir a demanar que l'acompanyéssim en una nova guàrdia entre les làpides.

—Amics meus —va avisar—, prepareu-vos per veure una cosa encara més inquietant.

Vam sortir fora, doncs; i el professor, després de tancar el panteó darrere seu, va començar a introduir tot de bocins d'una galeta molt fina a l'escletxa entre la porta i la llinda.

—Segello la tomba perquè la no morta no hi pugui entrar —va explicar.

—I aquesta galeta que feu servir? —vam preguntar.

—Hòstia consagrada[2] que he portat d'Amsterdam —va contestar.

Aviat vam estar apostats al voltant del panteó, i, després d'una espera llarga i silenciosa, Van Helsing va assenyalar una figura blanca que s'acostava abraçant alguna cosa contra el pit. La figura es va aturar i un raig de lluna la va il·luminar. Era Lucy Westenra. I duia als braços un infant de cabells daurats! Lucy es va inclinar sobre l'infant i aquest va xisclar. Només de mirar-la, se'm va glaçar la sang: la dolçor que havia tingut en vida s'havia transformat en pura crueltat.

Van Helsing va sortir del seu amagatall i la resta el vam imitar; vam córrer a interceptar-la i ens vam plantar tots quatre al mig del pas. Aleshores el rostre que estimàvem va aparèixer a la llum del fanal.

2 L'hòstia és una pasta fina de pa sense llevat que el sacerdot catòlic consagra o beneeix a la missa, mentre pronuncia unes paraules que la converteixen en la carn i la representació de Crist.

Lucy tenia els llavis vermells i regalimosos de sang, que li degotava barbeta avall i tacava la blancor immaculada de la seva mortalla[3]. Era una visió que ens feia estremir d'horror! Fins i tot els nervis d'acer de Van Helsing van flaquejar. Al meu costat, Arthur trontollava, i hauria caigut si jo no l'hagués subjectat.

Lucy va fer un rugit diabòlic i va recular. Però així que ens va reconèixer, es va aturar i va clavar en nosaltres uns ulls tèrbols on flamejava el foc de l'infern. En aquell moment, definitivament, l'amor que encara sentia per ella es va convertir en odi i repugnància. Lucy va somriure voluptuosament, va rebotre[4] l'infant contra el terra i va anar cap a Arthur amb els braços oberts.

—Vine amb mi, estimat! —va murmurar—. Deixa aquests homes i vine amb mi. Els meus braços tenen fam de tu! Vine i descansem plegats!

La seva veu era dolça, dolcíssima, i tanmateix, desbordava perversitat. Arthur, que semblava embruixat, va obrir els braços per acollir-la. Però Van Helsing, interposant-se ràpidament entre tos dos, va aixecar en l'aire un crucifix d'or. Llavors la no morta va recular, inflamada d'una fúria monstruosa, i ens va esquivar per entrar al panteó. Davant de la porta, però, es va aturar en sec, com si hagués topat amb un obstacle invisible, i es va girar cap a nosaltres. Estava lívida[5], escopia foc pels ulls i arrugava el front en uns plecs de carn semblants a unes serps que es cargolaven. La boca, regalimosa de sang, es va obrir per convertir-se en un forat negre com el de les màscares del teatre grec.[6] Si mai

3 mortalla: vestit o llençol amb què s'embolcallen els cadàvers per enterrar-los.
4 rebotre: llançar una cosa amb força contra una altra.
5 lívida: intensament pàl·lida.
6 Les màscares de l'antic teatre grec tenien les obertures dels ulls, el nas i la boca modelades segons l'estat d'ànim que es volia representar.

hi ha hagut un rostre que fos el retrat fidel de la mort, si mai hi ha hagut una mirada capaç de matar, nosaltres en vam ser testimonis en aquell instant.

—Arthur, amic meu —va xiuxiuejar Van Helsing—, permeteu que compleixi el meu deure?

Arthur va caure de genolls, es va tapar els ulls amb les mans i va gemegar:

—Feu el que hàgiu de fer, senyor. Un horror com aquest no hauria d'existir!

El professor va retirar els bocins d'hòstia consagrada que barraven l'entrada al panteó, i Lucy, en una proesa que ens va deixar meravellats i esgarrifats, es va esquitllar a dins per una escletxa de la porta que ni un ganivet hauria pogut penetrar. Amb Lucy a l'interior, Van Helsing va segellar de nou el panteó amb els bocins d'hòstia, va recollir l'infant i va dir:

—Fins demà, no hi ha res més que puguem fer. Tornarem quan no hi hagi ningú, després del funeral que ha de tenir lloc al migdia. Ara deixem la criatura on la policia el pugui trobar.

29 de setembre, a la nit. Tal com va quedar establert la nit passada, hem tornat al cementiri a dos quarts de dues de la tarda. Un cop dins del panteó, Van Helsing ha encès el fanal i dues espelmes, per il·luminar al màxim l'estança tenebrosa, ha destapat el fèretre i ens hem encarat amb la bellesa de Lucy. El professor havia substituït el maletí per una bossa molt feixuga, de la qual ha extret una estaca i un martell.

—Abans de continuar —ha dit—, permeteu que us expliqui que la maledicció dels no morts és la immortalitat. Privats de la mort, estan condemnats pels segles dels segles a nodrir-se de la sang dels vius i a multiplicar els mals d'aquest món. Perquè heu de saber que tots aquells que moren pels seus ullals, es converteixen al seu torn en no morts.

»Arthur, amic meu, si haguéssiu fet a Lucy aquell petó que us va demanar abans de morir, o si ahir a la nit us haguéssiu llançat als seus braços, amb el temps, arribada l'hora de la vostra mort, us hauríeu convertit també en un *nosferatu*,[7] com en diuen a l'Europa oriental, i per tant hauríeu col·laborat a engrandir el cercle d'aquests no morts que tant ens esgarrifen. El vagareig infernal de la pobra Lucy tot just està començant. Els infants que ha mossegat encara no han emmalaltit, però és qüestió de dies o setmanes que es dessagnin sota la seva poderosa influència. Ara bé, si Lucy mor de debò, les ferides que tenen al coll es guariran, oblidaran què els ha passat i tornaran a riure i a jugar feliços al parc.

»I sobretot, Arthur, tingueu present que, quan Lucy descansi en la mort veritable, la seva ànima tornarà a ser lliure. Per això us demano que sigui la vostra mà —la mà de l'home que més la va estimar, la mà que ella mateixa escolliria si en tingués l'oportunitat— la que projecti la seva ànima als estels.

—Benvolgut amic —ha contestat Arthur—, des del fons del meu cor trencat, us ho agraeixo. Digueu què he de fer i no dubtaré a executar-ho.

—Entesos, doncs. Aguanteu aquesta estaca amb la mà esquerra,

7 L'origen de la paraula *nosferatu* és desconegut, però se sap que la va popularitzar precisament Bram Stoker amb aquesta novel·la. L'autor de *Dràcula* la va manllevar de l'escriptora britànica del segle XIX Emily Gerard, la qual va escriure nombrosos relats basats en les tradicions de Transsilvània que van servir a Stoker d'inspiració. Gerard afirmava que la paraula *nosferatu* era romanesa i volia dir 'vampir', però la veritat és que no té cap significat en aquest idioma.

amb la punta sobre el cor, i empunyeu el martell amb la dreta. Ara llegiré una oració d'aquest missal[8], i tots pregareu amb mi. I mentre preguem, vós, Arthur, clavareu l'estaca en el nom del Senyor, per tal que la no morta desaparegui i la morta descansi en pau.

A continuació, amb les mans tremoloses, Arthur ha agafat l'estaca i el martell, i en el moment que nosaltres recitàvem la pregària, sentint-se enfortit tot d'una per l'oració, conscient que feia un bé, ha clavat el primer cop sobre el cor de la dona que estimava.

La criatura que jeia al taüt s'ha cargolat. Un crit horrible li ha brollat de la gola vermella, i el cos ha encetat un seguit de contorsions salvatges, mentre les dents esmolades mossegaven els llavis i la boca se li omplia d'una escuma carmesí[9]. Però Arthur no ha flaquejat; el braç amb el martell s'alçava i colpejava amb decisió. I a cada cop, l'estaca s'enfonsava més i més en el cor de Lucy, que esquitxava sang tot al voltant. A poc a poc, la nostra pregària s'ha anat imposant als crits, les contorsions s'han aturat, les dents s'han afluixat sobre els llavis i les ganyotes del rostre s'han esborrat. A la fi, Lucy ha quedat immòbil. La tasca espantosa s'havia acabat.

Allò que hi havia dins el fèretre ja no era l'ésser odiós que segrestava criatures, sinó la nostra Lucy, tal com la coneixíem en vida, amb el rostre ple de puresa i dolçor. Arthur s'ha recolzat a l'espatlla de Van Helsing, ha inclinat el cap sobre el pit del professor i ha plorat en silenci.

—Ara, fill meu —li ha dit Van Helsing—, podeu besar-la; beseu els seus llavis morts, com ella besaria els vostres si pogués, perquè ja no és un dimoni per a l'eternitat, ja no és una no morta del diable, sinó una morta de Déu, i la seva ànima és amb ell.

8 missal: llibre en què consta l'ordre i la manera de celebrar la missa, incloses les diferents oracions.
9 carmesí: granat intens.

Arthur ha besat Lucy, i després l'hem fet sortir amb Quincey. Aleshores el professor i jo hem arrencat l'estaca del pit de Lucy, però amb cura de deixar-ne la punta clavada al cor. També li hem tallat el cap i li hem farcit la boca d'all. A l'últim, hem tancat el taüt i la porta del panteó. El professor ha donat la clau a Arthur i, mentre sortíem del cementiri, ens ha parlat així:

—Amics meus, ara ja sí, és el moment de buscar el responsable de tants sofriments i aniquilar-lo. Serà una feina llarga i dura, que ens reserva perills i dolor. Puc comptar amb el vostre ajut? Em prometeu que arribarem plegats a l'amarga fi?

Un rere l'altre, hem encaixat la mà de Van Helsing i hem promès ajudar-lo.

—Doncs que així sigui. D'aquí a dues nits celebrarem un sopar a casa vostra, John, a les set en punt. Convidaré dues persones més, que no coneixeu, i els confiaré el nostre pla. Aquesta nit surto cap a Amsterdam, però torno demà. Llavors renovarem la promesa i començarem la gran recerca.

Capítol XVII

Diari del doctor Seward (continuació)

He acompanyat el professor a recollir l'equipatge a l'hotel Berkeley, on l'esperava un telegrama que deia: «Vinc en tren. Jonathan a Whitby. Notícia important. Mina Harker».

Van Helsing s'ha entusiasmat tot d'una:

—Ah, la meravellosa senyora Mina! —ha exclamat—. Una perla entre les dones! I ve cap aquí justament ara que he de marxar! Us he de demanar que l'allotgeu a casa vostra, amic John, i que aneu a recollir-la a l'estació.

Dit això, m'ha fet a mans una còpia mecanografiada del diari que Jonathan Harker va escriure a l'estranger i una altra del diari de Mina Harker a Whitby.

—Ja cal que els llegiu i els guardeu bé —m'ha recomanat—, perquè contenen una informació molt valuosa. I ara, a reveure!

Arribada l'hora, he acudit a l'estació de Paddington[1] per recollir

1 Estació de tren (i avui també de metro) molt propera al centre de Londres.

la senyora Harker. És una jove dolça i delicada. He carregat el seu equipatge, que inclou una màquina d'escriure, i hem anat cap a casa. Només d'entrar, m'ha dit que es reuniria amb mi de seguida, perquè hi ha moltes coses que m'ha d'explicar. Ara, mentre l'espero a l'estudi, enregistro les peripècies de les darreres hores en el fonògraf. Encara no he llegit els diaris que m'ha donat Van Helsing; si vull consultar-los, hauré de pensar a entretenir la senyora Harker amb alguna cosa. Ella no sap que el temps ens colla[2], ni la tasca que ens espera. Aniré amb compte de no espantar-la. Ah, ja és aquí!

DIARI DE MINA HARKER

29 de setembre. Després d'una toaleta ràpida, he baixat a l'estudi del doctor Seward. M'he aturat un moment abans de trucar a la porta perquè m'ha semblat que parlava amb algú. Al final, però, he trucat, i ell m'ha convidat a entrar. M'ha sorprès que estigués sol. Davant seu, sobre la taula, hi tenia un fonògraf, un aparell ben interessant. Ja en tenia ganes, de veure'n un.

—No us volia fer esperar —he dit, disculpant-me—, però us he sentit parlar i m'he quedat palplantada a la porta; pensava que estàveu amb algú.

—Oh, només enregistrava el meu diari.

—El vostre diari?

—Sí, és aquí dins —ha explicat, posant la mà sobre el fonògraf.

—Oh, gairebé és millor que la taquigrafia, em penso! Podria escoltar alguna cosa?

—I és clar! —ha contestat, però de seguida s'ho ha repensat, i ha

2 collar: pressionar.

dit—: La cosa és que... com que hi guardo les notes sobre els meus pacients, potser seria un pèl compromès que...

Veient-lo en un destret, m'he afanyat a rescatar-lo:

—Vós vau vetllar Lucy fins al final, i jo m'acontentaria a escoltar el passatge referent a la seva mort. L'estimava tant, doctor, que us ho agrairia amb l'ànima.

—Dieu que voleu sentir com va morir? —s'ha esgarrifat ell—. No, de cap manera!

—Per què no? —he preguntat, sentint que una angoixa punyent[3] s'apoderava de mi.

El doctor callava; era evident que s'estava empescant una excusa.

—El problema —ha dit a l'últim— és que m'és impossible localitzar un passatge concret del diari. No el puc repassar pàgina per pàgina com un diari escrit, m'enteneu? Ja veieu que és molt més pràctica la taquigrafia!

L'excusa, és clar, no m'ha acabat de convèncer. A més, jo estava gairebé convençuda que el diari del metge que havia atès Lucy havia d'aportar, per força, alguna novetat als coneixements que ja tenim sobre aquell comte abominable. Així doncs, li he dit sense miraments:

—Doncs si no sabeu localitzar un passatge del vostre diari, senyor Seward, haureu de permetre que el mecanografiï tot sencer.

En aquest punt, el pobre doctor ha empal·lidit i ha contestat:

—No, no, no! Ni ara ni mai no hauríeu de sentir una història tan esgarrifosa!

Aquesta negativa m'ha esglaiat perquè confirmava la meva intuï-

3 punyent: aguda, colpidora.

ció. Afligida, he abaixat el cap. Llavors he vist les còpies del meu diari i el de Jonathan sobre la taula, i se m'ha acudit un contracop.

—No em coneixeu encara —he dit—, però quan llegiu els diaris que jo mateixa he mecanografiat, us adonareu que no he vacil·lat a l'hora de parlar d'aquest afer amb el cor a la mà. Naturalment, fins que no ho feu, no puc esperar que confieu en mi.

Sens dubte, el doctor és un home noble. S'ha aixecat, ha obert un calaix ple de cilindres de metall, ordenats numèricament, i ha dit:

—Teniu raó. No he confiat en vós, però ho hauria d'haver fet. Perquè així com Lucy us va parlar de mi, també ella em va parlar de la seva amiga Mina. Agafeu els cilindres. Els sis primers tracten temes personals, però escolteu-los igualment; així em coneixereu millor. Mentrestant, jo llegiré els vostres diaris. Després soparem.

DIARI DEL DOCTOR SEWARD

29 de setembre. Mentre jo llegia els sorprenents diaris de Jonathan Harker i de la seva dona, ella ha escoltat una part del meu i l'ha anat passant a màquina. Estava molt afectada. Diu que l'ha mecanografiat perquè ningú no hagi d'escoltar de viva veu una història tan atroç. Jo he contestat que, en realitat, tampoc no l'hauria de llegir ningú, aquesta història. Però ella ha replicat que la història s'ha de saber de totes totes perquè, en la lluita per venjar Lucy i extirpar de la faç de la Terra aquell monstre transsilvà, ens cal tota la informació possible i tot l'ajut que puguem aplegar. I ha afegit que no hi ha d'haver secrets entre nosaltres, perquè serem molt més forts si treballem units per una confiança absoluta.

Al final li he hagut de donar la raó, i seguidament he dit:

—En aquests cilindres encara hi ha moltes coses terribles que no coneixeu. Ara sopem. Ens cal fer provisió d'energia per emprendre la recerca. Després acabareu d'escoltar el meu diari i contestaré tot allò que vulgueu preguntar.

DIARI DE MINA HARKER

29 de setembre. Després d'escoltar les darreres entrades del diari del doctor Seward, he estat tan ensorrada a la cadira, tan mancada d'alè que el bon metge m'ha hagut de revifar amb un glop de *brandy*. Llavors, ja més refeta, li he fet saber com m'agradaria mecanografiar-lo sencer, a fi que el professor Van Helsing pogués disposar del document.

—El professor ens ha de trobar preparats quan arribi —he comentat—. Ja he enviat un telegrama a Jonathan demanant-li que vingui de seguida que acabi de recollir informació a Whitby.

Després he afegit:

—Escolteu, ara ja sabem que els patiments de Lucy i Jonathan tenen un mateix origen. Per tant, si creuem el vostre diari amb el de Jonathan i amb el meu, i ordenem el material cronològicament, haurem fet una feina profitosa; ens podrem fer una idea prou clara dels moviments del monstre en els darrers temps. Dieu que també vindran lord Godalming i el senyor Morris; bé, a ells també els en posarem al corrent.

Així doncs, he continuat mecanografiant el diari del doctor a partir del setè cilindre, i, igual que amb els sis cilindres anteriors, he fet servir paper carbó per treure'n tres còpies.

Era molt tard quan he acabat de teclejar. Després m'he tancat a la meva cambra amb les darreres edicions de la *Westminster Gazette* i la

Pall Mall Gazette, i ara em disposo a consultar-les. La lectura que vaig fer del *Daily Telegraph* i de la *Whitby Gazette* em va ajudar molt a entendre els estranys esdeveniments de Whitby, quan, n'estic segura, el comte Dràcula va desembarcar en aquest port. És per això que he decidit consultar els diaris de Londres; potser hi trobaré pistes que ens parlin de les activitats del comte a la ciutat.

Diari del doctor Seward

30 de setembre. El senyor Harker ha arribat a les nou. És un home intel·ligent, que desborda energia i, si l'he de jutjar pel que narra al seu diari, coratjós com n'hi ha pocs.

Més tard. Després de dinar, el senyor i la senyora Harker han tornat a la seva cambra per ordenar cronològicament les proves que hem aplegat entre tots. Harker, que ha estat recollint informació, ha aconseguit les cartes que van intercanviar el consignatari[4] de les caixes a Whitby i els transportistes que se'n van fer càrrec a Londres.

També ha aportat una altra prova: els documents del comte Dràcula relatius a la compra de la casa del costat del manicomi. I com és que no se'm va acudir que aquest indret podia ser el seu cau? Déu sap que la conducta de Renfield em va oferir unes quantes pistes! Si ho haguéssim sabut abans, hauríem pogut salvar la pobra Lucy...

Ara Harker és fora. Ha sortit a la recerca de noves proves. Està convençut que, a l'hora de sopar, ens podrà oferir un relat coherent dels esdeveniments. Abans de marxar, m'ha aconsellat que parlés amb Renfield, ja que fins al moment s'ha comportat com una mena

4 consignatari: persona a qui va destinada una partida de mercaderies.

d'indicador de les anades i vingudes del comte. Jo no n'estic del tot segur, però suposo que ho estaré quan consulti les dates en el meu diari, que Mina ha mecanografiat. Quina idea tan excel·lent, la d'aquesta dona!

Així doncs, he anat a veure Renfield i hem parlat tranquil·lament de moltes coses. Per primer cop des que va ingressar, ha demostrat interès per tornar a casa; de fet, confiava que jo li donaria l'alta immediatament. Però no em refio dels seus períodes de calma. He ordenat al zelador que el vigilés de ben a prop i que tingués a mà, per si de cas, la camisa de força.

Diari de Jonathan Harker

29 de setembre, en el tren de Whitby a Londres. Quan em vaig proposar seguir el rastre de les caixes del comte fins a la seva destinació a Londres, vaig escriure a Samuel F. Billington, el seu consignatari, i aquest em va contestar que em facilitaria tota la informació de què disposava. És per això que li he fet una visita a Whitby.

Billington, certament, guardava tots els documents relacionats amb la tramesa. Com m'he estremit en reveure una de les cartes que ja havia vist sobre la taula del comte, abans de conèixer els seus plans diabòlics! Dràcula ho va organitzar tot minuciosament i amb la màxima prudència, a fi d'estar preparat per a qualsevol inconvenient que pogués sorgir. Amb el permís de Billington, he copiat la factura: «Cinquanta caixes de terra ordinària per al seu ús experimental». També he trobat els duplicats de les cartes que van intercanviar Billington i el transportista de Londres, Carter Paterson; tinc còpia de les dues.

Com que l'amable consignatari ja no em podia oferir res més, he baixat al port per parlar amb els guardacostes, els funcionaris de duana i el capità del port. «Cada caixa pesava com un mort», han coincidit a dir, però cap ni un no ha pogut aportar res de nou.

30 de setembre. He interrogat el cap d'estació de King's Cross sobre l'arribada de les caixes i m'ha posat en contacte amb els funcionaris que les van rebre. Han confirmat que es tractava d'una partida de cinquanta.

Després he visitat l'oficina central de Carter Paterson, on m'han ensenyat els documents que demostren que van ser dipositades a Carfax. Casualment, hi havia els mossos que es van encarregar del trasllat. M'han explicat que la casa està abandonada, i que arreu hi ha un tou de pols que podria servir de matalàs. Han afegit que la capella els va impressionar especialment, i que ni per tot l'or del món s'haurien quedat allà després del crepuscle.

Així doncs, ara sé que totes les caixes que van arribar a Whitby a bord de la *Demèter*, procedents de Varna, van ser desades a l'antiga capella de Carfax. N'hi hauria d'haver cinquanta, si no és que se n'han emportat alguna en els darrers temps... i això és el que em temo després d'haver llegit el diari del doctor Seward. Provaré de parlar amb els traginers que carregaven caixes en una carreta quan Renfield els va atacar.

Diari de Mina Harker

30 de setembre. Estic tan contenta que desbordo entusiasme. Tenia por que aquest afer terrible reobrís la ferida de Jonathan, però ben al contrari, li ha fet un bé. Mai no l'havia vist tan confiat, tan fort, tan ple d'una energia volcànica. En el sopar d'avui, convocat per Van Helsing, s'aclariran moltes coses.

Més tard. Lord Godalming i el senyor Morris han arribat abans d'hora. Com que el doctor Seward havia sortit per raons de feina i Jonathan l'havia acompanyat, els l'he donat jo, la benvinguda. Ha estat una trobada dolorosa, que ha revifat en nosaltres el record de Lucy. Els pobres no sabien què dir ni què fer, perquè ignoraven fins on arriben els meus coneixements sobre els detalls de la mort de la meva amiga. Així doncs, he decidit a posar-los-en al corrent. Els he explicat que sabia el mateix que ells i encara més, ja que, amb Jonathan, hem treballat de valent confeccionant un dossier amb cartes, articles de premsa i diaris personals mecanografiats. Després els n'he donat una còpia a cadascun perquè la llegissin.

—I tot això ho heu fet vós? —s'ha meravellat lord Godalming, i he vist que se li feia un nus a la gola—. Sou tots tan bondadosos, i treballeu amb tanta dedicació per evitar que uns altres pateixin el que va patir la meva Lucy! Sé que vós l'estimàveu, senyora Harker...

Incapaç de contenir la pena, lord Godalming ha amagat el rostre entre les mans. El senyor Morris, amb gran delicadesa, li ha acariciat afectuosament l'espatlla i ens ha deixat sols. Aleshores Lord Godalming s'ha assegut al sofà i s'ha ensorrat. Jo m'he assegut al seu costat i, veient-lo cortrencat[5], li he confessat:

—Sé el que Lucy significava per a vós i el que vós significàveu per a Lucy. Jo també l'estimava, l'estimava com una germana. I ara

5 cortrencat: dominat per un sentiment de dolor o de llàstima.

que ella no hi és, em permetreu que sigui una germana també per a vós? Deixareu que us ajudi, en record de la nostra amiga?

En aquell instant, el pit de lord Godalming s'ha esqueixat[6] per deixar sortir tota la pena que havia covat fins a aquell moment. Estava desfet. L'he abraçat i ell, amb un sanglot, m'ha recolzat el cap a l'espatlla i ha esclafit a plorar com un infant. Passada una estona, m'ha explicat que durant dies i nits —dies esgotadors i nits d'insomni— no havia estat capaç de desfogar-se amb ningú.

—La vostra compassió m'ha fet un gran bé, Mina, i us estaré agraït per sempre. Permetreu que jo també sigui un germà per a vós, en record de Lucy?

—És clar que sí, per Lucy —he contestat, mentre ens donàvem la mà.

—Per Lucy i per vós. Si mai necessiteu el suport d'un home, em tindreu. Déu no vulgui que res destorbi el sol de la vostra vida, però si l'ocasió arribés, prometeu que m'ho fareu saber.

—Queda promès.

Quan he deixat lord Godalming, he trobat el senyor Morris al passadís, davant de la finestra.

—Com està Art? —ha demanat—. Us agraeixo que li feu costat. Està tan necessitat de consol com de l'aire que respira.

El coratge amb què el senyor Morris suportava el dolor propi m'ha encongit el cor. He vist que en una mà tenia la seva còpia del dossier, i m'he dit que, així que la llegís, s'adonaria que conec el seu amor per Lucy. Per això li he confessat:

—Voldria consolar tots els que pateixen. Deixareu que sigui la

6 esqueixar: esquinçar, trencar.

vostra amiga i buscareu consol en mi, si el necessiteu? Més endavant sabreu per què us ho dic.

Ell s'ha inclinat, m'ha agafat la mà i l'ha besada. Deixar-me besar m'ha semblat un pobre consol per a una ànima valenta i generosa com la seva, de manera que jo també l'he besat. Llavors li han vingut les llàgrimes als ulls i, per un moment, s'ha quedat sense veu, però de seguida ha recobrat la calma i ha dit:

—Mina, mai no lamentareu la delicadesa que acabeu de demostrar.

Tot seguit ha tornat amb el seu amic.

Capítol XVIII

Diari del doctor Seward

30 de setembre. He arribat a casa a les cinc. Arthur i Quincey ja hi eren i havien llegit les transcripcions dels diaris i les proves que els Harker han mecanografiat i ordenat. Mina ens ha preparat un te, i, per primer cop des que visc aquí, aquesta casota vella ha semblat una llar de debò.

—Doctor Seward —m'ha demanat Mina, mentre preníem el te—, em permetríeu conèixer el senyor Renfield? El que conteu d'aquest pacient al vostre diari desperta el meu interès.

De manera que he anat a veure Renfield a la seva cel·la i l'he avisat que una senyora el volia veure.

—Oh, excel·lent. Però doneu-me un minut per endreçar l'habitació.

La seva «endreça» ha estat peculiar: s'ha empassat totes les mosques i aranyes que guardava a les capses abans que el pogués aturar. En acabat ha dit alegrement:

—Feu passar la senyora!

Jo m'he quedat al seu costat, a fi de subjectar-lo si provava de fer qualsevol bestiesa.

—Bona tarda, senyor Renfield —l'ha saludat la senyora Harker—. El doctor Seward m'ha parlat molt de vós.

—Ah, però vós no sou la noia amb qui es volia casar el doctor, oi que no? No ho podeu pas ser, ho sabeu? Perquè la noia en qüestió és morta.

—Oh, no, no! Tinc marit, jo. Vaig casar-me amb ell abans de conèixer el doctor Seward. Sóc la senyora Harker.

—I què hi feu, en un manicomi?

—El meu marit i jo passarem uns dies amb el doctor.

—Doncs no s'hi haurien de quedar.

—Per què no?

He sospitat que aquesta conversa no agradaria a la senyora Harker, com tampoc no m'agradava a mi, de manera que hi he intervingut per preguntar al pacient:

—I com sabíeu que em volia casar?

—Quina pregunta més estúpida! —ha fet ell.

—A mi no em sembla estúpida —ha dit la senyora Harker per defensar-me.

Amb ella, Renfield ha estat respectuós:

—Com és que sé que es volia casar, senyora? Doncs perquè qualsevol cosa que afecta un home tan estimat i respectat com el nostre doctor és d'interès per a la nostra petita comunitat.

Hem seguit conversant, i Renfield s'ha expressat en tot moment com un home assenyat. Jo estava bocabadat. Ha explicat que havia estat ben boig de pensar que la vida podia durar eternament si consumia molts animals vius, tant se val quin en fos el rang en l'escala de la Creació. I ha admès que fins i tot havia considerat menjar vides humanes, com la vegada que em va atacar i va llepar la meva sang. Després ha explicat que ho va fer inspirat en un fragment de les Sagrades Escriptures que diu: «Perquè la sang és vida».[1]

Em costava de creure que encara no feia cinc minuts que aquell home s'havia empassat les aranyes i les mosques! He donat un cop d'ull al rellotge; com que ja era l'hora d'anar a recollir Van Helsing a l'estació, he dit que ens havíem d'acomiadar.

—Adéu, senyor Renfield —ha fet la senyora Harker—. Espero que us podré tornar a veure en circumstàncies més agradables per a vós.

La resposta de Reinfeld, un cop més, m'ha deixat de pedra:

—Adéu, estimada. Demano a Déu que no torni a veure la vostra carona tan dolça. Que ell us beneeixi i us protegeixi!

Més tard, mentre tornàvem de l'estació, he parlat a Van Helsing de les excel·lències de la senyora Harker, i del gran servei que ens està fent en la recerca.

—Ah, la meravellosa senyora Harker! —ha sospirat el professor—. Fins ara hem tingut la sort que ens ajudés, però, a partir d'aquesta nit, haurà de quedar al marge d'aquest afer horrible; no estaria bé que corregués un risc tan gran. Ella ha escrit i ordenat totes les dades, i per aquesta raó té dret a acudir a la reunió d'aquesta nit. Demà, però, la seva feina s'haurà acabat.

M'hi he mostrat d'acord i, després de posar-lo al corrent de les novetats, li he donat la seva còpia del dossier perquè pugui llegir-la

1 **Aquesta frase apareix al capítol 12, versicle 23, del llibre de l'Antic Testament anomenat Deuteronomi. És irònic que Renfield la faci servir en defensa del consum de sang, ja que el versicle bíblic diu precisament el contrari: «[...] però respecta sempre la prohibició de menjar sang; és la vida, i no has de menjar la vida de la carn».**

abans de la reunió, que celebrarem a les nou en punt. Aleshores, amb tothom assabentat dels fets amb detall, dissenyarem el pla de batalla contra el terrible i misteriós adversari.

DIARI DE MINA HARKER

30 de setembre. Reunits a l'estudi del doctor Seward, el professor ha fet l'exposició següent:

—Ara que tots coneixem els fets que es relaten en aquests documents, vull explicar-los alguna cosa sobre la mena d'enemic que haurem de combatre. D'aquesta manera sabrem adoptar les precaucions necessàries.

»Existeixen uns éssers anomenats vampirs. Nosaltres tenim proves de la seva existència, proves que, altrament, han corroborat nombrosos testimonis i ensenyances dels temps passats. Els *nosferatu*, com també se'ls coneix, no moren com l'abella quan clava el fibló, sinó que s'enforteixen amb cada nou atac i guanyen en poder per fer el mal. Aquest vampir que camina entre nosaltres té la força de vint homes; és més astut que el més astut dels mortals, perquè acumula els coneixements adquirits al llarg dels segles; i és pitjor, molt pitjor que una bèstia. Té la crueltat d'un dimoni i el seu cor... Bé, allò no és pas un cor! Pot, amb algunes limitacions, aparèixer allà on vulgui i quan vulgui, en qualsevol de les seves formes. És capaç, fins a un cert punt, de governar els elements: la tempesta, la boira i el tro. I mana sobre els éssers inferiors: la rata i el mussol, el ratpenat i l'arna[2], la guineu i el llop. Es pot fer gran o petit, i té la capacitat d'esvair-se i fer-se irrecognoscible[3].

2 arna: papallona nocturna, les erugues de la qual s'alimenten de teixits, deixalles o aliments emmagatzemats.
3 irrecognoscible: impossible de reconèixer.

»Vist això, com podríem sortir airosos[4] de la lluita que l'ha d'aniquilar? Com trobarem el seu cau i el destruirem? Amics meus, es tracta d'una tasca terrible, de conseqüències que farien tremolar l'home més valent, perquè el fracàs, en aquesta missió, no és una mera qüestió de vida o mort! Si fracassem, ens convertirem en criatures com ell, sense cor ni consciència, i ens nodrirem dels cossos i les ànimes dels nostres éssers estimats. Les portes del cel, per a nosaltres, quedaran tancades per sempre, la humanitat ens avorrirà i serem una taca en el rostre de Déu, una fletxa a les costelles del seu fill crucificat![5] Però cal plantar cara a la maldat. Digueu, ens farem enrere? Quant a mi, us dic que no, però ja sóc vell. Vosaltres, en canvi, sou en la primavera de la vida. Alguns ja heu tastat el dolor, però podreu viure encara dies molt bells. Així doncs, què me'n dieu?

Davant d'aquesta pregunta, Jonathan i jo ens hem mirat als ulls; no ens han calgut les paraules.

—Jo responc per Mina i per mi —ha contestat Jonathan.

—Compteu amb mi, també —ha dit, oferint-se, el senyor Quincey Morris.

—I amb mi —ha afegit lord Godalming.

El doctor Seward s'ha limitat a assentir.

En aquell moment, el professor s'ha posat dret i, col·locant el crucifix d'or damunt la taula, ha estès les mans a banda i banda. Jo li he agafat la mà dreta, i lord Godalming, l'esquerra, i així, agafant-nos tots en cercle, hem fet un pacte solemne. A mi, el cor se'm glaçava de pensar en l'avenir[6], però en cap moment no se m'ha acudit de

4 airós: triomfant.
5 És a dir, Jesús.
6 avenir: el temps que ha de venir.

recular. Hem tornat a seure, i el doctor Van Helsing ha continuat:

—Ara ja sabeu amb què ens enfrontem, però a nosaltres tampoc no ens manca la força. Tenim la capacitat de lluitar en grup, tenim l'ajut valuós de la ciència, som lliures d'actuar i pensar i ens és permès d'actuar tant de dia com de nit. A més a més, sentim devoció per la nostra causa, i el nostre objectiu és lliure de qualsevol egoisme. Ja veieu que són molts els elements al nostre favor.

»I, ara, considerem les limitacions dels vampirs. Sabem que el vampir no mor; encara més, rejoveneix amb la sang dels vius. Però, tanmateix, sense la seva dieta de sang és incapaç de prosperar, perquè no menja com els mortals. El senyor Harker, que va conviure amb ell durant setmanes, no el va veure menjar mai. Mai! I tampoc no projecta cap ombra ni es reflecteix als miralls; això també ho va constatar el nostre amic, com també va constatar la força irresistible de la seva mà, la vegada que el va ajudar a baixar de la diligència. Així mateix, està provat que pot transformar-se en llop, com quan va desembarcar a Whitby, o en ratpenat, tal com el va veure la senyora Mina a la finestra. I sembla igualment provat que es pot aparèixer en la boira que ell mateix genera, segons es desprèn del relat del capità de la *Demèter*. Ara bé, pel que en sabem, l'abast de la seva boira és limitat i només es forma al seu voltant. A més a més, també s'apareix en forma de volves que suren en els rajos de lluna, com van fer les tres dones que amenaçaven Jonathan al castell; i pot reduir la seva mida fins a extrems inconcebibles[7]: recordeu Lucy quan es va esquitllar dins el panteó per l'escletxa de la porta. I, un cop trobat el camí, pot entrar en qualsevol indret i sortir-ne, tant se val

7 inconcebible: que no es pot concebre, impossible de creure.

que estigui tancat amb soldadura; i s'hi veu en la foscor més absoluta, que no és un poder menyspreable en un món que és a les fosques la meitat del temps.

»És veritat que el vampir pot fer totes aquestes coses. Però no és lliure. Viu presoner com un boig a la seva cel·la, perquè hi ha lleis que ha de respectar. Per exemple, no pot entrar en una casa a menys que l'hi convidi algun dels seus habitants, si bé, tan bon punt se'l convida, hi entrarà i en sortirà a voluntat. Els seus poders s'extingeixen amb l'arribada del dia, de manera que només gaudeix de llibertat per actuar entre la posta i la sortida del sol. Tampoc no és lliure de creuar les aigües en moviment, sinó que necessita que algú el transporti. I sobretot, sobretot, traslladant-se a Anglaterra, el nostre vampir s'ha posat ell mateix en una situació ben incòmoda perquè, per alguna llei que desconeixem, necessita reposar sempre en terra natal, la qual cosa explica que es fes portar cinquanta caixes de terra de Transsilvània.

»D'altra banda, hi ha amulets que anul·len els seus poders, com ara l'all o els símbols sagrats com el crucifix, davant dels quals recula. Una branca de roser de bosc desada sobre el seu taüt l'impedeix de sortir-ne; una bala consagrada disparada contra el seu fèretre el mata de debò, de la mateixa manera que si li claves una estaca al cor li concedeixes la pau i, si li talles el cap, li atorgues el repòs etern. Això ho hem vist amb els nostres ulls...

»Així doncs, quan trobem el cau del nostre vampir, l'haurem de tancar al taüt i destruir-lo. Però el vampir és llest. He consultat el meu col·lega Arminius, de la Universitat de Budapest, i és del parer que podria tractar-se del mateix Dràcula que, en el passat, es va fer famós guerrejant contra els turcs. Si ho és, tampoc en vida no va ser un home corrent; ja en el seu temps, i en els segles que van seguir, se'n parlava com del més astut, intel·ligent i coratjós dels fills de la seva terra. I hem de tenir ben present que aquell cervell portentós[8] i aquella voluntat de ferro que es va emportar a la tomba són els que ara empra contra nosaltres. Arminius també m'ha contat que, si bé els Dràcula van ser una raça forta i noble, alguns dels seus fills van tenir tractes amb el Maligne.[9]

»I doncs, amics meus, ja és hora que decidim què hem de fer. Jo opino que, abans que res, hauríem d'esbrinar si totes les caixes són a la casa veïna o en falta alguna. Cal localitzar-les totes, i després haurem de capturar o matar el monstre allà on s'amaga, o esterilitzar[10] la terra del seu taüt amb hòsties consagrades, a fi que no s'hi pugui refugiar. D'aquesta manera el podríem sorprendre durant les hores diürnes, quan amb prou feines té poders.

»Quant a vós, senyora Mina, aquesta nit és l'última que participeu en aquest afer. Sou massa valuosa per a tots nosaltres i no us voldríem perdre. En endavant, guardeu-vos de fer preguntes; ja us explicarem cada cosa quan arribi el moment, i conformeu-vos, si us plau us ho demanem, a ser el nostre estel i la nostra esperança. Actuarem amb més llibertat si sabem que sou fora de perill...

Aquestes paraules del professor han estat rebudes pels homes, Jonathan inclòs, amb un sospir d'alleujament. Per a mi, han estat una medecina amarga, però no he tingut més remei que acceptar.

Ara són tots fora. Han anat a Carfax a la recerca de les caixes. M'han aconsellat que m'allités. Es pensen que podré dormir, sa-

8 portentós: meravellós, miraculós.
9 És a dir, el Diable.
10 esterilitzar: purificar, desinfectar.

bent-los en perill? Bé, faré veure que dormo, i almenys Jonathan no es neguitejarà quan torni.

Diari del doctor Seward

1 d'octubre, a les 4 de la matinada. Quan ja ens preparàvem per sortir de casa, m'han comunicat que Renfield tenia una cosa urgent a dir-me, de manera que hem anat tots a veure'l.

Ens ha parlat amb molta serenitat i en tot moment s'ha mostrat d'allò més racional, i al final ens ha demanat que jutgéssim si era boig i m'ha pregat que li donés l'alta. Admeto que semblava que hagués recuperat el seny, però el conec i sé que experimenta canvis sobtats. Així doncs, li he dit que en parlaríem al matí, a la qual cosa ha contestat:

—Em penso que no m'heu entès: me'n vull anar ara, en aquest mateix instant. El temps és or per a mi, doctor! Jo us ho imploro!

—I ens podríeu explicar amb franquesa —ha preguntat Van Helsing— per què voleu que us alliberin aquesta mateixa nit?

—Si fos lliure per parlar, ho faria, però només puc demanar que confieu en mi. Si em negueu aquest desig, la responsabilitat no serà meva.

Com que m'ha semblat que havia de tallar la conversa en aquest punt, he fet cap a la porta i he dit:

—Anem, senyors. Hi ha feina a fer. Bona nit, senyor Renfield.

—Espero, doctor Seward —m'ha avisat Reinfeld—, que més endavant sereu prou honest per recordar que he fet tots els possibles perquè em creguéssiu aquesta nit.

Capítol XIX

Diari de Jonathan Harker

1 d'octubre, a les 5 de la matinada. He marxat a la recerca de les caixes amb l'esperit en pau, ja que mai no havia vist Mina tan forta i tan serena. Amb tot, l'escena del senyor Renfield ens ha inquietat a tots. El doctor Seward, després de rumiar-hi, ha dit:

—Si aquest home fos un llunàtic corrent, m'hauria arriscat a confiar-hi. Però sembla que està tan implicat en els afers del comte que em fa por cometre algun error. No puc oblidar que em va atacar, ni que va anomenar «amo i senyor» a Dràcula. Qui sap si projectava sortir per ajudar-lo en algun pla diabòlic...

—Amic John, no passeu ànsia —li ha dit el professor per tranquil·litzar-lo—, tots ens esforcem a complir amb el deure tan bé com sabem. Confiem en la guia del bon Déu.

Lord Godalming, que s'havia esfumat uns minuts abans, ha tornat amb un xiulet d'argent i ha explicat:

—Aquell casalot deu ser ple de rates, però jo tinc l'antídot. Tocaré el xiulet i acudiran els meus gossos.

Quan hem arribat al pòrtic[1] de Carfax, el professor ens ha donat a cadascú un petit crucifix d'argent i ens ha ordenat:

—Porteu-lo vora el cor.

També ens ha donat unes garlandes de flors d'all pansides, tot dient:

—Poseu-vos-les al coll. I si per cas ensopeguem amb enemics més terrenals, aquí teniu aquests revòlvers i aquests ganivets. I agafeu també les làmpades elèctriques per foragitar les tenebres. Però, sobretot, no us deixeu això...

I ens ha fet a mans un sobre que contenia un bocí d'hòstia consagrada. A continuació ha forçat el pany de la porta amb un rossinyol[2] i aquesta s'ha obert lentament, mentre les frontisses grinyolaven.

—*In manus tuas, Domine*[3] —ha pronunciat, i s'ha senyat en el moment d'entrar.

En aquella casa tètrica, la pols encatifava el terra i les teranyines entapissaven els racons. La llum de les làmpades projectava a les parets tota mena de formes estranyes; eren les nostres ombres, que ara s'encreuaven, ara s'engrandien o empetitien. La sensació que algú invisible caminava entre nosaltres era angoixant. Damunt d'una taula del vestíbul hi havia un joc de claus, cadascuna amb una etiqueta vella i esgrogueïda. El professor l'ha agafat i ha dit:

—Vós coneixeu la casa, Jonathan, perquè vau copiar els plànols per al comte. Guieu-nos fins a la capella.

1 pòrtic: porxo, espai cobert, obert pels costats, a l'entrada d'un edifici.
2 rossinyol: ferro llarg i prim, amb l'extrem doblegat, que serveix per obrir panys a falta de clau.
3 En llatí, '[Som] a les teves mans, Senyor'.

Només tenia una lleugera idea d'on devia caure la capella. Tot i així, he encapçalat l'expedició i, finalment, després d'uns quants errors d'orientació, m'he aturat davant d'una porta baixa de roure, amb la llinda en arc i reforçada amb barrots de ferro. Hem provat unes quantes claus fins que l'hem encertat. Aleshores hem entrat.

I encara que estàvem preparats per a qualsevol descobriment desagradable, ni se'ns havia acudit que hauríem d'enfrontar-nos amb una fetor[4] semblant. La capella era un recinte petit i tancat, i l'abandó de molts anys havia fet que l'aire estancat fos nauseabund. Aquells vapors malignes estaven tan impregnats dels estralls propis de la mort en la matèria, i de la pudor acre i amarga de la sang, que era ben bé com si la mateixa corrupció s'hagués corromput. Amb tot, superada la repugnància inicial, ens hem afanyat a escorcollar l'indret.

—Abans que res, cal esbrinar quantes caixes hi ha —ha dit el professor—. I si en falta alguna, caldrà examinar cada forat, cada racó i cada escletxa a la recerca de pistes que ens hi condueixin.

Hem comptat vint-i-nou caixes —vint-i-nou de les cinquanta!—, de manera que hem seguit explorant. Ha estat llavors que m'he espantat perquè m'ha semblat veure, per un segon, el rostre malèvol del comte en les tenebres. Al mateix temps, lord Godalming ha xiuxiuejat:

—Hauria dit que una cara ens mirava des del passadís! Però devien ser ombres...

Al cap d'un instant, el senyor Morris ha fet un bot per allunyar-se d'un racó. En aquell retall de foscor, hi brillava una miríada de puntets fosforescents: la capella s'estava omplint de rates!

4 fetor: pudor molt forta de substàncies orgàniques en descomposició.

Enmig de l'esgarrifança general, lord Godalming s'ha posat el xiulet als llavis i ha cridat els seus gossos. Al cap d'un minut, tres terriers entusiasmats irrompien a la capella i començaven a repartir queixalades entre les seves enemigues naturals.[5] Ja n'havien mort una vintena quan les seves companyes s'han esfumat.

I, amb els rosegadors, ha semblat que s'esvaïa també aquella presència maligna que sentíem que ens vigilava. Per fi hem respirat alleujats i, abandonant la capella, amb els gossos d'acompanyants, hem escorcollat la resta del casalot. Només hi hem trobat pols, una pols antiquíssima en proporcions extraordinàries.

Apuntava l'alba quan hem sortit de Carfax. El doctor Van Helsing, després de tancar la porta del vestíbul i guardar-se el joc de claus a la butxaca, ha dit:

—Podem afirmar, em penso, que la nit ha estat un èxit. Ningú no ha pres mal i ja sabem les caixes que falten. A més, també sabem que les bèsties que obeeixen el comte no estan sotmeses al seu poder espiritual. Fixeu-vos que les rates que han acudit a la seva crida han fugit aterrides davant dels quissos[6] de l'amic Arthur. I, ara, cap a casa...

Al manicomi regnava el silenci, trencat ocasionalment pels laments d'algun infeliç tancat en una sala llunyana, i per una remor apagada que arribava de la cel·la de Renfield. Ben segur que el pobre s'estava torturant, com solen fer els bojos, amb pensaments inútils i dolorosos.

He entrat de puntetes al dormitori i he trobat Mina adormida. La veig més pàl·lida que de costum.

5 La raça dels terriers fou creada, precisament, per desencauar rates i altres bestioles petites. Són gossos petits i de gran vigor, de color blanc amb taques negres i rosses.
6 quisso: gos petit.

1 d'octubre, més tard. Tothom ha dormit fins tard, perquè ahir va ser un dia molt atrafegat i vam passar la nit en vetlla. Fins i tot Mina està exhausta. M'he llevat abans que ella i m'ha calgut cridar-la dues o tres vegades perquè es despertés. Estava tan ensopida[7] que, per uns instants, no m'ha reconegut i m'ha mirat espantada, com si es desvetllés d'un malson. M'ha dit que estava cansada i ha seguit dormint.

Sabem que han desaparegut vint-i-una caixes. Com més aviat comencem a buscar-les, millor. Avui faré una visita a Thomas Snelling, un dels dos traginers que Renfield va atacar quan es van presentar a Carfax.

Diari de Mina Harker

1 d'octubre. Se'm fa estrany quedar-ne al marge. Després d'haver gaudit durant anys de la confiança absoluta de Jonathan, resulta dolorós pensar que m'amaga alguna cosa, en especial quan es tracta d'un afer de tanta importància. Aquest matí s'ha llevat abans que jo i m'ha parlat amb molta tendresa, però no ha dit una sola paraula sobre el que devia passar a casa del comte, i això que sap que estic ansiosa de notícies. Quan se n'ha anat, he plorat com una ximpleta, tot i que sóc conscient que Jonathan calla per l'amor que em té i pel bé que em desitgen aquesta colla d'homes valents.

Plorar m'ha anat bé, i sé que Jonathan m'ho explicarà tot algun dia. Reconec, però, que avui em sento estranya, com si m'haguessin caigut les ales del cor[8]. Potser és per culpa de l'excés d'emocions.

7 ensopida: espessa de ment i de sentits, endormiscada.
8 caure les ales del cor: sentir-se trist tot d'una.

Ahir a la nit em vaig allitar sense son, neguitosa, i no m'explico com em vaig aconseguir adormir. Sí que recordo que vaig sentir uns gossos que bordaven, i també una remor, semblant al xiuxiueig d'algú que resés, que pujava de la cel·la del senyor Renfield, que és just a sota d'aquest dormitori. Després es va fer el silenci, un silenci tan profund que em va inquietar i em va fer sortir del llit per mirar per la finestra. A fora, quietud i tenebra, la immobilitat de la mort, només travessada per un filet de boira blanca que, com si tingués vida pròpia, reptava lentament per damunt l'herba en direcció a la casa.

Quan vaig tornar al llit, es va apoderar de mi una mena d'ensopiment. Em vaig estirar una estona, però com que no podia dormir, em vaig abocar de nou a la finestra. La boira s'havia intensificat i s'enfilava per la paret de la casa. El pobre Renfield va alçar la veu; no vaig entendre què deia, però s'endevinava que parlava apassionadament. Després hi va haver un enrenou com de baralla i vaig pensar que els vigilants tractaven de calmar-lo. Em vaig espantar tant que vaig tornar al llit, em vaig amagar sota el llençol i em vaig tapar les orelles. Aleshores em devia adormir, i quan Jonathan m'ha despertat aquest matí, m'ha costat reconèixer-lo, perquè estava submergida en un somni d'allò més vívid[9] i estrany.

Somiava que dormia i esperava que Jonathan tornés. Patia per ell, però no em podia moure perquè em pesaven els peus, les mans i el cap. L'ambient s'anava tornant irrespirable, humit i fred, i jo treia el cap de sota el llençol i descobria que la flama del llum de gas que havia deixat encès per a Jonathan havia minvat fins a convertir-se en una guspira vermella enmig de la boira, que ara envaïa l'habitació.

9 vívid: ple de vida; aplicat a un somni vol dir que sembla real.

Volia comprovar si havia tancat la finestra, però l'ensopiment em tenia presonera i no em podia llevar. De manera que havia de quedar-me al llit mentre la boira s'espesseïa més i més, i aleshores m'adonava que no es filtrava per la finestra, sinó per les escletxes de la porta. Al final es compactava fins a formar una columna enmig de la cambra, i al cim de la columna brillava la guspira del llum de gas, semblant a un ull de foc. Tot d'una, la columna començava a girar en espiral, i tota la cambra girava, al mateix temps que se sentien aquestes paraules de la Bíblia: «... una columna de núvols durant el dia, i de foc durant la nit...».[10] I la columna era les dues coses alhora: un núvol amb un ull de foc; un ull que es dividia i es convertia en dos ulls vermells com els que em va semblar veure aquella tarda amb Lucy, al penya-segat de Whitby. Tot seguit jo m'espantava perquè sabia que Jonathan, al castell del comte, havia vist tres dones materialitzant-se a partir d'una boirina que s'arremolinava sota els rajos de lluna. L'últim que recordo és un rostre pàl·lid que sorgia de la boira i s'inclinava damunt meu.

Si torno a somiar una cosa semblant, demanaré al doctor Van Helsing o al doctor Seward que em receptin algun medicament per dormir. Però, ara com ara, no els vull espantar. Un somni com aquest, explicat en les circumstàncies actuals, no faria sinó augmentar la por que tenen per mi.

2 d'octubre, a les 10 de la nit. Ahir a la nit vaig dormir, però no vaig somiar. Amb tot, em sento terriblement dèbil i desanimada. He

10 Èxode, capítol 13, versicles 21-22: «I Déu els precedia com una columna de núvols durant el dia, per guiar-los en el camí, i com una columna de foc durant la nit, per fer-los llum, a fi que poguessin marxar tant de dia com de nit». Es tracta d'una altra referència irònica, perquè s'utilitza una frase bíblica per fer el mal.

passat el matí llegint i endormiscant-me, i a la tarda he fet una visita al senyor Renfield. El pobre s'ha comportat amb amabilitat, i a l'hora del comiat m'ha besat la mà i ha dit:

—Que Déu la beneeixi!

Per alguna raó, aquesta entrevista m'ha afectat moltíssim i ara ploro pensant en ell. És per culpa d'aquesta feblesa que m'afecta. Jonathan patiria si sabés que he plorat. Ell i els altres han estat fora fins a l'hora de sopar i han arribat esgotats. He fet el que he pogut per animar-los, i m'ha anat bé, perquè m'he oblidat del meu propi esgotament. Després m'han enviat al llit. Per la manera com es comportava Jonathan, sé que tenia alguna cosa important a dir-los.

Estava cansada, sí, però, com que sabia que em costaria dormir, he demanat al doctor Seward un opiaci[11]. Ha estat molt amable i m'ha preparat una infusió; ja me l'he pres, i ara, mentre espero la son, m'ha escomès un nou temor: potser ha estat una imprudència privar-me de la capacitat de despertar-me. I si la necessités per escapar dels malsons?

11 opiaci: qualsevol narcòtic derivat de l'opi, com ara el làudan.

Capítol XX

Diari de Jonathan Harker

1 d'octubre, a la nit. Thomas Snelling era a casa seva, a Bethnal Green, però malauradament anava tip de cervesa i no estava en condicions de recordar res. Això no obstant, he sabut per la seva dona que Snelling només és l'ajudant de Smollet. He anat a Walworth, doncs, i he trobat el senyor Smollet a casa seva, prenent un te.

El traginer se'n recordava perfectament, de les caixes, i després de consultar la seva llibreta, m'ha confirmat que en va traslladar sis de Carfax a Chicksand Street, Mile End New Town, i sis caixes més a Jamaica Lane, Bermondsey. En aquell moment, se m'ha acudit que el comte es proposa repartir els seus refugis espantosos per tot Londres, i que ha triat aquests dos barris com a base per a un repartiment més acurat. He sospitat, també, que no es conformaria només amb els refugis de la perifèria. Sens dubte, deu voler refugis al centre mateix de la ciutat.

I, en efecte, les sospites s'han confirmat quan, després de preguntar a Smollet si va traginar més caixes a part d'aquelles dotze, m'ha contestat que no, però que un traginer de la competència en va traslladar nou més a una casa de Piccadilly.

M'he acomiadat de Smollet amb la promesa que em farà arribar l'adreça d'aquest altre traginer. Així doncs, estem sobre la pista. Aquesta nit necessito unes hores de llit. Mina ja dorm; la trobo molt pàl·lida, i té els ulls inflats com si hagués plorat. La pobra deu estar neguitosa i preocupada per nosaltres, que la tenim al marge de les investigacions. Però és millor així; que visqui ben allunyada d'aquest afer odiós.

2 d'octubre, a la nit. Ha arribat una carta de Smollet amb l'adreça de l'altre traginer. Ara mateix el vaig a veure. Mina dorm profundament. M'amoïna el seu aspecte.

Més tard. Ha estat un dia llarg, atrafegat i estimulant. El traginer m'ha explicat que la casa de Piccadilly és al número 347, i que el comte en persona el va ajudar a carregar les caixes a Carfax:

—Em va donar un cop de mà, senyor, i quin cop de mà! —ha exclamat—. És el paio més fort del món, i això que ja té el bigoti ple de canes i és tan prim que no serveix ni per fer ombra. Aixecava les caixotes com si fossin capsetes de te, i jo en canvi suava la gota negra per aixecar les meves. I que consti que fa molts anys que sóc de l'ofici!

A l'hora de sopar, tothom ja era a casa. M'he adonat que Mina, pàl·lida i ullerosa, feia un esforç per semblar alegre. Com m'hagués agradat compartir amb ella les novetats i estalviar-li el malestar! De tota manera, la veig més resignada; o potser comença a avorrir tot el que té a veure amb el comte, perquè s'estremeix sempre que a algú, sense voler, se li escapa un comentari sobre el tema.

Així que Mina s'ha retirat, la resta ens hem reunit a l'estudi i els he posat al corrent de les meves indagacions. Van Helsing s'ha mostrat satisfet.

—Ha estat un dia ben aprofitat, amic Jonathan —ha dit—. Si aconseguim trobar les vint-i-una caixes que falten, gairebé podrem passar comptes[1] amb el grandíssim miserable!

Encara dues ratlles per acomiadar la jornada. Mina dorm i respira amb normalitat; arruga el front, com si rumiés en somnis, i està molt pàl·lida, però potser no tant com aquest matí.

DIARI DEL DOCTOR SEWARD

1 d'octubre. Renfield em desconcerta; canvia tan ràpidament d'estat d'ànim! Durant la visita del matí, s'ha comportat com un home que governés el seu destí. Tant li feien els afers terrenals; semblava que estigués enfilat en un núvol i, des d'allà, contemplés els defectes de tots nosaltres, els pobres mortals.

—Com us va amb les mosques? —li he preguntat.

—Les mosques tenen una característica meravellosa: les seves ales són el símbol del poder de l'ànima —ha contestat.

—Així doncs, ara us interessen les ànimes?

—Oh, no gens! Res d'ànimes. Només m'interessen les vides. Però ara tampoc no em preocupen, perquè tinc totes les vides que necessito i més i tot!

1 passar comptes: tornar-s'hi, venjar-se.

—D'acord, les vides no us preocupen i no us interessen les ànimes. Em direu per què no?

—No em parleu d'ànimes! No les vull! Encara que en tingués, no em servirien de res. No me les podria menjar ni...

Ha callat de sobte, mentre li tornava l'antiga expressió astuciosa. Aleshores ha desviat la conversa.

—Quant a les vides, no em preocupen perquè ara sé que mai més no me'n faltaran...

Però jo m'havia adonat que la qüestió de les ànimes, per alguna raó, el neguitejava. Així doncs, he insistit en la qüestió:

—Entesos. Només voleu vides, res d'ànimes. Però com podríeu obtenir una vida sense emportar-vos també l'ànima? Senyor Renfield, haureu de carregar amb les ànimes dels milers de mosques, aranyes i ocells que heu menjat!

Davant d'aquestes paraules, ha tancat els ulls amb força i s'ha tapat les orelles amb els dits, de la mateixa manera que faria un infant a qui ensabonen la cara. Llavors se m'ha acudit que, en el fons, potser només és això, un infant i prou, i per recuperar la seva confiança li he proposat:

—Voleu sucre per atraure més mosques?

—No, les mosques són unes pobres criatures! I no vull tenir les seves ànimes brunzint al voltant de les meves orelles dia i nit.

—Potser us estimeu més les aranyes...

—A fer punyetes les aranyes! No tenen res que es pugui menjar ni... —i en aquest punt Renfield s'ha interromput un altre cop; tornava a fer el posat garneu[2] de sempre.

2 garneu: astuciós, que amaga o trama alguna cosa.

De nou a l'estudi, he reflexionat. El pacient ha evitat en dues ocasions pronunciar davant meu la paraula «beure»; i, d'altra banda, el neguiteja haver de carregar «l'ànima» de les vides que menja, però confia que no li faltaran «vides» en el futur. Tot plegat apunta en una direcció... Déu misericordiós! És possible que el comte li hagi fet una visita? És possible que li hagi promès alguna cosa perquè planeja utilitzar-lo per als seus plans diabòlics?

CAPÍTOL XXI

DIARI DEL DOCTOR SEWARD

3 d'octubre. Cal que expliqui amb exactitud els esdeveniments de les darreres hores, sense oblidar ni un sol detall.

Ahir a la nit, el vigilant va irrompre al meu dormitori per avisar-me que Renfield havia tingut un accident. L'havia sentit cridar i l'havia trobat de bocaterrosa[1] damunt d'un bassal de sang.

Així és com me'l vaig trobar jo quan hi vaig acudir a corre-cuita. Tenia el rostre magolat[2], com si l'hi haguessin colpejat contra el terra, i panteixava com si se li hagués d'escapar la vida.

Vaig ordenar al vigilant que anés a buscar Van Helsing i que després ens deixés sols. El professor va arribar de seguida amb el seu maletí i vam examinar l'infeliç. Les ferides de la cara eren superficials, però s'havia fracturat el crani, la qual cosa li havia provocat la paràlisi de mig cos.

1 de bocaterrosa: de boca a terra.
2 magolat: ferit per cops violents.

—La sang li embassa el cervell —va dir Van Helsing—. Li hauríeu de trepanar[3] el crani ara mateix per alleugerir la pressió que exerceix l'hemorràgia.

I mentre procedíem a l'operació, es van presentar Arthur i Quincey. L'enrenou els havia despertat i volien saber què passava.

Els vaig posar al corrent i vam esperar en silenci que Renfield tornés en si. Ho va fer al cap d'una estona, espantat i febrós, i llavors, entre balbucejos i ganyotes de dolor, va dir:

—He somiat una cosa horrible, una cosa que m'ha deixat baldat[4]. Què hi tinc, a la cara? La noto inflada i em cou, em cou moltíssim.

—Expliqueu-nos aquest malson, senyor Renfield —li va demanar Van Helsing amb veu serena.

—Doneu-me aigua! Tinc la gola seca. Doneu-me aigua i parlaré. Ah, he somiat...

Va semblar que l'infeliç estava a punt de desmaiar-se. Quincey, seguint les meves instruccions, va córrer a l'estudi i va tornar amb una ampolla de *brandy*. Li vam humitejar els llavis i el vam fer reviscolar[5].

—No, no vull enganyar-me —va panteixar llavors—. No ha estat un malson, sinó la trista realitat. Tot va començar la nit que us vaig implorar que em donéssiu l'alta, doctor. Aleshores m'era prohibit parlar, però estava en el meu seny, i tant que sí! Assenyat així com ara!

»Doncs, aquella nit, ell es va presentar a l'altre costat de la finestra, entre la boira, com havia fet altres vegades. Però hi havia una diferència: se'm va aparèixer de cos sencer, i no pas com un fantasma.

3 trepanar: perforar el crani amb un instrument anomenat *trepà*, a fi d'intervenir quirúrgicament en el cervell.
4 baldat: molt cansat, sense forces.
5 reviscolar: tornar en si.

Oh, quina fúria espantosa llampegava en els seus ulls! I reia, obria la boca vermella i ensenyava unes dents blanques i esmolades. Jo sabia que volia que el deixés entrar, perquè feia temps que m'ho demanava, però m'hi vaig negar fins que va començar a prometre'm tot de coses...

»—Rates, rates, rates! —xiulava—. Centenars, milers, milions de rates, de vides de rates! I també gossos i gats! Tots plens d'una sang vermella que et donarà anys de vida, i no pas mosques que són tot pellofa!

»Me'n vaig burlar; volia burxar-lo perquè em fes una demostració. En aquell moment van bordar uns gossos, i em va fer un gest perquè m'apropés a la finestra. Vaig obeir, sí, i ell va aixecar els braços com per fer una invocació. A continuació una massa negrosa es va escampar per l'herba en forma de llengua de foc: milers de rates amb els ulls encesos, uns ulls vermells com els seus, però petitons. I quan ell va alçar la mà, les rates, obedients, es van aturar.

»—Et donaré totes aquestes vides —em va prometre—, i moltes vides més, vides d'éssers superiors, pels segles dels segles, si t'agenolles i m'adores!

»En aquell instant, un núvol del color de la sang em va enterbolir els ulls i, abans de saber el que em feia, vaig despassar el baldó i vaig dir:

»—Entra, amo i senyor!

»En aquell moment, les rates van desaparèixer i ell va entrar. Jo només havia aixecat la finestra cosa d'un dit, però va entrar per aquella escletxa com si fos un raig de lluna...

»I avui, encara que l'he esperat tot el dia, no m'ha enviat ni una trista mosca. M'he enfadat moltíssim i he decidit que no el deixaria passar. Però quan ha sortit la lluna, ell s'ha esquitllat igualment per la finestra tancada, i això m'ha enfurismat encara més. Hauríeu d'haver vist com reia, mentre es passejava per la cel·la com si en fos l'amo! Ah, en aquell moment he vist molt clara una cosa: quan la senyora Harker m'ha visitat aquesta tarda, no era la mateixa; estava molt pàl·lida, com si li faltés sang, i a mi m'agraden les persones amb molta sang; així que he vist ben clar que ell li ha estat xuclant la vida!

»Aquest pensament m'ha fet perdre el cap. Oi que diuen que els bojos tenen una força anormal? Doncs com que jo sóc boig —almenys a estones—, he pensat que utilitzaré el meu poder. M'hi he llançat al damunt per castigar-lo, perquè no volia que xuclés més vida a la senyora Harker. Però ell m'ha fet rodar per terra com un ninot! I després m'ha embolcallat un núvol vermell, he sentit un tro i... ell s'ha esfumat per sota la porta convertit en boi... en boira...

Arribats a aquest punt, la veu de Renfield s'havia afeblit, respirar li comportava un esforç dolorós. I Van Helsing va cridar:

—El comte és aquí i vol la senyora Mina! Afanyem-nos a empunyar les armes! Les armes de l'altra nit!

Vam córrer a les nostres cambres per agafar les armes, els crucifixos i els bocins d'hòstia consagrada, i vam fer cap al dormitori dels Harker. Sense aturar-nos a trucar, vam aterrar la porta d'una empenta i vam entrar. L'espectacle em va eriçar els cabells del clatell.

La claror d'una lluna inusualment brillant inundava l'estança. En un costat del llit jeia Jonathan, amb el rostre congestionat[6] com si estigués estabornit, més que no adormit; i a l'altre costat hi havia Mina, de genolls i blanca com la llet. Dret al seu davant, hi havia el

6 congestionat: inflat i vermell per acumulació de sang.

comte, que la subjectava pels canells amb la mà esquerra, mentre, amb la dreta, li premia el rostre contra la ferida que tenia oberta en el seu pit nu. Un fil de sang s'escolava de la ferida i tacava la camisa blanca de Mina. La postura de la pobra noia recordava la d'un gatet que un nen obligués a beure llet, enfonsant-li el musell a la força dins del plat.

Quan el comte ens va veure, les seves pupil·les es van encendre amb les flames de l'infern. Les grans ales del seu nas aguilenc es van dilatar i tremolaven, i va serrar les dents[7] esmolades, igual que una bèstia salvatge, darrere dels llavis regalimosos de sang. Llavors va empènyer Mina cap al llit i va fer el gest d'atacar-nos, però el professor, ràpid a actuar, li va posar al davant dels ulls el sobre amb el bocí d'hòstia consagrada. El comte es va aturar en sec i va començar a recular, a poc a poc, alhora que nosaltres avançàvem cap a ell amb els crucifixos alçats. En aquell moment, un núvol va ocultar la lluna i es va fer la foscor. Al cap d'uns instants, quan Quincey va encendre el llum de gas, tot el que quedava del nostre enemic eren unes filagarses de boira.

La senyora Harker s'havia ensorrat al llit amb un crit tan salvatge i penetrant que ressonarà per sempre més en les meves oïdes. El seu rostre, ara cadavèric, era espantós de contemplar per la sang que li embrutava llavis, galtes i barbeta. També al coll tenia un filet de sang, i els seus ulls miraven sense veure; fins a tal punt estava terroritzada. A l'últim es va tapar el rostre amb les mans i va arrencar a plorar desconsolada, mentre Van Helsing l'acotxava amb la flassada. Arthur i Quincey havien sortit de l'habitació i corrien a la recerca

7 serrar les dents: prémer les dents amb força.

d'algun rastre del malvat. Jo em vaig a atansar al senyor Harker amb la intenció d'examinar-lo.

—Jonathan pateix el sopor[8] a què et sotmeten els vampirs —se'm va avançar el professor—. Cal que el despertem ara mateix.

I va mullar una tovallola amb aigua freda i li va rentar la cara. Quan el senyor Harker va tornar en si, va veure Mina i va cridar:

—En nom de Déu! Doctor Seward, doctor Van Helsing, què ha passat? Mina estimada, què és aquesta sang? Que Déu ens ajudi! Ajuda-la, Senyor! Ajuda-la! —Va saltar del llit, es va vestir a corre-cuita i va afegir—: Doctor Van Helsing, vós, que aprecieu Mina, cuideu-la mentre vaig a buscar el comte. No pot ser gaire lluny!

—No, Jonathan! No em deixis! —va implorar la senyora Harker, abraçant-lo ben fort—. Déu sap que he patit prou aquesta nit, i que ara no podria suportar el patiment de l'espera. Queda't amb mi!

Van Helsing i jo vam provar de tranquil·litzar-los. El professor, ensenyant el seu crucifix d'or, va dir:

—No tingueu por, estimada. Ens quedarem tots, Jonathan inclòs, al vostre costat; i mentre tinguem la creu amb nosaltres, la criatura repugnant no s'acostarà. Aquesta nit esteu salvada. Ara asserenem-nos i reflexionem.

La senyora Harker es va estremir i va reclinar el cap sobre el pit del seu espòs. Plorava mentre jo explicava a Jonathan el que havia passat i l'infeliç estava rabiós només de pensar que el comte havia obligat Mina a beure de la ferida del seu pit.

Ens va interrompre la tornada d'Arthur.

8 sopor: son profund, entre l'ensopiment i el coma.

—He escorcollat la casa —va anunciar—. El comte ha passat per l'estudi i ha cremat a la llar els manuscrits i els cilindres del fonògraf.

—Gràcies a Déu que en guardem una còpia a la caixa forta! —vaig exclamar.

—També he mirat a la cel·la de Renfield —va afegir Arthur—. Cap rastre del malvat, però el pobre boig és mort.

Quincey també va tornar en aquell moment. Havia inspeccionat els voltants de la casa i havia vist un ratpenat que s'enlairava de la finestra de Renfield i volava cap a l'oest.

—Per tant, el comte no ha anat a Carfax —va concloure—, i aquesta nit no tornarà, perquè ja s'endevina la claror de l'aurora.

Vam estar en silenci un parell de minuts, fins que Van Helsing, acariciant tendrament el cap de la senyora, va dir:

—I ara, estimada Mina, expliqueu exactament què ha passat. No és pas que vulgui burxar en el vostre dolor, però ens cal saber-ho tot perquè, ara més que mai, hem d'actuar amb rapidesa, precisió i coneixement.

—Em vaig adormir, ajudada pel somnífer que em va preparar el doctor Seward —va explicar la senyora Harker amb un fil de veu—, i ho devia fer profundament, perquè l'arribada de Jonathan no em va despertar. El següent que recordo és que era al meu costat mentre una boira blanquinosa, semblant a la que havia vist al jardí les darreres nits, envaïa l'habitació. M'he espantat i he provat de despertar Jonathan, però ha estat debades; semblava que el somnífer se l'hagués pres ell. El que he vist a continuació m'ha glaçat la sang: la boira s'ha transformat en un home alt i prim, vestit de negre. L'he reconegut de seguida per les vostres descripcions: el rostre pàl·lid, els llavis vermells i entreoberts, que ensenyaven aquelles dents esmolades... He volgut cridar, però no he trobat la veu, i ell m'ha amenaçat amb un xiuxiueig, mentre assenyalava Jonathan:

»—Si obres la boca, veuràs amb els teus ulls com li arrenco el cervell!

»I, tot seguit, amb un somriure cruel, m'ha destapat el coll i ha dit:

»—De primer, un petit refrigeri que compensi tant d'esforç. És millor si no et resisteixes. Ben mirat, no serà la primera vegada, ni la segona, que la teva sang apaivaga la meva set.

»És estrany, però no he sentit l'impuls de resistir-me. Penso que deu ser cosa de la maledicció que paralitza les víctimes quan les toca el vampir. Llavors ell... Oh, Déu del cel, tingues compassió... Llavors s'ha inclinat. El seu alè era fètid, i amb les dents m'ha acariciat el coll!

En aquest punt del relat, Jonathan va gemegar amb l'ànima esquinçada. Però Mina li va estrènyer la mà, per confortar-lo, i va continuar:

—No sé quant de temps ha durat aquella monstruositat. He estat a punt de desmaiar-me. A la fi, m'ha mirat amb els llavis regalimosos de la meva sang i ha dit: «Vosaltres, que desitgeu el meu fracàs, aviat sabreu què significa encreuar-se en el meu camí! Tu, que ets l'ésser que més s'estimen aquests homes, ets ara carn de la meva carn i sang de la meva sang,[9] seràs per un temps la font que m'alimenti,

9 Una altra frase de la Bíblia, inspirada en el versicle 54 del capítol 6 de l'Evangeli segons sant Joan, que fa dir a Jesús: «Aquell que menja la meva carn i beu la meva sang té la vida eterna, i jo el ressuscitaré el darrer dia». Dràcula és, doncs, un ésser poderós capaç de donar la vida eterna, però a diferència de Jesús, la vida que atorga està maleïda.

i després seràs la meva companya i la meva ajudant. Quan la meva ment t'ordeni "Vine!", travessaràs terres i mars per obeir-me. I, ara, acabem el que hem començat!».

»A continuació s'ha estripat la camisa i, amb les ungles llargues i afuades, s'ha obert una vena del pit i m'ha obligat a beure la seva sang. Oh, Déu meu! Què he fet?

Mina va acabar el relat fregant-se obsessivament els llavis, esforçant-se rabiosament per netejar-se'ls. Jonathan Harker estava immòbil, amb una expressió d'odi reconcentrat a la cara. Amb la primera llum del dia, vam veure que els cabells se li havien tornat blancs.

Capítol XXII

Diari de Jonathan Harker

3 d'octubre. Obro el diari i escric, perquè no vull que la inactivitat em faci parar boig. El dia d'avui exigirà el millor que hi ha en cadascun de nosaltres, i en espera que tot comenci, escric per no perdre'm en pensaments d'horror.

Com que no ens convé que s'obri una investigació per la mort de Renfield, ja que ningú no creuria la causa real de la seva fi, el doctor Seward ha signat un certificat de defunció en què afirma que el pacient ha mort de resultes d'un cop en caure del llit.

Després ens hem reunit a l'estudi, i en primer lloc hem decidit que cal posar Mina al corrent de les investigacions. Ara ja no és bo amagar-li res, per dolorós que li resulti. Ella hi ha estat d'acord, i a mi se'm trencava el cor de veure-la tan coratjosa i afligida alhora, i en un estat tan profund de desesperació.

—No hi ha res al món que pugui fer més gran el dolor que ara pateixo —ha assegurat—. I si trobo en mi el més petit desig de trair o fer mal a les persones que estimo, aleshores moriré.

—Penseu matar-vos, senyora? —ha demanat el professor.

—Ho faria, i tant que sí, llevat que un bon amic —i aquí, Mina ha mirat Van Helsing intensament—, desitjós d'estalviar-me els darrers sofriments, ho fes per mi.

—Filla meva, trobaríeu aquest amic si arribés el cas que la mort us fes un bé. Jo mateix em faria responsable davant de Déu d'aquesta eutanàsia[1]. Però estimada... —ha afegit el professor, amb un nus a la gola—, aquí hi ha uns quants homes que s'interposaran de grat entre vós i la mort. A més, teniu el deure de no morir, almenys fins que no hàgim destruït l'ésser que ha corromput la dolçor de la vostra vida. Perquè si moríssiu abans que el no mort, aleshores us convertiríeu en allò que és ell. Així doncs, lluiteu per la vida i no penseu en la mort fins que haurem aniquilat el mal.

—Sia, doncs —ha contestat Mina—. Si és voluntat de Déu que visqui, m'esforçaré a viure fins al final.

Tots els presents, i jo el primer, hem respirats alleujats. El coratge de la meva estimada escalfava tot d'una els nostres cors i ens esperonava[2] a fer plans de batalla.

—Primer de tot —ha aconsellat Van Helsing—, abans d'anar a la casa del comte a Piccadilly, hauríem d'esterilitzar les caixes de Carfax.

I el seu consell ha estat acceptat. Al llarg de la reunió, i durant l'esmorzar que l'ha seguit, ens hem esforçat per mostrar-nos optimistes, i Mina s'hi ha esforçat més que ningú. Però està molt pàl·lida, i tan prima que els llavis se li han arronsat i se li veuen les

1 eutanàsia: mort que es dóna per compassió a una persona que pateix un mal o una malaltia incurables.
2 esperonar: estimular, motivar.

dents. Encara no se li han esmolat, perquè fa poques hores de l'atac; amb tot, l'avenir que li espera és aterridor. Em vénen les llàgrimes als ulls quan penso que potser haurà de passar per la mateixa agonia que la pobra Lucy.

Enllestit l'esmorzar, Van Helsing ens ha demanat que ens armés-sim per a l'expedició. Després s'ha adreçat a Mina:

—Senyora, aquí estareu segura fins a la posta de sol. I abans d'aquesta hora nosaltres ja haurem tornat. Ara bé, permeteu que us prepari contra qualsevol possible atac. Ja m'he encarregat de col·locar al dormitori alguns objectes que impediran l'entrada del comte. Ara protegiré la vostra persona...

I dient això, el professor ha alçat un bocí d'hòstia consagrada per beneir el front de Mina, alhora que recitava: «En el nom del Pare, del Fill i...».

En aquell moment, Mina ha fet un crit. L'hòstia consagrada li havia cremat la carn del front com si s'hagués tractat d'un ferro roent[3].

—Impura! —ha gemegat—. Sóc una impura! Fins i tot Déu totpoderós rebutja la meva carn corrupta!

Mentre jo l'abraçava, sentint que el cor se'm moria dins del pit, els nostres amics han abaixat els ulls, negats[4] de llàgrimes. Han estat uns minuts d'un silenci tristíssim, només trencat pels sanglots d'ella. Van Helsing, finalment, s'ha decidit a parlar, i ho ha fet amb solemnitat:

—Mina estimada, arribarà el dia que Déu us deixarà el front tan pur com el vostre cor. És tan cert com que existim, que la cicatriu

3 roent: calent fins a desprendre llum.
4 negat: inundat.

desapareixerà així que ens haurem deslliurat de la càrrega que us afligeix. Fins aleshores, amb llàgrimes i sang, si cal, resignem-nos a ser els instruments de Déu en aquesta lluita.

I estàvem ben disposats per a la lluita quan hem sortit cap a Carfax. A l'interior del casalot res no havia canviat. Hem anat de dret a la capella, hem obert les caixes i hem col·locat un bocí d'hòstia consagrada sobre la terra que contenen.

Fet això, ens hem afanyat cap a Piccadilly.

Piccadilly, a les 12.30. Un cop davant del número 347 de Piccadilly, hem decidit que demanaríem a un serraller[5] que ens obrís la porta. Aquest carrer és un dels més transitats de la ciutat, i no ens podíem arriscar que ens veiessin forçant la porta.

Ha estat lord Godalming qui, aprofitant-se del seu títol nobiliari, que sempre infon respecte i rarament desvetlla sospites, s'ha encarregat de buscar-ne un. Li ha explicat que era l'amo de la casa i que havia perdut les claus, i l'home, sense fer preguntes, ens ha franquejat el pas.

A la casa regnava la mateixa pudor nauseabunda que a la capella de Carfax. Com que no sabíem si el comte hi era, temorosos d'un possible atac, hem avançat fent pinya per un llarg vestíbul que ens ha portat al menjador. Allà s'apilaven vuit caixes, vuit de les nou que hi esperàvem trobar! Hem procedit a esterilitzar-les i hem represès l'escorcoll.

La novena caixa no ha aparegut, però al menjador mateix hem trobat les escriptures de la casa, i també les escriptures de les cases que el comte va comprar a Mile End i Bermondsey. Al costat hi

5 serraller: persona que fabrica o arregla panys i claus.

havia un joc de claus de totes les mides i formes, les quals corresponen segurament a aquestes propietats. Lord Godalming i Quincey Morris han pres nota de les adreces, s'han embutxacat les claus i se n'hi han anat per esterilitzar totes les caixes que puguin trobar. La resta esperem a Piccadilly el seu retorn, o l'arribada de Dràcula.

Capítol XXIII

Diari del doctor Seward

3 d'octubre. Mentre esperàvem Arthur i Quincey, han trucat a la porta. Van Helsing ha alçat la mà per demanar silenci i ha anat a obrir. Era el repartidor de telègrafs, que li ha fet a mans un avís que deia: «Alerta amb D. Ha sortit de Carfax a les 12.45 en direcció sud. Potser us busca. MINA».

Jonathan Harker ha exclamat:

—Ah, gràcies a Déu! Aviat ens veurem les cares!

Al cap de mitja hora, han tornat a trucar a la porta. Eren lord Godalming i Morris.

—Ja està fet! —ha explicat el primer—. Hi havia sis caixes a cada casa i les hem esterilitzat totes. Només ens en falta una!

—L'enhorabona, senyors —ha dit Van Helsing—. I, ara, prepareu-vos. Sembla que el comte ve cap aquí.

—Així, l'únic que hem de fer és esperar-lo —ha observat Morris—. Però haurem de marxar si no apareix abans de les cinc. No podem deixar sola la senyora Harker després de la posta de sol.

—Segur que està a punt d'arribar —ha pronosticat el professor—. Estigueu en silenci i alerta, i amb les armes a punt!

No havia acabat de parlar que hem sentit una clau que girava al pany de la porta del carrer. Unes passes s'han atansat pel vestíbul i el comte ha irromput al menjador amb un salt de pantera. Ha fet una mena de rugit quan ens ha vist, i ens ha saludat ensenyant-nos els ullals esmolats i llarguíssims.

Harker, ansiós de revenja, ha estat el primer a atacar. Amb un moviment àgil, s'ha plantat entre el menjador i el vestíbul per barrar la fugida al comte, i tot seguit, traient el gran matxet, li ha etzibat[1] una ganivetada ferotge. El comte l'ha esquivat a temps amb una habilitat diabòlica. Només que hagués badat un segon, el matxet li hauria partit el cor. Amb tot, la fulla li ha esquinçat la jaqueta, i de l'estrip han caigut un feix de bitllets i un grapat de monedes d'or. Jo, tement que el seu contracop fos nefast per a Harker, he avançat cap a ell aixecant el crucifix i el meu bocí d'hòstia consagrada. La resta m'ha seguit i el comte ha reculat, s'ha ajupit per arreplegar de pressa i corrent un grapat de diners, i s'ha llançat contra la finestra del pati. Quan ens hi hem abocat, ja s'havia aixecat enmig d'una cascada de vidres trencats i fugia cap a la porta de la quadra. Allà s'ha aturat per cridar-nos:

—Us penseu que podreu amb mi, amb aquestes cares pàl·lides aquí abocades, que sembleu xais a l'escorxador? Ah, i com lamentareu les vostres ofenses, tots i cadascun de vosaltres! Encara tinc indrets on puc refugiar-me. La meva revenja tot just acaba de començar! Fa segles que la rumio, i el temps és el meu aliat. Les dones que estimeu ja

1 etzibar: pegar (un cop, una ganivetada...).

em pertanyen, i a través d'elles us posseiré a vosaltres, i a molts altres també! Us sotmetreu a les meves ordres i sereu els meus xacals![2] Bah!

Dit allò, ha girat cua i ha desaparegut per la porta. El primer a parlar ha estat el professor:

—Avui hem après unes quantes coses, senyors. Per començar, podem estar segurs que el comte, tot i el verí de les seves paraules, ens té por. Altrament, per què ha fugit? I per què s'ha ajupit per arreplegar un grapat de diners? Deu estar ben escurat[3], el pobre! I ja m'asseguraré jo que no trobi res útil en aquesta casa si se li acudeix de tornar.

Tot parlant, Van Helsing s'ha embutxacat els diners que havien quedat a terra, ha llençat a la llar les escriptures de les cases i els ha calat foc amb un llumí. Nosaltres hem provat de seguir el rastre de l'enemic, però ha estat en va. La tarda era avançada i ja s'atansava la posta del sol.

—Tornem a casa —ha aconsellat el professor—. Aviat la senyora Mina ens necessitarà al seu costat, i aquí ja està tot fet. Però no hem de desesperar-nos; només queda una caixa, i la trobarem. Aleshores tot s'haurà acabat!

L'entusiasme de Van Helsing tenia com a objectiu encoratjar Harker, a qui la fugida i les paraules del comte turmentaven una cosa de no dir, però no ha evitat que tornéssim a casa amb el cor afligit.

Fidels a la nostra promesa, hem explicat a la senyora Mina els esdeveniments del dia, i ella ens ha escoltat en silenci, agafant ben fort

2 El xacal és un mamífer carnívor de la família del llop i del gos, que viu a Europa, Àsia i Àfrica. En l'imaginari popular té mala fama perquè és un animal oportunista, que sovint s'alimenta de carronya i deixalles.
3 escurat: sense diners.

la mà del seu marit. Hi havia bondat i puresa en el seu rostre, i, amb tot, la cicatriu vermella al front ens recordava en tot moment que Déu l'ha rebutjada. A la fi, s'ha posat dempeus i, amb una veu plena de fe, ha dit:

—Jonathan estimat, i vosaltres, amics fidels, mentre duri aquest tràngol espantós vull que tingueu ben present una cosa. Sé que us cal destruir el comte de la mateixa manera que vau destruir la Lucy falsa perquè la veritable pogués gaudir del descans etern. Però aquesta tasca no es pot nodrir de l'odi. L'ànima infeliç que ens ha fet tant de mal és digna de llàstima. Penseu en el goig que experimentarà quan, un cop destruïda la seva part monstruosa, la part bona trobi la pau d'esperit. Així doncs, destruïu-la, però tingueu-li compassió.

Harker ha aferrat amb força la mà de Mina.

—Si pogués enviar aquesta ànima a l'infern, ho faria —ha assegurat, ple de ràbia.

Mina se l'ha mirat amb ulls suplicants.

—Oh, calla, si et plau! Si algun dia em converteixo en allò que és ell, també necessitaré la vostra pietat, i aleshores, me la negareu amb la mateixa ira?

Davant d'aquest raonament, a tots ens venien les llàgrimes als ulls, i Jonathan s'ha agenollat i ha amagat el rostre entre els plecs de la faldilla d'ella.

Diari de Jonathan Harker

3-4 d'octubre, pels volts de la mitjanit. Mina dorm plàcidament, sembla que no té malsons. Jo, malgrat el cansament, no puc agafar el son. Encara hi ha una caixa per trobar, només una! Però si el comte decideix amagar-se, la recerca podria durar anys. El sol pensament és aterridor.

4 d'octubre, de bon matí. Al final em devia adormir, perquè Mina m'ha despertat poc abans de l'alba i m'ha demanat:

—Si et plau, crida el professor. Hi he de parlar ara mateix.

—Per què?

—Tinc una idea. Se'm deu haver acudit durant la nit, i ha anat madurant mentre dormia. Cal que Van Helsing m'hipnotitzi abans de l'alba. Afanya't, no tenim gaire temps!

El doctor Seward, que era de guàrdia al passadís, s'ha ofert per anar a despertar el professor. Aquest ha trucat a la porta al cap d'uns minuts. L'acompanyaven el senyor Morris, lord Godalming i el doctor Seward. Feien un posat tot amoïnat, però quan han vist que Mina somreia, han respirat alleujats.

—Què puc fer per vós, estimada Mina? —ha demanat Van Helsing.

—Vull que m'hipnotitzeu —ha contestat ella—. Feu-ho abans de l'alba; tinc el pressentiment que ara puc parlar amb llibertat. De pressa, no ens queda gaire temps!

El professor, sense fer cap objecció, li ha demanat que segués al llit. A continuació l'ha mirada fixament i, obrint una mà, la hi ha passejat per davant de la cara, del front a la barbeta i de la barbeta al front; després ha fet el mateix amb l'altra mà, repetint l'operació diverses vegades. Durant aquest temps, Mina també el mirava, fins que, a l'últim, s'ha quedat immòbil i ha tancat els ulls. Quan els ha obert, uns segons més tard, ja no semblava la mateixa. Estava hipnotitzada.

—On sou, Mina? —ha preguntat el professor.

—No ho sé. És un indret estrany —ha fet ella, amb una veu que semblava que somiés.

—Què veieu?

—No res. És ben fosc.

—Què sentiu?

—El xipolleig[4] de l'aigua i la remor de les onades, a l'altra banda de la paret.

—Sou en un vaixell, doncs?

—Oh, sí!

—Què més sentiu?

—Passes d'homes damunt del meu cap, i el grinyol de la cadena de l'àncora mentre la pugen a bord.

—I vós, què esteu fent?

—Oh, m'estic quieta, molt quieta! Com si fos morta...

La veu de Mina s'havia anat apagant; respirava profundament, així com si dormís, i a la fi ha tancat els ulls. El sol ja havia sortit i la claror del dia s'esquitllava dins la cambra. El doctor Van Helsing ha reclinat Mina sobre el llit, amb suavitat, i li ha acomodat el cap al coixí.

Llavors, mentre ella dormia com un infant, ens ha explicat que, quan el comte la va obligar a beure de la seva sang, li va practicar allò que es coneix per «baptisme de sang del vampir». Ara la sang d'aquest ésser diabòlic corre per les venes de Mina. Per això, en els moments en què ell és més feble, just abans de l'alba i de la posta del sol, Mina és capaç d'introduir-se en la seva ment amb l'ajuda de la hipnosi.

4 xipolleig: soroll que fa l'aigua quan s'agita.

Quan Mina s'ha despertat, s'ha sorprès de veure'ns allà.

—He parlat en somnis? —ha demanat.

El professor li ha descrit la sessió d'hipnosi i li ha fet saber els resultats.

—Aleshores no podem perdre temps! —ha exclamat Mina—. Potser encara el podem aturar!

El senyor Morris i lord Godalming han fet el gest d'arrencar a córrer. Cap a on? Cap al port de Londres! Però el professor els ha aturat:

—Quedeu-vos. És evident que el vaixell estava llevant les àncores. Però de quin vaixell es tracta? Ara mateix n'hi ha centenars que salpen del gran port de Londres. Gràcies a Déu, hem retrobat el rastre del comte, i ja sabem en què pensava quan es va ajupir per agafar els diners. Necessitava comprar un passatge per fugir d'Anglaterra. Es va adonar que amb una caixa de terra per tot refugi, i amb una colla d'homes perseguint-lo com els gossos que empaiten la guineu, Londres no era un indret acollidor. A hores d'ara deu estar convençut que ens ha deixat enrere. Però la cacera tot just comença!

—I per què l'hauríem de perseguir, si fuig de nosaltres? —ha demanat Mina.

Van Helsing li ha agafat la mà.

—Estimada meva, ara més que mai l'hem de trobar, encara que hàgim d'anar a buscar-lo als soterranis de l'infern. Ell pot viure pels segles dels segles, però vós només sou una dona mortal, i tenim el temps en contra des que us va deixar una marca al coll.

Capítol XXIV

Diari del doctor Seward (enregistrament de Van Helsing per a Jonathan Harker)

Avui us quedareu amb la vostra esposa i en tindreu cura. Nosaltres sortim a recollir informació i a confirmar el que ja sabem, és a dir, que el comte Dràcula ha emprès la tornada al seu castell de Transsilvània.

Esbrinarem el vaixell en què ha salpat i quina n'és la ruta. Encara hi ha esperança. Aquesta criatura va rumiar durant segles la seva vinguda a Anglaterra, i n'hem tingut prou amb un dia de feina per foragitar-la. Podeu ben creure que la victòria final serà nostra. Així doncs, estimats, estigueu tranquils i confiats fins que tornem.

Abraham van Helsing

Diari de Mina Harker

5 d'octubre. Ja sabem quin és el vaixell que transporta el comte, i també el rumb. El professor ens ho ha explicat així:

—Com que era més o menys segur que volia tornar a Transsilvània, he deduït que partiria cap a la mar Negra, que és la ruta més habitual. Doncs bé, hem esbrinat que ahir només va salpar un vaixell en aquesta direcció, el *Czarina Catherine*, que navega rumb a Varna. Un treballador del port ens ha explicat que hi va embarcar un home alt i pàl·lid, vestit de negre de cap a peus, que traginava una gran caixa de fusta. I aquest home, sens dubte, és el nostre vampir. Així doncs, tenim temps de sobres per anar-li al darrere. L'enemic és a la mar, de camí a la desembocadura del Danubi, i el vaixell navega lent. Nosaltres farem més via viatjant per terra. Arribarem a Varna abans que ell i l'esperarem. El millor és atacar-lo mentre sigui dins la caixa, entre la sortida i la posta del sol, perquè aleshores està indefens.

Després de conversar llargament sobre la qüestió, hem acordat que avui reflexionarem i descansarem, i demà, després d'esmorzar, exposarem les nostres conclusions i decidirem com hem d'actuar.

Aquesta nit sento una pau meravellosa; és com si m'haguessin alliberat d'una presència angoixant. Tot i això, al meu front la marca destaca ben vermella, i em recorda que continuo essent una impura.

Diari del doctor Seward

5 d'octubre. Mentre esmorzàvem, regnava una alegria que ja pensàvem que no tornaríem a sentir. Gairebé m'ha semblat que els dies passats han estat un malson i prou..., fins que la cicatriu vermella al front de la senyora Harker m'ha tornat a la realitat.

D'aquí a mitja hora ens reunirem a l'estudi i prendrem una decisió. De tota manera, l'instint em fa ser cautelós: em fa por que la senyora Harker no vulgui o no pugui ser sincera del tot. Durant l'esmorzar estava animada, però molt silenciosa. Potser la sang del comte, aquest verí que li contamina les venes, comença a afectar-la. En aquest cas, el mateix poder que l'obligaria a callar davant nostre l'obligaria a parlar davant d'ell. Però no! Em nego a creure en aquesta possibilitat!

Més tard. El professor m'ha vingut a veure i m'ha exposat els seus pensaments:

—Amic John, hi ha un fet que m'amoïna i que vull compartir amb vós abans que amb els altres. La nostra pobra Mina està canviant, pateix un procés idèntic al que vam observar en Lucy...

De sobte, un calfred m'ha recorregut l'espinada en adonar-me que els meus temors estaven a punt de confirmar-se. Van Helsing ha continuat:

—La fesomia dels vampirs comença a entreveure's en el seu rostre: les dents se li afuen i, a estones, la mirada se li endureix; també està més callada. Per tot plegat, em pregunto el següent: si ella ens pot explicar mitjançant la hipnosi allò que el comte veu i sent, que potser no és lògic creure que ell, que la va hipnotitzar el primer, i que li ha enverinat la sang, també és capaç de llegir-li la ment?

—En això pensava quan heu entrat —he contestat.

—Llavors siguem prudents. D'ara endavant, li amagarem les nostres intencions. Només de pensar que desconfiem d'ella se'm trenca

el cor, però és així com hem d'actuar. A la reunió, li hauré de dir que, per raons que no podem explicar, l'hem d'excloure de les futures deliberacions.

Més tard. Quin alleujament, quan Jonathan ens ha fet a mans una nota en què Mina anunciava que no assistiria a la reunió! La pobra estava convençuda que la seva presència podia ser un destorb a l'hora de prendre decisions, de la qual cosa dedueixo que ella mateixa s'havia adonat que representa una amenaça.

A continuació, quan ja érem tots els homes a l'estudi, Van Helsing ha explicat:

—En el cas que el *Czarina Catherine*, que va salpar ahir, naveguès a tot drap, tardaria unes tres setmanes a arribar a Varna, potser alguns dies menys si el comte, amb els seus poders, fa que les condicions de la mar i el cel siguin excepcionalment bones. Nosaltres, viatjant per terra, ens hi podem presentar en tres dies, diguem-ne cinc, perquè cal tenir en compte qualsevol retard en els transports. Així doncs, en resulta un marge d'actuació de dues setmanes. O sigui que hauríem de partir, al més tard, el dia disset. Naturalment, anirem equipats per enfrontar-nos amb qualsevol mal espiritual o físic.

—Tinc entès que el comte procedeix d'una contrada infestada de llops; proposo, doncs, que augmentem el nostre arsenal[1] amb uns quants rifles Winchester[2] —ha suggerit Quincey Morris.

—Una idea excel·lent! —ha fet Van Helsing—. I, ben mirat, a

1 arsenal: dipòsit o conjunt d'armes.
2 Fusell inventat l'any 1866. És un rifle de repetició, és a dir, permet disparar uns quants trets seguits. Se'l coneix com «l'arma que va conquerir l'Oest» (amb referència als territoris de l'oest dels Estats Units). Quincey Morris és americà i, per tant, un gran coneixedor d'aquesta arma.

Londres ja no hi fem res. Entre tots quatre podríem enllestir l'equipatge entre avui i demà, i posar-nos en marxa.

—Tots quatre? —ha preguntat el senyor Harker—. A mi no m'hi compteu?

—Vós us hauríeu de quedar i tenir cura de la vostra dona —ha contestat el professor.

DIARI DE JONATHAN HARKER

5 d'octubre, a la tarda. La decisió de Mina de no participar en les reunions m'ha fet rumiar. Els altres s'ho han agafat amb molta serenitat, la qual cosa m'ha desconcertat. Que no havíem acordat que no hi hauria secrets entre nosaltres? No he pogut parlar amb Mina de la qüestió. Ara dorm com un infant.

Més tard. M'estava assegut al costat de Mina, feliç de veure-la dormir plàcidament, quan, en el moment que es ponia el sol i les ombres s'ensenyorien de la terra, ha obert els ulls i m'ha dit amb una veu molt dolça:

—Jonathan, m'has de fer una promesa. I et demano que no la trenquis per res del món, encara que m'agenolli i t'implori el contrari amb llàgrimes amargues.

—Però, estimada...

—Si et plau!

—Digues, doncs...

—M'has de prometre que no m'explicaràs res, absolutament res, de la vostra campanya contra el comte, almenys mentre tingui la marca de la impuresa al front!

He sabut que parlava molt seriosament i li ho he promès, sentint que una porta es tancava entre nosaltres.

6 d'octubre, al matí. Hi ha hagut un canvi de plans. Un cop més, Mina s'ha despertat a l'alba i ha demanat de parlar amb el doctor Van Helsing.

—Cal que us acompanyi en aquest viatge —li ha dit.

Van Helsing i jo ens hem mirat, sorpresos.

—Per quina raó? —ha preguntat.

—Escolteu-me ara que el sol escampa les tenebres, perquè potser després ja no tindré l'oportunitat de dir-vos-ho. Sé que si el comte em crida, faré el que sigui per reunir-me amb ell, empraré qualsevol argúcia[3] per ensarronar-vos, fins i tot al meu Jonathan estimat. —Aquí m'ha mirat, afligida, i jo, incapaç de dir res, li he agafat la mà. Ella ha continuat—: Per això estarem més segurs si no ens separem i si sou uns quants a vigilar-me. A més, us puc ser útil perquè em podeu hipnotitzar per esbrinar coses que jo mateixa ignoro.

—Com sempre, senyora Mina, excel·liu[4] per la vostra saviesa —ha fet Van Helsing—. Vindreu amb nosaltres, sí, i Jonathan també. Plegats, aconseguirem allò que ens proposem.

Així doncs, un cop presa aquesta decisió, i ja reunits amb la resta de companys, el professor ha anunciat:

—Demà sortim cap a Varna, amb la novetat que la senyora Mina ens acompanyarà. Té una taca al front, és cert, però la seva ànima encara és pura, i de quina manera! Una ànima que resplendeix de

3 argúcia: truc, estratagema.
4 excel·lir: sobresortir, destacar.

lleialtat! Quan siguem a Varna, serà el moment de preparar una bona rebuda al comte.

—I com el rebrem, exactament?

—Abans que res, pujarem al *Czarina Catherine* i col·locarem una branca de roser de bosc damunt la seva caixa, a fi que no en pugui sortir. Després, a la primera oportunitat, l'obrirem i... Bé, llavors tot s'haurà acabat feliçment.

CAPÍTOL XXV

DIARI DE JONATHAN HARKER

Varna, 15 d'octubre. Vam sortir de l'estació de Charing Cross el matí del dia 12, i la mateixa nit, després de travessar el canal de la Mànega[1] amb el vaixell correu, vam arribar a París. Allà, sense aturar-nos per prendre alè, vam ocupar els nostres seients a l'Orient Express,[2] i hem viatjat dia i nit fins a les cinc d'aquesta tarda, moment en què hem baixat a Varna.

Ens allotgem a l'hotel Odessus. Mina està bé i fins sembla més forta. Ha recuperat el color i dorm moltíssim, per bé que es mostra molt activa abans de l'alba i a entrada de fosc. Van Helsing aprofita aquests moments per hipnotitzar-la i preguntar què veu i què sent.

—No veig res, només foscor —contesta ella—. Sento l'aigua que corre pels costats del vaixell, sento les veles que es tensen i fan cruixir els pals, sento el vent que bufa i la proa que talla les ones.

1 Braç de mar que separa l'illa d'Anglaterra de la costa nord de França.
2 L'Orient Express era un tren de luxe que va fer el trajecte de París (França) a Istanbul (Turquia) des del 1883 fins al 1977. Tenia parada en diverses ciutats.

Queda clar que el *Czarina Catherine* encara navega a tot drap rumb a Varna.

24 d'octubre. Fa una setmana que esperem. Abans de sortir de Londres, lord Godalming va aconseguir, gràcies a les seves influències, que els consignataris anglesos del *Czarina Catherine* li enviessin un telegrama diari, informant de qualsevol incident en la navegació del vaixell. Però els telegrames que arriben al consolat[3] anglès de Varna només diuen: «sense notícies». D'altra banda, les sessions d'hipnosi de Mina no revelen res de nou, sempre el xipolleig de les ones i el cruixit de l'eixàrcia[4] del vaixell.

TELEGRAMA DE RUFUS SMITH, LONDRES, A LORD GODALMING, A L'ATENCIÓ DEL CÒNSOL DE VARNA

28 d'octubre
«El *Czarina Catherine* ha estat vist davant del port de Galati[5] a la una en punt del dia d'avui.»

DIARI DEL DOCTOR SEWARD

28 d'octubre. Tot i que consideràvem la possibilitat que sorgís alguna sorpresa a última hora, l'anunci de l'arribada del vaixell a Galati ens ha consternat.

3 consolat: oficina del cònsol; aquest és el representant dels interessos d'un país i dels seus ciutadans en una ciutat estrangera.
4 eixàrcia: conjunt de pals i veles d'un vaixell.
5 Ciutat de Romania, situada a la part baixa del riu Danubi, que és navegable des de la mar Negra.

—Amics meus, un cop més el comte ens ha esquivat! —ha exclamat Van Helsing—. Ha llegit la ment de la senyora Mina i ha sabut que l'esperàvem aquí. Amb tot, que no ens ensorri el desànim, perquè aquesta argúcia potser se li girarà en contra. Ara, creient-se estalvi, abaixarà la guàrdia —ha afegit—, però nosaltres, pel baptisme de sang que va fer a la seva víctima, i gràcies a la hipnosi, seguirem espiant-lo a la sortida i a la posta del sol. En aquests moments, Mina és fora de la seva influència i només m'obeeix a mi. El seguirem, doncs, i el trobarem.

Capítol XXVI

Diari del doctor Seward

29 d'octubre. Com trobo a faltar el meu vell fonògraf, ara que he d'escriure sobre paper, escrivint amb gargots[1] les lletres per culpa de les sotragades del tren que ens porta a Galati.

Ahir a la nit ens vam reunir poc abans de la posta del sol per assistir a la sessió d'hipnosi de la senyora Harker. Val a dir que aquesta vegada no va resultar gens fàcil i que tant ella com Van Helsing van haver de fer un esforç. Quan a la fi va entrar en trànsit, i li van preguntar què veia, va contestar:

—No res. Estem aturats. No se senten les ones, només aigua que corre. Sento veus d'homes i uns rems que xipollegen. Sento passes damunt meu i unes cadenes que grinyolen. Què ha estat això? Ah, un esclat de llum. La brisa m'acaricia la pell...

Aleshores va callar, va obrir els ulls bruscament i, com si res no hagués passat, es va oferir per anar al vagó restaurant a buscar-nos un te.

1 gargot: traç imperfecte, propi d'una mala cal·ligrafia.

—Amics meus —va concloure Van Helsing, mentre ella era fora—, sospito que el comte s'acosta a terra, i ha sortit de la caixa, però encara no ha desembarcat. No perdem l'esperança.

Ha calgut esperar vint-i-quatre hores —i que llargues que es fan en el tren!— per obtenir noves pistes gràcies a la hipnosi. Amb tot, les paraules de la senyora Harker són difícils de desxifrar.

—Alguna cosa o algú passa pel meu costat com un vent glaçat —ha dit avui—. Sento, al lluny, una remor com d'homes que parlessin llengües estranyes, i aigua que corre amb fúria, i també l'udol dels llops...

En aquest punt, ha tingut una esgarrifança i ha començat a tremolar. No ha contestat cap més pregunta, i s'ha despertat enfredorida[2] i esgotada. No recordava res.

Diari de Jonathan Harker

30 d'octubre. Finalment, Galati. A les nou en punt, el doctor Van Helsing, el doctor Seward i jo hem visitat el *Czarina Catherine* i hem parlat amb el senyor Donelson, el capità, que ens ha comentat alguns aspectes de la travessia i ha declarat que mai no havia fet un viatge tan ràpid.

—Vam navegar de Londres a la mar Negra amb vent de popa, com si el mateix Satanàs inflés les veles amb el seu alè —anava explicant el capità—. I en tot aquest temps no vèiem res, perquè una boira espessa ens ha embolcallat durant tot el viatge. Imagineu-vos com és de difícil mantenir el rumb en aquestes condicions! I aleshores, ara fa dos dies, la boira va escampar i ens vam trobar Danubi

2 enfredorida: que ha agafat fred.

amunt, al davant d'aquest maleït port de Galati; i era a Varna on havíem d'anar! Això va fer perdre el cap als meus passatgers romanesos; volien llançar al riu la caixa d'un vell una mica rarot que havia embarcat a Londres. Recordo que, quan el van veure pujar a bord, van creuar els dits per protegir-se del mal d'ull. A mi, tota aquesta gent tan supersticiosa em sembla ben ximple, de manera que els vaig impedir a cops de pala que llancessin la caixa. Encara sort que l'endemà, poc abans que sortís el sol, va arribar un tipus amb una ordre signada a Anglaterra. Havia de recollir la caixa en nom d'un tal comte Dràcula. Com que els papers estaven en regla, el vaig deixar fer. La veritat és que començava a estar neguitós. Si el dimoni portava equipatge a bord del meu vaixell, no podia ser altra cosa que la maleïda caixota...

Pel mateix capità Donelson hem sabut que l'home que es va emportar la caixa era un comerciant anomenat Immanuel Hildesheim, el qual, segons ell mateix ens ha confessat quan l'hem anat a veure, tenia ordres de lliurar-la a un tal Petrof Skinsky.

Amb Skinsky, però, no ens ha estat possible parlar. Avui mateix ha aparegut el seu cos al costat del cementiri, i tenia la gola esquinçada, com si l'hagués atacat una fera salvatge. Els seus veïns ens han dit que ell mateix es devia buscar la perdició, perquè mantenia tractes amb els eslovacs que comercien pel riu.

El comte se'ns escapa com aigua que volguéssim retenir entre els dits. Hem tornat a l'hotel amb el cor encongit i hem deliberat si ens convé arriscar-nos i confiar de nou en Mina. La situació és desesperada i ella és una dona de recursos, i qui sap si no és la nostra única oportunitat. Mina s'ha avingut a col·laborar, i ha accedit a deslliurar-me de la promesa de no parlar-li del comte.

Diari de Mina Harker

30 d'octubre, a la nit. Els homes estaven esgotats i desanimats; calia que descansessin, si volien fer res de bo. Escric aquestes ratlles mentre dormen. M'han demanat ajuda, i el doctor Van Helsing m'ha proporcionat les notes que han anat prenent aquests dies i que expliquen els darrers esdeveniments. Les estudiaré minuciosament i potser en trauré alguna conclusió.

Més tard. Crec que he descobert alguna cosa. Necessito consultar els mapes del país.

Més tard. Estic convençuda que l'he encertada de ple. Convocaré una reunió i els llegiré les conclusions a què he arribat. No podem perdre ni un minut!

Conclusions de Mina Harker (incloses en el diari)

Afer que cal investigar: les dificultats del comte Dràcula per tornar al seu castell.

1. És evident que si el comte fos capaç de desplaçar-se per voluntat pròpia, com a home, llop o ratpenat, no hauria recorregut a l'ajut dels homes per desembarcar i emprendre la tornada al castell. El comte necessita que algú el transporti, i això l'exposa al risc que el descobreixin amagat dins la seva caixa entre la sortida i la posta de sol, és a dir, durant les hores en què és vulnerable.

2. Com el transportaran? Per carretera, en tren o en vaixell.

a) Per carretera. Les dificultats són infinites, sobretot a l'hora de travessar les poblacions, perquè a les poblacions hi ha gent, policies i agents de duana. La curiositat que desperta la caixa podria tenir conseqüències nefastes per a ell. D'altra banda, els seus perseguidors —nosaltres— podem seguir-lo més fàcilment. Aquesta és la seva por més gran; això explica que ni tan sols hagi provat de cridar-me, a mi, que sóc la seva víctima, perquè l'ajudi.

b) En tren. Aquest mitjà de transport acostuma a tenir retards, la qual cosa no és gens convenient quan els teus enemics et trepitgen els talons. És veritat que es podria escapar de nit, però què li passaria si es trobés tot d'una en un territori desconegut i sense un refugi per amagar-se? No s'arriscarà a viatjar en tren.

c) En vaixell. Aquest és el mitjà més segur i, alhora, el més perillós. A bord d'un vaixell, el comte té la nit com a defensa, i pot invocar la boira, la tempesta i els seus animals. Amb tot, els vampirs no poden creuar les aigües en moviment per voluntat pròpia, de manera que si l'embarcació naufraga, o si el descobreixen i llancen la caixa al riu, l'aigua se l'empassaria. Potser, en cas de perill, podria dirigir l'embarcació cap a la riba, però aleshores, si es trobés en terra estranya i sense llibertat de moviments, la seva situació seria desesperada. D'altra banda, sabem per les meves sessions d'hipnosi que viatja per l'aigua; així doncs, ens cal esbrinar de quina aigua es tracta.

La meva hipòtesi és la següent: quan el comte va salpar de Londres, ja tenia pensat desviar el *Czarina Catherine* cap a Galati, i ho prova la carta que va enviar a Immanuel Hildesheim, demanantli que desembarqués la caixa abans de la sortida del sol. Segurament, també devia enviar una ordre a Skinsky perquè es posés en contacte amb Hildesheim. Després, un cop a Galati, en algun moment entre el vespre i l'alba, va sortir de la caixa i va encarregar a Skinsky que ho preparés tot a fi que el eslovacs el transportessin per riu fins al seu castell. I, tot seguit, havent-se assegurat que l'home havia complert aquesta tasca, el va matar per esborrar qualsevol rastre.

He consultat els mapes i penso que el més probable és que els eslovacs remuntin el riu Siret fins a Fundu. Un cop allà, es desviaran pel Bistrita, un afluent que davalla del pas del Borgo.[3] Aquesta és la ruta que més s'acosta al castell de Dràcula.

DIARI DE MINA HARKER (CONTINUACIÓ)

Quan he acabat la lectura de les meves conclusions, Jonathan m'ha abraçat i m'ha besat. Els altres m'han agafat les mans efusivament i el doctor Van Helsing ha dit:

—L'estimada senyora Mina torna a donar-nos una lliçó; els seus ulls hi han vist allà on els nostres eren cecs. Gràcies a ella, hem retrobat l'enemic, i més indefens que mai! Mentre sigui al riu, el comte no gosarà sortir de la caixa, perquè podria despertar les sospites dels eslovacs i aquests el llançarien a l'aigua. Decidim, doncs, què farà ara cadascun de nosaltres.

—Jo llogaré una barca de vapor i el seguiré riu amunt —ha suggerit lord Godalming.

—I jo el seguiré a cavall per la riba, per sorprendre'l en el cas que desembarqui —ha afegit el senyor Morris.

—Jo acompanyaré Quincey —s'ha ofert el doctor Seward—.

3 El riu Siret neix a Ucraïna i s'endinsa a Romania, on rep les aigües de l'afluent Bistrita a l'altura de la població de Fundu, abans de desembocar al Danubi.

Hem caçat junts moltes vegades, i tots dos, ben armats amb els Winchester, podem fer front a qualsevol atac dels eslovacs. Quant a tu, Art, si vas sol no et podràs defensar, i un error al riu podria arruïnar els nostres plans. Et cal un company.

En sentir el suggeriment del doctor, Jonathan m'ha mirat. Dubtava. Volia quedar-se al meu costat, però sabia que la partida que perseguís el comte pel riu tenia moltes possibilitats d'atrapar-lo i destruir-lo. L'opinió del doctor Van Helsing l'ha ajudat a decidir-se:

—Amic Jonathan, cal que acompanyeu Arthur per dues raons. La primera és que sou jove i coratjós, i la segona és que hauríeu de ser vós qui destruís aquest ésser que tant de mal us ha fet a vós mateix i a la dona que estimeu. Jo tindré cura de la senyora Mina. Sóc vell i ja no em puc afanyar ni lluitar com vosaltres, però no em falten mitjans per barallar-me, si s'escau, i també sabria morir amb honor. Així doncs, lord Godalming i Jonathan, remunteu el riu en barca; John i Quincey, rastregeu la riba. Jo conduiré Mina fins al bell cor de la terra del nostre adversari. Mentre la vella guineu es tanca a la seva caixa i flota en el riu, nosaltres seguirem el camí que va recórrer Jonathan des de Bistrita, pel pas del Borgo, fins al castell. Les sessions d'hipnosi amb Mina ens ajudaran i, així que siguem a tocar del destí fatal, esperarem l'alba per endinsar-nos-hi. Hi ha molta feina a fer i molts racons per santificar, abans no destruïm aquell niu d'escurçons.

—Esteu dient que portareu Mina fins al parany mortal? —ha exclamat Jonathan—. No ho permetré, professor! De cap manera!

La resposta de Van Helsing, reposada però contundent, ens ha asserenat a tots:

—Amic meu, és per salvar-la d'aquell indret horrible que hi he d'anar. I no patiu, perquè seré jo qui hi entri i faci la feina espantosa que no han de veure els seus ulls. Si el comte s'escapa, potser decidirà dormir un segle sencer, i aleshores, quan arribi el moment, la nostra estimada Mina anirà a fer-li companyia i serà com les dones que vós vau conèixer al castell. Però si purifico l'indret abans que l'enemic arribi, li serà impossible entrar. No creieu que paga la pena l'excursió? Si van mal dades, seré jo qui quedi atrapat en el parany.

—Oh, feu el que us sembli més convenient! —ha acceptat Jonathan amb un gemec i un calfred—. Som a les mans de Déu!

Més tard. M'ha calgut fer el cor fort per acomiadar-me del meu estimat. Potser no ens tornarem a veure... Però sigues valenta, Mina! Ara les llàgrimes sobren, si no és que Déu ens permet plorar d'alegria.

Diari de Jonathan Harker

30 d'octubre, a la nit. Naveguem riu amunt. És el torn de guàrdia de lord Godalming i jo hauria de dormir; però com podria relaxar el cos i la ment sabent que la meva estimada s'encamina cap al castell?

El senyor Morris i el doctor Seward han partit abans que nosaltres; cavalquen per la riba dreta, una mica apartats de l'aigua a fi d'aprofitar les elevacions del terreny com a punts d'observació, i per evitar les corbes del corrent, que alentirien la seva marxa.

Estem embarcats en una aventura salvatge, voltats per les aigües fredes del riu i per les veus misterioses de la nit. Ens endinsem en territori ignot[4], en un món de tenebres i criatures temibles.

4 ignot: desconegut.

Diari de Mina Harker

31 d'octubre. Era migdia quan el tren ens ha deixat a la ciutat de Veresti. El professor diu que en la sessió de l'alba amb prou feines ha aconseguit hipnotitzar-me, i que les úniques paraules que m'ha pogut arrencar han estat: «Silenci i foscor». Ara és fora, tractant de comprar un carruatge amb els seus cavalls. En endavant, viatjarem per carretera. Ens falten una mica més de cent quilòmetres per arribar a destinació. Aquesta terra és plena de racons meravellosos. M'agradaria recórrer-la amb Jonathan en unes altres circumstàncies. Que Déu el protegeixi!

Capítol XXVII

Diari de Mina Harker

2 de novembre, a la nit. Ahir vam viatjar a gran velocitat, sense aturar-nos, i el professor es va negar a dormir en tota la jornada. Al vespre em va hipnotitzar. Vaig parlar de «foscor, xipolleig d'aigua i cruixits de fusta», senyal que l'enemic encara és al riu. A la nit, Van Helsing va deixar que el rellevés a les regnes i vam conduir el carruatge per torns. També avui hem viatjat de sol a sol. El paisatge esdevé més feréstec i ja veiem a l'horitzó els cims dels Carpats. Al matí arribarem al pas del Borgo i ens haurem acostat a l'indret on va patir tant el meu Jonathan estimat.

Memoràndum[1] d'Abraham van Helsing

4 de novembre. Escric això per al meu vell i bon amic el doctor John Seward, de Purfleet, Londres, per si un cas no ens tornem a veure.

1 memoràndum: informe que recull alguna cosa que cal ser recordada.

Avui fa un dia fred, molt fred, amb un cel blanc que amenaça neu. Sec vora el foc que he mantingut encès tota la nit amb l'ajuda de la senyora Harker, que no sembla la mateixa. Dorm, dorm i només dorm. No ha fet altra cosa en tot el dia; ha perdut la gana i ja ni tan sols pren notes en el seu diari. Alguna cosa va malament.

Ahir, poc abans de l'alba, ens vam aturar a tocar del pas del Borgo per a la sessió d'hipnosi. «Foscor i xipolleig d'aigua», va dir la senyora Mina; el mateix que els darrers dies. Vam reprendre la marxa i vam entrar al congost. Va ser llavors que es va manifestar en ella un poder que la guiava; va assenyalar una sendera que s'obria a la dreta i va dir:

—Aquest és el camí.

Vam viatjar durant hores per la sendera, i vaig insistir moltíssim a la nostra estimada que tractés de dormir. Aleshores, quan finalment s'hi va avenir, va dormir tant que em vaig neguitejar; els meus intents per despertar-la eren debades.

Pujàvem sense parar per un paisatge feréstec i rocallós. A la fi, quan ja es ponia el sol, vaig aconseguir despertar-la, però la sessió d'hipnosi, per primer cop, va acabar en fracàs. S'havia fet fosc i la senyora Mina, de cop i volta, va esclafir en una rialla. Estava ben desperta i feia molt bona cara. Em vaig neguitejar encara més, però es va captenir[2] d'una manera tan animosa, dolça i atenta que aviat em vaig tranquil·litzar.

Ens vam aturar, vaig encendre un foc, i ella va amanir[3] el sopar mentre jo donava menjar als cavalls. Quan vaig tornar al seu costat, em va dir que ja havia sopat, perquè estava tan famolenca que no

2 captenir-se: comportar-se.
3 amanir: preparar.

havia pogut esperar. Allò no em va agradar, però no la vaig voler espantar i vaig sopar jo sol, en silenci. Després, ben abrigats amb les mantes, asseguts vora les flames, ens vam preparar per passar la nit. Mentre feia la guàrdia, em vaig adormir, i quan em vaig despertar una mica més tard, la vaig veure estirada i immòbil, mirant-me amb uns ulls que lluïen d'una manera estranya. Al llarg de la nit m'ha mirat d'aquesta manera dos o tres cops.

La sessió d'hipnosi de l'alba ha tornat a fracassar. De seguida que ha sortit el sol, la senyora Mina ha caigut en un son tan profund que ja no l'he pogut despertar. A força de braços, l'he pujat al carruatge, on encara dorm, amb un aspecte d'allò més saludable i, per això mateix, ben inquietant. Estic espantat, moltíssim. Però hem de seguir endavant. Es tracta d'un afer de vida o mort, o potser d'alguna cosa pitjor, i no és el moment de flaquejar.

5 de novembre, al matí. Cal que t'ho expliqui tot amb exactitud, amic John, perquè no vull que pensis que sóc boig, o que l'espant i la fatiga m'han destrossat els nervis i m'han fet perdre el cap.

Ahir vam viatjar durant tot el dia. La senyora Mina dormia i jo tenia por que l'encanteri fatal que embolcalla aquest indret s'hagués apoderat d'ella, corrompuda com està per culpa del baptisme del vampir.

El sol es ponia quan vaig albirar, al cim d'un turó costerut, el castell que Jonathan descriu al seu diari. Em vaig estremir perquè ja teníem el destí a tocar.

Vaig despertar la senyora Mina i vaig provar d'hipnotitzar-la, però en va. Com que ja teníem la nit al damunt, vaig improvisar el campament. Ella tornava a estar eixerida, i encisadora com mai. Vam seure vora el foc, però no va voler sopar; deia que no tenia gana. Jo vaig dibuixar un cercle a terra, al nostre voltant, i sobre el cercle vaig deixar uns bocins d'hòstia consagrada. La senyora Mina es va quedar immòbil, quieta i muda com un mort, i pàl·lida com la neu; però així que vaig passar pel seu costat, se'm va agafar desesperadament, tremolant de cap a peus.

Quan es va asserenar, vaig voler comprovar si podia trencar el cercle i li vaig demanar:

—No us voleu atansar al foc?

Ella es va aixecar, obedient, i anava a fer una passa quan es va aturar en sec.

—No puc! —va exclamar, i va tornar a seure.

Això em va encoratjar, perquè si ella no era capaç de travessar el cercle, tampoc no el podrien travessar les criatures que tant ens espanten.

Més avançada la nit, va començar a nevar, i com que el foc amenaçava d'apagar-se, em vaig aixecar per afegir-hi més llenya. En aquell moment, però, em va semblar que les volves de neu s'arremolinaven i formaven tres siluetes de dona. De primer, vaig atribuir aquesta visió a l'esgotament i l'ansietat, o al record de l'experiència de Jonathan, que en aquells moments tenia ben present. Però els renills sobtats dels cavalls, que van trencar tot d'una el silenci sepulcral, van confirmar com era de justificada la meva por. Jo em sabia segur dins del cercle sagrat, però temia per la reacció de la senyora Mina. Amb tot, quan les tres figures ens van envoltar, va continuar asseguda i em va somriure, serena. Jo, encoratjat, vaig anar cap al foc per llançar-hi un braçat de llenya. Aleshores ella em va retenir i va dir amb un xiuxiueig:

—No ho feu! No sortiu. Aquí esteu fora de perill!

—Però, i vós? És per vós que tinc por!

La senyora Mina va deixar anar una rialla greu i irreal, i va contestar:

—Por per mi? No hi ha ningú al món que estigui més ben protegit contra aquestes criatures!

Una ràfega de vent va avivar les flames i li va il·luminar la cicatriu del front. Llavors vaig entendre què volia dir: ella mateixa ja gairebé era un vampir!

Les figures femenines esdevenien més reals a mesura que s'apropaven: dues dones brunes i una de rossa, la jove que havia besat Jonathan! Van somriure a la nostra estimada i van dir, molt dolçament:

—Vine, germana. Vine amb nosaltres!

Vaig mirar-la, tement el pitjor, però el cor se'm va omplir d'esperança quan li vaig veure reflectida als seus ulls la repugnància que les aparicions li provocaven. Gràcies a Déu, encara no era un vampir! Tot seguit vaig alçar la mà, sostenint ben alt un bocí d'hòstia consagrada, i les dones van recular amb una rialla espantosa. Vaig poder llançar la llenya al foc sense perill. El cercle era un refugi inexpugnable.

I dins d'aquesta fortalesa màgica hem passat la nit, fins que ha arribat l'aurora amb la seva llum rosada i les tres dones s'han esvaït en un remolí de boira i neu.

La senyora Mina dorm i no puc despertar-la. He anat a veure els cavalls. Són morts! Comença un dia de molta feina, una feina esgarrifosa i formidable, però esperaré que el sol sigui ben alt; la seva claror, encara que l'entelin la boira o la neu, serà la meva aliada en els indrets espantosos que he d'escorcollar. Mentre espero, agafaré forces amb un bon esmorzar.

DIARI DE JONATHAN HARKER

4 de novembre, a la nit. La barca ha tingut una avaria! Altrament, a aquestes hores ja hauríem atrapat els eslovacs amb la seva càrrega, i la meva estimada Mina seria lliure. Però hem aconseguit cavalls i continuem la persecució per terra.

DIARI DEL DOCTOR SEWARD

5 de novembre. A l'alba hem vist un grup de zíngars que s'allunyaven del riu; cavalcaven en formació al voltant d'una carreta, veloços com el vent. Neva plàcidament, però una inquietud estranya sura en l'ambient. Al lluny se senten els udols dels llops; la neu els expulsa dels cims i baixen cap a la plana. De seguida reprendrem la marxa. Cavalquem cap a la mort, només Déu sap de qui, quan, com i on serà...

MEMORÀNDUM DEL DOCTOR VAN HELSING

5 de novembre, a la tarda. Gràcies al cel conservo el seny, i això que la prova ha estat espantosa.

Aquest matí he deixat la senyora Mina adormida dins del cercle sagrat i m'he encaminat cap al castell. Tot i que les portes eren obertes, he pres la precaució de trencar les velles frontisses rovellades a cops de martell, no fos cas que es tanquessin mentre jo era dins. Tot seguit he buscat l'antiga capella, i l'he trobat gràcies a la descripció del diari de

Jonathan. L'atmosfera era sufocant, com saturada d'un vapor sulfurós[4], i m'han vingut basques[5]. Però calia trobar les tombes. N'hi havia d'haver tres com a mínim: una per a cada dona abominable.

He descobert la primera. La seva ocupant, de cabellera bruna, tenia aquell son de les vampiresses, que és ple de vida i d'una bellesa voluptuosa. Qui saps si, en temps passats, uns altres homes van voler fer el mateix que jo i al final els va fallar el coratge! Fascinats per l'encís de la no morta, devien entretenir-se al seu costat fins que el sol es va pondre i ella es va despertar. Aleshores, aquells ulls devien obrir-se per mirar-se'ls amorosament, i la seva boca lasciva devia demanar-los un petó... D'aquesta manera devia caure una nova víctima a les urpes dels vampirs!

En veure la primera de les no mortes, jo també he sentit el desig d'entretenir-me contemplant-la, un desig que em paralitzava les facultats i em confonia l'ànima. Però el record de l'estimada Mina m'ha tornat a la realitat i he continuat la recerca. Així he trobat la tomba de la segona dona bruna, a qui no he gosat mirar, temorós que també em fascinés; i a continuació he ensopegat amb el tercer sepulcre, més gran que els anteriors. A dins descansava aquella beutat[6] rossa, amb un aspecte tan radiant i voluptuós que m'ha fet rodar el cap. Gràcies a Déu, el record de la senyora Mina ha acudit un cop més al meu rescat i m'ha atorgat les forces per seguir endavant. Ja havia trobat les tres tombes que buscava, però encara n'he vist una altra, veritablement monumental. A la pedra hi havia gravada una paraula: «DRÀCULA».

4 sulfurós: derivat del sofre.
5 basca: nàusea.
6 beutat: dona bella.

Així doncs, aquella era la llar del vampir rei, el responsable de l'existència dels altres! El sepulcre era buit, senyal que el comte encara era de camí, i hi he deixat un bocí d'hòstia consagrada a fi d'impedir-li l'entrada quan arribés.

Després m'he esmerçat[7] a concedir la pau a l'ànima de les tres dones. Si s'hagués tractat d'una i prou..., però tres! Ha estat una feinada de carnisser que els meus nervis han suportat amb penes i treballs. Si no hagués vist el goig reflectint-se en el rostre de Lucy el dia que vaig alliberar la seva ànima, aquesta vegada no me n'hauria sortit, ni hauria resistit els xiscles horribles en el moment que els clavava l'estaca, ni tampoc la visió de l'escuma sangonosa que els brollava dels llavis. Però ja està fet! I les seves pobres ànimes, que ara puc plorar, descansen en el son etern. Això és segur des de l'instant en què els cossos, decapitats per mi amb el ganivet, s'han convertit en pols, tal com correspon als qui fa segles que haurien de ser morts.

En abandonar el castell, he segellat totes les entrades amb bocins d'hòstia consagrada, a fi que el comte no s'hi pogués refugiar, i he arrencat a córrer cap al campament. La senyora Mina s'ha despertat dins del cercle quan he tornat i ha esclafit a plorar, afligida, perquè prou que s'imaginava l'infern que he hagut de passar.

—Marxem! —ha gemegat—. Fugim d'aquest indret horrible! Correm a reunir-nos amb el meu Jonathan, que també ve cap aquí.

Tot d'una, se la veia pàl·lida, molt prima i afeblida. Els seus ulls, negats de llàgrimes, tenien una mirada pura. Confesso que aquest aspecte malaltís m'ha complagut, perquè encara era ben present en el meu pensament la bellesa espantosa de les vampiresses.

7 esmerçar-se: aplicar-se, esforçar-se.

Ha estat així, plens de fe i esperança, que hem sortit a rebre els nostres amics, i el monstre maleït.

DIARI DE MINA HARKER

6 de novembre. La tarda era avançada quan vam emprendre la marxa a peu cap a l'est, d'on sabíem que havia d'arribar Jonathan. Encara no havíem caminat dos quilòmetres que em vaig haver d'aturar a descansar. Llavors vam mirar enrere i vam poder veure el castell en tota la seva grandesa, retallat contra el cel i suspès sobre la cinglera. Al lluny, els llops van udolar. El professor va treure el seu binocle[8] i va grimpar al cim d'una roca per escodrinyar l'horitzó. De sobte, va cridar:

—Mireu! Senyora Mina, pugeu i mireu això!

També jo vaig grimpar a la roca i vaig mirar pel binocle cap al punt que m'assenyalava el professor. Enmig de la blancor de la neu, que el vent arremolinava, vaig veure un grup de genets i una carreta que transportava una gran caixa. Aquesta visió em va encongir el cor, perquè vaig comprendre que la fi s'acostava. Aviat es faria de nit, i aleshores l'ésser que jeia presoner a la caixa seria lliure per recórrer a qualsevol de les seves nombroses formes i esquivar-nos. Espantada, vaig girar-me cap al professor, però aquest ja havia saltat al peu de la roca i hi dibuixava un cercle com el que ens havia arrecerat la nit anterior.

—Així estareu fora de perill! —va dir, tornant a pujar i prenent-me el binocle—. Ah, veig que s'acosten al galop, ràpids com el vent! Volen arribar al castell amb la posta de sol! Tant de bo que no sigui massa tard, estimada... Som a les mans de Déu!

8 binocle: prismàtics.

Per un moment, els remolins de neu van amagar el paisatge, però de seguida que el vent es va encalmar, el professor va cridar:

—Ah, fixeu-vos! Fixeu-vos! Dos genets els segueixen de prop! S'acosten des del flanc. Deuen ser John i Quincey Morris! Agafeu el binocle.

Eren ells, i tant que sí! I encara vaig veure dos genets més, que s'acostaven al galop des de l'altra banda. Vaig saber que un d'ells era Jonathan i vaig deduir que l'altre havia de ser lord Godalming. Quan ho vaig anunciar al professor, va cridar d'alegria com un jovenet, i va córrer a empunyar el seu rifle Winchester.

—Cavalquen tots cap al mateix objectiu —va afirmar—. Quan arribi el moment, els zíngars es trobaran rodejats.

Jo també vaig empunyar el meu revòlver perquè, mentre parlàvem, els udols dels llops s'havien anat acostant. El temps, en aquella espera, se'ns feia etern. El vent ens escometia amb ferotgia i la neu s'arremolinava furiosa al nostre voltant. A estones, no vèiem més enllà d'un metre de distància, però hi havia moments que la nevada escampava i aleshores podíem veure fins molt lluny. El sol, en la seva davallada, aviat tocaria els cims de les muntanyes, però els nostres amics ja trepitjaven els talons dels zíngars...

I els zíngars estaven a punt d'arribar al nostre amagatall. Vam preparar les armes; el professor estava decidit a no deixar-los passar. Vam sentir dues veus que cridaven:

—Atureu-vos!

L'una pertanyia al meu Jonathan; l'altra, al senyor Morris.

De segur que els zíngars no entenien la nostra llengua, però el to de les veus deixava ben clar allò que volien dir. Es van aturar, i Jonathan i lord Godalming van frenar els cavalls al seu costat, mentre el doctor

Seward i el senyor Morris feien el mateix a l'altra banda. El cap dels zíngars, un individu d'aspecte formidable, que muntava el seu cavall com un centaure,[9] va gesticular amb els braços, com demanant-los que es fessin enrere, i va ordenar als seus companys que reprenguessin la marxa. Aquests van fuetejar els cavalls i van arrencar al galop. Però els nostres homes, un cop més, els van cridar l'alto, i aquesta vegada els van encanonar amb els rifles. També nosaltres, sortint-los al pas de darrere de la roca, els vam encanonar. I aleshores sí, sabent-se atrapats, els zíngars van descavalcar, van agafar posicions al voltant de la carreta i van desembeinar pistoles i ganivets, disposats a lluitar.

Però això no frenaria el meu Jonathan, que va saltar del cavall i va tractar de rompre el cercle, seguit pel senyor Morris. Jonathan va ser el primer a obrir-se pas, i amb una força que no li coneixia, d'una sola empenta i amb un rugit de ràbia, va fer caure la caixa a terra. El senyor Morris va arribar al seu costat després d'una breu batussa en què van centellejar els ganivets. Amb la mà esquerra es premia el flanc, i la sang se li escolava entre els dits, però no es va aturar, sinó que, fent palanca amb el ganivet, va ajudar Jonathan a obrir la caixa. Finalment, els claus van saltar i la tapa va caure sobre la neu.

A hores d'ara, els zíngars, conscients que no podien enfrontar-se amb els Winchester de lord Godalming i del doctor Seward, s'havien rendit. El sol ja besava els cims dels Carpats, i les nostres ombres s'allargaven damunt la neu. Pàl·lid com un mort, i amb l'expressió esgarrifosa i venjativa que jo coneixia tan bé, jeia el comte dins la seva caixa. Em vaig adonar que els seus ulls seguien el curs del sol ponent, i que a mesura que aquest s'ocultava, l'odi que reflectien s'anava con-

9 El centaure és un ésser mitològic, meitat home i meitat cavall. Quan un genet cavalca tan bé que sembla que formi un sol ésser amb el cavall, es diu que «cavalca com un centaure».

vertint en triomf. Però, en aquell mateix instant, Jonathan va clavar-li un cop de matxet. Vaig cridar en veure com li tallava el coll, al mateix temps que el senyor Morris li enfonsava el ganivet al cor.

En aquell moment, vam assistir a un miracle; en el temps que dura un sospir, el cos de Dràcula es va convertir en pols. I a mi, mentre visqui, m'agradarà creure que en aquell instant fugisser vaig veure en el rostre del comte una expressió de goig i de pau.

Hi havia silenci, i en el cel vermell de la posta es retallava el castell ruïnós on tot havia començat.

Aterrits, els zíngars havien fugit com si els empaités el diable, i els llops, que s'ho havien mirat tot des d'una distància prudent, els havien seguit.

Ara estàvem sols, i el senyor Morris jeia de costat damunt la neu. Es premia el flanc amb la mà, però els dits no podien aturar la sang que s'escolava. Vaig córrer al seu costat, perquè el cercle sagrat ja no era un obstacle, i també hi van córrer els dos doctors. Jonathan es va agenollar darrere seu, el ferit va recolzar el cap a la seva espatlla i, amb un sospir i un gran esforç, em va agafar la mà. Llavors va somriure, perquè em devia veure l'angoixa reflectida a la cara, i va dir:

—Sóc tan feliç d'haver estat útil!

I de sobte, tractant d'incorporar-se, i assenyalant-me el front, va exclamar:

—Oh, Déu meu! Paga la pena morir per això! Mireu! Mireu!

En aquell moment, la llum rosada del sol m'acariciava el rostre. I els homes, mirant-me, van caure de genolls sobre la neu, alhora que un «amén»[10] sincer els brollava dels llavis.

10 Expressió (del llatí eclesiàstic *amen*) que, en les cerimònies de la religió cristiana, conclou les oracions. Equival a dir 'que així sigui'.

—Gràcies al cel, res no ha estat en va! —va afegir el malaurat Morris—. Ni la neu és tan pura com el front de Mina! La maledicció ha estat vençuda...

D'aquesta manera, amb gran dolor dels nostres cors, però amb un somriure de part seva, va morir un home valent.

Nota

Ja fa set anys que vam deixar enrere aquell infern. D'aleshores ençà, hem tornat a ser feliços, i estem convençuts que el dolor que vam patir, tal com va dir Quincey Morris a l'hora del comiat, no va ser en va. Per a Mina i per a mi és un motiu de goig que el nostre fill naixés el mateix dia que va morir l'heroi. Sé que la meva esposa té la creença secreta que el nen allotja l'esperit coratjós del nostre amic. És per això que, tot i que l'hem batejat amb el nom de tots els components del petit grup, l'anomenem Quincey i prou.

Aquest estiu vam fer un viatge a Transsilvània i vam recórrer els seus antics paisatges, que per a nosaltres són plens de records ben vius i terribles. Em costava de creure que les coses que hi vam veure i vam sentir uns anys abans haguessin estat reals. Qualsevol rastre del que va passar ha desaparegut, i en queda només el castell, enlairat sobre una regió desolada.

Quan vam tornar a casa, reunits amb els companys, vam parlar dels vells temps, que ara podem recordar sense amargor perquè també lord Godalming i el doctor Seward han conegut l'amor i són feliços. Vaig treure els documents de la caixa forta, on havien estat guardats des que tot va acabar, i ens va sorprendre que, entre l'enormitat de diaris i notes que componen aquest relat, no hi hagués un sol paper que servís per provar que la nostra història és autèntica.

Però el professor Van Helsing, que bressolava el nostre fill sobre els genolls, va reflectir el que tots pensàvem amb aquestes paraules:

—No ens calen proves. No demanem a ningú que ens cregui. Aquest infant sabrà algun dia que valenta que va ser la seva mare. Ara com ara, ja sap com és de dolça i afectuosa; més endavant entendrà per què uns homes la van estimar tant i ho van arriscar tot per ella.

JONATHAN HARKER

FI

Guia de lectura i propostes de treball

GUIA DE LECTURA

CAPÍTOL I

1. La nota prèvia d'aquesta novel·la ens adverteix que els fets es presenten com una sèrie de documents ordenats de manera cronològica. En aquest sentit, quin és el primer document que ens presenta *Dràcula*? (pàg. 41)

2. En la novel·la és molt freqüent que diversos personatges viatgin. Per començar, l'anglès Jonathan Harker ha fet un llarg recorregut que l'ha dut per diferents països centreeuropeus, països que ell esmenta en el primer paràgraf del seu testimoni. Escriu els països centreeuropeus i les capitals respectives pels quals ha passat Jonathan Harker (pàg. 41).

3. Immediatament, Jonathan Harker es refereix al fet que l'objectiu del seu viatge és contactar amb un tal comte Dràcula, que viu «a la frontera de tres estats, al bell cor d'una de les serralades més salvatges i desconegudes d'Europa, els Carpats». De quins estats es tracta? (pàg. 42)

4. Jonathan Harker passa la nit a l'hostal Golden Krone de Bistrita, on espera el carruatge que ha de dur-lo l'endemà de matinada al castell del comte. L'hostalera, una dona gran molt supersticiosa, l'adverteix que és una temeritat sortir la nit del quatre de maig. Per què? (pàg. 44) Com que el jove no té cap intenció de fer cas dels seus advertiments, la dona, angoixada, lliura a Jonathan Harker un objecte. Què és? (pàg. 44)

5. La partida del jove anglès causa una gran agitació entre els habitants de Bistrita, que es reuneixen a l'entrada de l'hostal. Harker sent, entre els seus comentaris, algunes paraules que pot desxifrar amb l'ajuda del diccionari. Quines paraules són? I què signifiquen? (pàg. 45)

6. El cotxer atia els cavalls sense treva perquè vol arribar abans que es faci de nit al congost on vindran a recollir Jonathan Harker. Qui espera el jove anglès al congost? (pàg. 48)

7. La por es va apoderant de Jonathan Harker a mesura que avança aquell viatge nocturn frenètic. Quins esdeveniments espanten més el nostre viatger desassossegat? (pàg. 50-53)

CAPÍTOL II

8. Harker arriba finalment a la casa del comte, un castell imponent i antic en ruïnes situat dalt de les muntanyes. Mentre espera desconcertat al pati del castell, el jove es planteja una sèrie de preguntes gràcies a les quals sabem quina és exactament la seva professió i els motius que l'han dut a fer aquell viatge tan estrany. Quina és la professió de Harker i per què ha viatjat fins al castell del comte Dràcula? (pàg. 55)

9. A la fi s'obre la gran porta del castell i apareix el comte. La frase amb què el comte Dràcula rep el seu convidat s'ha convertit en una citació clàssica de la literatura i cine de terror. De quina frase es tracta? (pàg. 55)

10. La rebuda tan càlida del comte, el confort que troba a les habitacions del castell i el sopar copiós que li han preparat dissipen les pors de Jonathan Harker. Durant la vetllada, té ocasió de fixar-se amb més detall en la fesomia del seu amfitrió. Com es descriu el comte Dràcula? (pàg. 58)

11. Després de passar la primera nit al castell, el jove advocat comença a notar que, «tot i les mostres de riquesa, aquesta casa té algunes deficiències intrigants» que contribueixen al seu desassossec. Quines són aquestes deficiències? (pàg. 60)

12. En un moment de la llarga conversa que mantenen Harker i Dràcula, es descriu la casa que el comte ha comprat a Londres. Com és aquesta casa que tant satisfà Dràcula? (pàg. 62-63)

13. Harker continua anotant els fets tan estranys que no deixen de tenir lloc al castell, com el fenomen òptic tan peculiar que es va produir mentre s'afaitava. Què va passar? (pàg. 66)

14. Durant l'exploració del castell, el jove advocat té l'oportunitat de contemplar les vistes espectaculars que l'envolten. Tot i així, quan vol donar un cop d'ull a la resta de les dependències, descobreix una circumstància molt desagradable. Què descobreix Jonathan Harker? (pàg. 67)

Capítol III

15. A poc a poc, Harker va prenent consciència de la realitat de la situació en què es troba i comença a entendre alguns dels fets estranys dels dies anteriors. Al mateix temps, decideix estirar la llengua al comte en les converses que mantenen a la nit; el cas és que, en una d'aquestes converses, s'assabenta del passat familiar tan gloriós de la saga dels Dràcula, al llinatge del qual pertany un guerrer terrible i llegendari de l'antiguitat. Qui és aquest guerrer? (pàg. 69)

16. A mitjanit i a la llum de la lluna, Harker contempla una visió terrible des de la finestra d'una de les estances del castell. De quina visió es tracta? (pàg. 73)

17. Desobeint els advertiments del comte, Jonathan Harker s'aventura a explorar el castell quan Dràcula no hi és i dorm fora de la seva estança. Tot i això, alguna cosa li torbarà el son. Qui s'apareix a Harker? (pàg. 75)

18. L'escena torbadora i sensual amb les vampiresses queda interrompuda amb l'arribada del comte, el qual, fet una fúria, les aparta amb violència d'un Harker esgarrifat. Malgrat això, Dràcula satisfà la fam horripilant de les seves servidores d'una altra manera. Sabries dir com? (pàg. 78)

CAPÍTOL IV

19. A mesura que les intencions del comte queden més clares, Harker sap que la seva existència corre un greu perill, fins i tot és capaç de posar una data als dies que li queden de vida. De quina manera sap Harker els dies que li queden de vida? (pàg. 80)

20. Buscant alguna manera d'escapar del seu captiveri, Harker escriu unes cartes al seu cap i a la seva promesa per fer-los saber la seva situació, tot i que fracassarà en l'intent. De quina manera pretenia fer arribar aquestes cartes als seus destinataris? (pàg. 80-81)

21. Durant la seva reclusió, les tres vampiresses intenten hipnotitzar de nou Jonathan Harker, si bé aquesta vegada se li presenten d'una manera particular. Com se li presenten les vampiresses? (pàg. 83)

22. Una mare acut desesperada a les portes del castell per reclamar que li tornin el seu fill, una nova ocasió perquè el comte faci gal·la del seu caràcter terriblement pervers davant de Harker. Quina fi troba el comte per a aquesta dona? (pàg. 84)

23. A la llum del dia, Jonathan Harker aconsegueix vèncer les pors nocturnes i decideix entrar a l'habitació del comte baixant per l'exterior del mur i esmunyint-se per la finestra. Què troba de valor a l'habitació de

Dràcula? (pàg. 85-86). D'altra banda, a l'habitació del comte hi ha una porta que dóna pas a un passadís. On condueix aquest passadís? (pàg. 86)

24. Poc abans que els zíngars vinguin a dur-se el cos del comte cap a Londres, Harker té l'oportunitat de contemplar-lo altra vegada a la cripta. Envaït pel pensament insuportable de tot el mal que Dràcula pot causar a la gran ciutat, el jove s'arma de valor i intenta matar el comte amb una pala. Quin mal aconsegueix fer Harker al comte? (pàg. 90)

25. Jonathan busca una sortida a la seva situació, ja que s'ha quedat sol al castell a mercè de les tres vampiresses, i enginya un pla de fugida desesperat. En què consisteix aquest pla? (pàg. 92)

CAPÍTOL V

26. En la novel·la intervenen uns personatges nous que ens relaten els fets mitjançant la reproducció de diverses cartes. Qui són les interlocutores d'aquest primer epistolari? (pàg. 93)

27. A través d'aquestes cartes, tenim notícia de les diverses proposicions de matrimoni que rep una de les amigues. Qui són els responsables d'aquestes proposicions? (pàg. 96-97)

28. El director del manicomi és qui ens fa arribar ara el seu testimoni mitjançant les anotacions del seu diari, si bé aquestes notes tenen una peculiaritat. Quina? (pàg. 98)

CAPÍTOL VI

29. Un nou diari entra en escena, el de Mina, la qual està estiuejant amb la seva amiga al petit poble de pescadors de Whitby. Al mateix temps, seguim llegint les anotacions del doctor Seward, el qual mostra molt d'interès pel cas d'un dels seus pacients. Com es diu aquest pacient? En què consisteix la malaltia que pateix? (pàg. 101-103)

30. Pel que sabem pel seu diari, Mina està molt amoïnada per la tardança del seu promès Jonathan i, en menys mesura, per un cert comportament que manifesta la seva amiga Lucy. Què li passa a la seva amiga i quines mesures adopta Mina? (pàg. 103)

CAPÍTOL VII

31. A través d'una notícia publicada al *Daily Telegraph* que Mina recull al diari, tenim coneixement d'un succés estrany que s'ha esdevingut a Whitby (pàg. 105-109). Imitant el registre periodístic, resumeix una de les diferents seccions d'aquest succés en unes set o deu línies.

CAPÍTOL VIII

32. Tal com relata Mina en el diari, una nit Lucy aconsegueix esquivar la seva vigilància i es dirigeix, somnàmbula, al turó del cementiri del poble. Quan arriba fins on és la seva amiga, quina escena terrible hi contempla Mina? (pàg. 112)

33. Mina creu innocentment que ha ferit la seva amiga sense voler en una part del cos. Com l'ha ferit i en què consisteix la ferida? (pàg. 112)

34. Quan es fa fosc, Lucy continua intentant sortir de l'habitació. Una d'aquelles nits, Mina observa que un animal s'ha atansat fins al finestral de l'habitació de les noies. De quin animal es tracta? (pàg. 114)

35. Al cap d'uns dies, després d'una recaiguda i una nova recuperació de la salut de Lucy, Mina rep a la fi notícies del seu estimat Jonathan i està disposada a anar-lo a trobar. On es troba Jonathan i per què? (pàg. 118-119)

36. En el diari del doctor Seward se'ns explica l'intent de fugida de Renfield. Cap a on es dirigeix l'embogit de Renfield? (pàg. 121) Segons les paraules de Renfield recollides pel doctor, amb quina intenció s'hi ha dirigit? (pàg. 121)

CAPÍTOL IX

37. En una nova carta, Mina explica a la seva amiga Lucy el retrobament amb Jonathan i el casament. Després de la cerimònia, Mina realitza una acció que simbolitza la confiança mútua del matrimoni i amb la qual Jonathan vol iniciar una nova vida. De quina acció es tracta? (pàg. 123)

38. El doctor Seward continua aportant dades sobre l'evolució de Renfield, el pacient tan estrany que tracta. En una altra de les seves fugides de la cel·la, Renfield es torna a acostar a la casa del costat del manicomi i només es tranquil·litza després de veure alguna cosa que Seward apunta en el diari. Què veu Renfield que aplaca la seva fúria? (pàg. 124)

39. Gràcies al diari de Lucy i a les cartes que s'intercanvien Arthur Holmwood i el doctor Seward, sabem que l'estat de salut de la noia ha empitjorat de resultes d'una malaltia estranya. Davant d'això, el doctor Seward decideix demanar ajuda. A qui recorre i per què? (pàg. 126)

CAPÍTOL X

40. Lucy ha empitjorat sensiblement, per la qual cosa el professor Van Helsing es veu obligat a prendre una mesura dràstica per salvar-li la vida: practicar-li una transfusió. Qui és el donant d'aquesta transfusió? (pàg. 132)

41. Seward vetlla el son de Lucy i la noia recupera en part el vigor. Malgrat això, després d'haver passat altra vegada la nit sola a l'habitació, Lucy té una nova recaiguda que obliga Van Helsing a realitzar-li una altra transfusió. Més tard, el professor regala a la noia un ram de flors molt particular. Per què n'és, de particular? (pàg. 139)

CAPÍTOL XI

42. El doctor Seward i el profesor Van Helsing van a casa dels Westenra i allà són rebuts per la mare de Lucy, la qual explica una cosa que provoca la desesperació i el plor del professor. De què es tracta? (pàg. 142)

43. L'acció benintencionada de la seva mare ha obligat a fer una nova transfusió en el cos de la pobra Lucy, aquesta vegada amb la sang del venerable professor, el qual té cura de la noia durant els propers quatre dies i aconsegueix que Lucy recuperi en part la salut. Mentrestant, gràcies a una notícia publicada en la premsa sabem que ha tingut lloc un fet estrany a la ciutat. De què es tracta? (pàg. 143-145)

44. El doctor Seward viu un incident desagradable a mans de Renfield i com a conseqüència del qual resulta ferit. Quan és conduït altre cop a la cel·la, quines paraules repeteix Renfield? (pàg. 145)

45. El doctor Seward observa espantat que un telegrama del dia abans li ha arribat tard i que Lucy ha passat aquesta nit sola a la casa. Es compleixen els seus pitjors auguris, ja que en una nota esgarrifosa que s'ha amagat al pit, Lucy relata els successos tràgics que ha viscut durant la nit del 17 de setembre. De quina manera ha mort la mare de Lucy? (pàg. 147)

46. Davant de la seva situació desesperada, amb qui exclama Lucy que està sola? (pàg. 149)

CAPÍTOL XII

47. La intervenció ràpida i experta del professor Van Helsing aconsegueix reanimar la defallent Lucy, la qual necessita urgentment una nova transfusió. L'aparició providencial d'algú resol la necessitat urgent de sang. Qui és aquest algú? (pàg. 152)

48. En una carta, Mina posa al corrent la seva amiga Lucy de tot el que ha fet després del seu matrimoni. Tot i això, se'ns informa d'un detall significatiu sobre aquesta carta, que es repetirà en altres de posteriors, que indica quin és l'estat de Lucy. De quin detall es tracta? (pàg. 155)

49. Després d'haver observat una particularitat en el cos de la noia, Van Helsing informa amb pena que Lucy s'està morint. De quina particularitat es tracta? (pàg. 159)

50. Enmig de l'agonia, Lucy sol·licita a Van Helsing que es faci càrrec d'alguna cosa, i el professor honorable hi accedeix amb un jurament. Què demana Lucy a Van Helsing? (pàg. 160)

CAPÍTOL XIII

51. Observant el cos de la pobra Lucy, al doctor Seward li costa de creure que es trobi davant d'un cadàver. Per què? (pàg. 163)

52. Mentrestant, Mina i Jonathan són a Londres per assistir al funeral del senyor Hawkins, l'antic cap i soci de Jonathan. Enmig d'un passeig pels carrers de la ciutat, Jonathan Harker es desmaia després de creure que ha reconegut algú entre la multitud. A qui creu haver vist el jove? (pàg. 165)

53. Una notícia inquietant apareix a la premsa, en què s'informa d'uns esdeveniments misteriosos que han tingut lloc al barri londinenc de Hampstead. En què consisteixen aquests esdeveniments misteriosos? (pàg. 168)

CAPÍTOL XIV

54. Mina i el professor Van Helsing mantenen una entrevista interessant que és el punt d'inici de la seva sòlida amistat. La previsora Mina ha mecanografiat dos documents que omplen de satisfacció el professor. De quins documents es tracta? (pàg. 172-174)

55. Gràcies als diaris que li lliura Jonathan Harker, Van Helsing s'assabenta del que els ha passat a uns quants nens londinencs i en parla amb el doctor Seward, el qual sent estupefacte la terrible conclusió del professor holandès. A quina conclusió arriba Van Helsing? (pàg. 179)

CAPÍTOL XV

56. Davant la incredulitat del doctor Seward, el professor li proposa que s'adrecin a un lloc per convèncer-lo de la veritat de les seves teories. Cap a on es dirigeixen Van Helsing i Seward? (pàg. 181)

57. En la segona trobada, Van Helsing explica exactament a Seward què li ha passat a Lucy, en què s'ha convertit la noia al cap d'una setmana de la seva mort i en qui ha pensat perquè posi fi a l'estat tan terrible en què es troba. Resumeix l'explicació que l'intrèpid professor Van Helsing dóna al desconsolat doctor Seward (pàg. 183-184).

CAPÍTOL XVI

58. Per convèncer els seus amics que les seves teories són certes, Van Helsing atura l'entrada de Lucy al panteó on es troba el seu taüt. De quina manera impedeix l'entrada de la bella vampiressa al panteó? (pàg. 187)

59. Els quatre homes contemplen l'aparició macabra de Lucy, i un Arthur encisat està a punt de caure rendit als encants lascius de la que va ser la seva promesa. Per sort, l'oportú Van Helsing evita que això passi. Sabries dir de quina manera? (pàg. 188)

60. Convençuts de la terrible transformació de Lucy, els quatre homes tornen l'endemà al panteó dels Westenra per posar fi a un destí tan espantós. Després d'haver explicat als seus amics en què consisteix la terrible maledicció dels *nosferatu* o no morts, Van Helsing indica a lord Godalming què ha de fer a continuació. Quina acció executa Arthur? (pàg. 191)

61. Després d'haver dut a terme el seu propòsit desagradable però imprescindible, Van Helsing avisa els seus acompanyants que li cal novament la seva ajuda perquè la missió encara no s'ha acabat. Què els queda encara per fer a Van Helsing, Seward, Arthur i Quincey? (pàg. 193)

CAPÍTOL XVII

62. Tan bon punt s'han conegut, el doctor Seward i Mina fan un intercanvi particular que els ajudarà a conèixer-se més bé mútuament. En què consisteix aquest intercanvi? (pàg. 197)

63. Mentre escolta el testimoni de Seward, Mina no està d'acord a mantenir en secret aquesta història, ja que creu que cadascun dels implicats en la lluita contra el comte ho han de saber absolutament tot, avançant un factor que serà essencial en l'enfrontament que els espera en el futur: Mina opina que no hi ha d'haver secrets entre ells. Per què? (pàg. 197)

CAPÍTOL XVIII

64. Gràcies al fet que Mina ha ordenat tota la informació de què disposen, Van Helsing pot procedir a explicar la mena d'enemic terrible amb qui s'hauran d'enfrontar i enumera una llista dels poders i les febleses que té. Considerant aquestes opinions del professor, indica a continuació quines frases d'aquesta llista són certes o falses (pàg. 208-212):

a) Té la força de dos-cents homes.

b) Pot respirar durant hores sota l'aigua.

c) És molt astut perquè ha acumulat molt de saber durant els seus segles d'existència.

d) És amable i considerat amb les seves víctimes.

e) No projecta cap ombra, i la seva imatge no es reflecteix als miralls.

f) És capaç de dirigir els elements: la tempesta, la boira i el tro.

g) Pot endevinar el futur.

h) Té autoritat sobre la rata i el mussol, el ratpenat, l'arna, la guineu i el llop.

i) No pot menjar aliments.

j) Pot adquirir l'aparença de qualsevol persona.

k) Pot transformar-se en llop, en ratpenat o en forma de volves que suren en els rajos de lluna.

l) Es pot fer molt gran, però no petit.

m) Hi pot veure en la foscor.

n) Els seus poders desapareixen quan es fa de dia.

o) És resistent al foc.

p) Quan algú el convida a casa, des d'aquell moment pot entrar-hi i sortir-ne a voluntat.

q) Si se li tallen els peus, aconsegueix el repòs etern.

r) Pot ressuscitar els morts.

s) Retrocedeix davant l'all i els símbols sagrats com el crucifix.

t) Una branca de bedoll sobre el taüt li impedeix sortir-ne.

u) El poden matar una bala consagrada disparada contra el seu fèretre o una estaca clavada al cor.

65. Malgrat tot, el que més tem Van Helsing no és perdre la vida en intentar matar el vampir. Si són derrotats en aquesta aventura, què és el que més tem el professor? (pàg. 210)

66. Van Helsing també s'ha informat sobre els orígens de Dràcula, i creu que el comte és un guerrer valerós de l'antiguitat pertanyent a una família de la qual es diu que alguns dels seus membres van mantenir relacions perilloses amb algú molt particular. Amb qui? (pàg. 213)

67. Després d'haver informat els seus companys de tot el que sap sobre els vampirs, quin pla els proposa Van Helsing? (pàg. 213)

CAPÍTOL XIX

68. Després d'haver mantingut una conversa inquietant amb Renfield, Van Helsing i els seus tres acompanyants es dirigeixen a la lúgubre finca de Carfax a la recerca de les caixes amb terra del comte. Quan localitzen la capella, una pudor molt intensa envaeix l'ambient de la mansió. Jonathan parla d'aquella olor repugnant d'una manera molt descriptiva. Com descriu aquesta olor? (pàg. 218)

69. De sobte, el recinte es comença a omplir de centenars de rates. Com aconsegueixen esquivar aquest perill Jonathan i els seus amics? (pàg. 219)

70. Mina, entristida perquè els homes han decidit mantenir-la al marge per tal de salvaguardar-la, ha tingut una experiència desagradable al llarg de la darrera nit. Mentre Jonathan i la resta del grup han estat a Carfax, què creus que li ha passat a Mina? (pàg. 221-222)

CAPÍTOL XX

71. Jonathan ocupa el temps en una tasca important per complir amb èxit la missió. Què ha fet Jonathan Harker? (pàg. 224)

72. Després de la darrera conversa amb Renfield i gràcies a alguns comentaris del seu pacient embogit, el doctor Seward arriba a una conclusió temible. Quina? (pàg. 228)

CAPÍTOL XXI

73. Renfield està greument ferit a la seva habitació i el doctor Van Helsing pren la dràstica decisió de trepanar-lo per retornar-li la consciència i saber què ha passat. En el seu relat, Renfield explica que Dràcula el va convèncer per deixar-lo entrar a la seva cel·la. Per aconseguir-ho, què va prometre el comte maligne a Renfield? (pàg. 231) No obstant això, més endavant Renfield pren la decisió d'atacar el seu amo. Per què? (pàg. 232)

74. Després de la confessió de Renfield, Van Helsing, Arthur i Quincey es dirigeixen precipitadament cap a l'habitació dels Harker. Quan hi entren, contemplen una escena esborronadora. Què veuen els tres homes? (pàg. 232-233)

75. Dràcula ha pres la iniciativa: ha matat Renfield, ha destruït els cilindres de Seward i els manuscrits de Mina i Jonathan, i ha elegit Mina com la seva víctima, la qual relata als homes l'experiència terrible que ha viscut aquella nit. Mentre escolta el testimoni estremidor de la seva esposa, què li passa a Jonathan Harker? (pàg. 238)

CAPÍTOL XXII

76. Abans de partir cap als llocs on el comte té desades les caixes per esterilitzar-les, Van Helsing pren mesures perquè Mina quedi protegida de qualsevol mal. No obstant això, un dels seus actes provoca un efecte inesperat i que revela la gravetat de la situació de la noia. De què es tracta? (pàg. 241)

CAPÍTOL XXIII

77. La reacció de Van Helsing i els seus companys obté els primers fruits, ja que aconsegueixen desfer la infraestructura que Dràcula ha dissenyat a Londres per dur a terme els seus plans. Després de l'actuació eficaç dels seus enemics, de quantes caixes disposa ara el comte? (pàg. 247)

78. Després d'escoltar el relat de les seves peripècies, Mina demana als seus amics que tinguin una cosa en compte, una observació que revela una perspectiva nova i inesperada que humanitza el cas del comte Dràcula. En què consisteix la petició de Mina? (pàg. 248)

79. Mentre dorm, Mina té una idea que decideix posar immediatament en pràctica: que el professor Van Helsing la hipnotitzi abans de trenc d'alba. Gràcies a això, què aconsegueixen esbrinar? (pàg. 250) Per què ha estat possible establir aquest contacte hipnòtic? (pàg. 250)

CAPÍTOL XXIV

80. Tan bon punt saben amb certesa que el comte es dirigeix altra vegada cap a Transsilvània, Van Helsing i els seus amics inicien els preparatius per emprendre la recerca de Dràcula. Malgrat tot, tant el doctor Seward com el professor tenen una sèrie de temors respecte a Mina. Què temen tots dos científics? (pàg. 254)

81. Van Helsing exposa el seu pla a la resta del grup. En què consisteix aquest pla? (pàg. 259)

CAPÍTOL XXV

82. El comte, que és molt astut, ha aconseguit esquivar els seus perseguidors. Per què? (pàg. 262)

CAPÍTOL XXVI

83. Obligats per les circumstàncies a tornar a confiar en Mina, la dona torna a demostrar que és intel·ligent i té una gran capacitat deductiva en descobrir l'itinerari més que probable que ha seguit el comte per fugir. Quin és aquest itinerari? (pàg. 269)

84. Davant d'aquestes noves notícies, els membres de l'expedició decideixen separar-se per augmentar les possibilitats d'èxit. Com queden constituïts els diferents grups? (pàg. 269-270)

CAPÍTOL XXVII

85. Cada un dels grups continua el viatge rere les passes del vampir. El professor Van Helsing escriu en el diari alguns detalls gens tranquil·litzadors sobre l'evolució de Mina. Quins símptomes mostra la noia? (pàg. 275-276)

86. Mina i Van Helsing arriben al castell i hi acampen a la vora. Durant la nit, tots dos reben una visita esgarrifosa i el professor veu confirmats els pitjors temors que tenia respecte a la dolça Mina. Durant aquella nit, qui visita Mina i Van Helsing? (pàg. 278)

87. L'endemà el professor s'endinsa amb valentia al castell de Dràcula per donar mort a les seves servidores sanguinàries. L'enorme bellesa i voluptuositat de les dones adormides dins dels fèretres estan a punt d'impedir que

Van Helsing acompleixi el seu propòsit. Malgrat tot, un pensament poderós li permet d'executar la seva missió sagrada: de quin pensament es tracta? (pàg. 280)

88. En una escena espectacular que Mina i Van Helsing contemplen amb el binocle, mentre el sol està a punt de pondre's, enmig de la neu i amb els udols dels llops de fons, el carruatge dels zíngars que transporta el comte és assaltat per uns genets. Qui són? (pàg. 283-284)

89. Després de la persecució trepidant, i així que els zíngars s'han rendit, el taüt del comte es queda a terra, obert. Una lluïssor maligna de triomf s'aprecia als ulls de Dràcula, ja que el sol està a punt de pondre's i creu que ell en sortirà vencedor. No obstant això, qui i de quina manera aconsegueix atacar mortalment el vampir? (pàg. 285) Què li passa aleshores al cos de Dràcula? (pàg. 285)

90. Desgraciadament, la lluita amb el comte provoca una darrera víctima, l'intrèpid i noble Quincey Morris. Tot i això, Quincey mor en pau en adonar-se d'una cosa que l'inunda d'alegria enmig de l'agonia. Què observa Quincey poc abans de morir? (pàg. 287)

91. Una nota final escrita per Jonathan Harker ens permet saber que, set anys més tard, la pau i l'alegria han tornat a la vida dels protagonistes. Lord Godalming i Seward s'han casat, i Mina i Jonathan han tingut un nen, naixement que propicia un detall que Mina interpreta com alguna cosa més que una simple coincidència. De què es tracta? (pàg. 287)

92. Finalment, el grup d'amics queda una mica sorprès quan, després d'obrir la caixa forta on tenen desats els papers que recullen la seva història increïble, comproven una cosa en què no havien caigut. De què s'estranyen Jonathan i els seus amics? (pàg. 287-288)

PROPOSTES DE TREBALL

I. COMPRENSIÓ GLOBAL

1. *Dràcula* planteja, en una de les línies principals, que el triomf davant del mal depèn en gran mesura de la capacitat de treballar en equip. Encara que el comte Dràcula és un ésser solitari, poderós i gairebé autosuficient, també ell recorre a aliats per acomplir els seus designis malignes. Per establir cada un dels dos bàndols en conflicte, completa la fitxa següent:

El ______ és un vell noble que viu en un castell a Transsilvània. S'hi allotjarà ______, un jove advocat anglès que aviat descobrirà que viu ben bé com un presoner del castell. Al castell també hi viuen tres ______ que serveixen el comte, al qual ajuden, a més, diversos ______ quan ha de transportar les feixugues caixes per al seu viatge. A Anglaterra, el comte tria ______ com la seva primera víctima. A aquesta bonica noia li demanen la mà tres homes: ______, ______ i ______, però els dos pretendents rebutjats es converteixen en fidels amics seus. Tot i els intents del professor ______, el vampir aconsegueix cobrar-se la primera víctima, ajudat fins i tot per un ______ que s'escapa del zoo. Després d'això, el comte tria com a segona víctima ______, promesa de ______. Per fer-ho, compta amb l'ajuda d'un personatge extravagant, ______, internat al manicomi que dirigeix el doctor.

2. L'estructura d'aquesta novel·la s'erigeix com un mosaic complex de tota mena de textos, com diaris, cartes, telegrames, etc., de manera que, encara que sigui mínimament, cada un dels protagonistes principals d'aquesta història té l'oportunitat de fer-nos arribar la seva veu. Tot seguit relaciona cada un dels personatges de la columna de l'esquerra amb el tipus de text que s'inclou sobre la seva persona en el llibre, en la columna de la dreta.

Mina Murray	Diari enregistrat en un fonògraf.
Lord Arthur Godalming	Diari que durant un temps es guarda embolicat i lacrat.
Quincey Morris	Memoràndum en què es recullen els fets dels darrers dies a Transsilvània.
Lucy Westenra	Carta en què se'ns parla dels tres pretendents d'una noia jove.
Professor Abraham van Helsing	Carta en què es convida Arthur Holmwood a una festa entre amics.
Jonathan Harker	Diari en què se'ns parla dels dies passats a la localitat de Whitby.
Doctor John Seward	Carta en què es demana ajuda al doctor Seward davant la malaltia de Lucy.

3. *Dràcula* es divideix en vint-i-set capítols que estan simplement numerats, però seria fàcil posar un títol a cadascun. En aquest sentit, relaciona cada un dels títols inventats següents amb el capítol corresponent de la primera secció de la novel·la:

«Les dues amigues»	Capítol I
«El vaixell fantasma»	Capítol II
«De Londres a Transsilvània»	Capítol III
«La partença del diable»	Capítol IV
«El convidat de Dràcula»	Capítol V
«Mosques, aranyes i pardals»	Capítol VI
«Les tres vampiresses»	Capítol VII

4. Ara, imagina tu mateix un títol, que en cada cas ha de contenir una idea o una trama principal, per als capítols següents: VIII, X, XII, XIV, XVI, XVIII, XXI, XXVI i XXVII.

5. Ordena de manera cronològica els següents fets relatats en la novel·la:

- Quincey Morris mor després de lluitar amb els serfs del comte.
- Lucy Westenra és decapitada al seu mausoleu.
- El comte visita l'habitació de Mina.
- Una goleta fantasmal arriba a les costes de Whitby.
- Van Helsing realitza la primera transfusió.
- Jonathan Harker arriba al castell del comte Dràcula a mitjanit.
- Van Helsing juga amb el fill de Jonathan i Mina.
- Les criades de la casa dels Westenra són narcotitzades.
- Dràcula alimenta d'una manera terrible les tres vampiresses.
- Mina Murray transcriu el diari fonogràfic de John Seward.
- Un llop s'escapa del zoològic de Londres.

6. *Dràcula* també és el relat d'un viatge d'anada i tornada entre la ciutat victoriana de Londres i les terres agrestes i llunyanes de Transsilvània, la qual cosa evidencia la distància entre dues maneres de veure el món molt diferents. Torna a llegir les primeres pàgines de la novel·la. Després dibuixa un mapa d'Europa i assenyala-hi les ciutats i els enclavaments geogràfics que recorre Jonathan Harker en el primer itinerari que fa des de Londres fins al castell del comte.

7. Els personatges femenins presentats per Bram Stoker a *Dràcula* mostren una força i una complexitat psicològica enormes. En aquest sentit, és possible assenyalar algunes coincidències significatives tant en Mina Murray com en Lucy Westenra i les tres vampiresses que viuen al castell del comte. Indica-les.

8. La sang, com calia esperar, es converteix en un dels motius més poderosos d'aquesta història i, d'una manera o altra, actua com un fluid que acaba connectant tots els personatges. De quina manera arriba a passar això?

II. EXPRESSIÓ ESCRITA

9. Tot i que és el personatge que dóna títol a la novel·la, les paraules del comte Dràcula sempre ens arriben a través del testimoni d'altres personatges. Imagina que, per un moment, fos el mateix comte el que escrivís un diari en el qual ens oferís la seva perspectiva dels fets, i redacta l'entrada corresponent a aquest diari almenys per a dos dels episodis següents:

- Arribada de Jonathan Harker al seu castell.
- Opinions sobre la ciutat de Londres després d'haver estat durant segles a Transsilvània.
- Explicació de les seves visites nocturnes a Lucy Westenra.
- Impressions després del seu «baptisme de sang» amb Mina Harker.
- La seva opinió sobre el professor Van Helsing.
- Relat de la seva relació amb Renfield.
- Anotacions durant el seu viatge en el *Czarina Catherine* de tornada al seu castell.

10. Com has pogut llegir, la novel·la finalitza amb la mort de Dràcula a mans dels enemics. Tot i així, alguns detalls del final, com el que la mort de

Dràcula no segueixi estrictament els passos que sí s'han donat en l'eliminació d'altres vampirs (cap tallat, cor extirpat, alls a la boca, etc.) o que el mateix Van Helsing hagués advertit la seva capacitat d'«esvair-se i fer-se irrecognoscible», han servit de base per a nombroses obres posteriors (literàries, cinematogràfiques, televisives, teatrals...) en les quals es planteja que Dràcula, en realitat, no ha mort. Imagina't que el comte ha aconseguit desaparèixer en el darrer instant i que, molt afeblit per les ferides i el mal enorme que li han causat Van Helsing i els seus companys, s'ha refugiat en algun lloc mentre espera que vinguin temps millors. Escriu una breu redacció en què expliquis quins són els plans de futur de Dràcula.

11. La novel·la demostra l'habilitat de Stoker a l'hora de combinar diferents formats narratius, com les cartes i els diaris, que creen una riquesa de perspectives molt interessant. No obstant això, alguns personatges tenen ocasió d'escriure molt poc durant l'obra. Imagina't que ets algun dels personatges següents i desenvolupa la proposta que et suggerim sobre ells:

- Una de les vampiresses que viuen al castell de Dràcula escriu una carta al comte explicant-li la fugida de Jonathan Harker.
- Un dels infants atacats per Lucy, en contra del que va pensar Van Helsing, continua desenvolupant els efectes de la mossegada. En el seu diari infantil, hi va anotant els símptomes que confirmen la seva transformació en un petit vampir.
- Quincey Morris escriu una carta a un amic als Estats Units explicant-li tot el que li ha passat a Lucy.
- Lord Arthur escriu en el seu diari les opinions que té quan coneix el professor Van Helsing per primera vegada.

12. Les relacions entre el personatge de ficció de Dràcula i el personatge històric de Vlad III, també conegut per Vlad Țepeș (l'Empalador), han estat tradicionalment molt exagerades. No obstant això, la vida d'aquest avantpassat del comte és realment interessant i ja ha entrat a formar part de l'univers del vampirisme. Realitza una recerca a Internet sobre Vlad III i organitza tota la informació en un resum d'entre vint i trenta línies. Pots començar la investigació en aquesta web:

http://es.wikipedia.org/wiki/Vlad_tepes

13. Si t'ha agradat *Dràcula*, potser et vindrà de gust llegir alguna altra història d'aquest escriptor irlandès excel·lent. Pots començar, per exemple, per uns quants contes, alguns dels quals són fàcils de consultar a Internet en adreces com:

http://www.cch.unam.mx/materialdeapoyo/tlriid1/libros/antologia.html

http://www.librodot.com/searchresult_author.php?authorName=Stoker%2C+Bram

http://literaturaterror.blogspot.com/search/label/Bram%20Stoker

Llegeix alguna d'aquestes històries i, a continuació, escriu un breu resum en què destaquis aquells elements comuns que trobis entre aquests relats i *Dràcula*.

III. EXPRESSIÓ ORAL

14. S'acostuma a relacionar el personatge de Dràcula amb altres monstres o mites moderns com l'home llop, el monstre de Frankenstein o la mòmia. En tots aquests casos, hi ha una base mèdica i científica que, en part, explica els perquès d'aquestes criatures estranyes i ens en revela aspectes molt interessants. En l'adreça d'Internet *http://idd0073h.eresmas.net/public/artic11/artic11_02.html*, hi trobaràs informació, a més de sobre Dràcula, sobre els personatges següents: el monstre de Frankenstein, l'home llop i la mòmia. Formeu grups de tres a cinc persones, escolliu un d'aquests personatges i, a partir del que s'ha explicat en aquesta pàgina, organitzeu la informació. En acabat realitzeu una exposició ordenada davant la resta dels companys, explicant el que heu après sobre aquestes criatures.

15. Dràcula és una figura que atrau molt perquè, si bé ho fa amb maldat i un estil de vida que, en alguns casos, no és gaire confortable, aconsegueix la immortalitat. La recerca de la immortalitat ha estat, per descomptat, recurrent al llarg de la història de la humanitat; en aquesta pàgina pots trobar informació sobre alguns casos:

http://www.formarse.com.ar/enigmas/LA%20BUSQUEDA%20DE%20LA%20INMORTALIDAD.htm

Molts experiments científics busquen allargar l'esperança de vida dels éssers humans, la qual cosa no s'allunya gaire d'aquesta idea de fons relacionada amb els vampirs. En aquesta pàgina podràs llegir un article sobre diverses investigacions científiques que busquen endarrerir l'avenç de la vellesa, que ara per ara és inevitable:

http://www.elpais.com/articulo/sociedad/vejez/puede/detener/elpepisoc/20080904elpepisoc_1/Tes/

Amb aquests i altres materials que pugueu localitzar mitjançant recerques a Internet i biblioteques, elaboreu una llista de punts per debatre'ls a classe, designant un responsable que actuï com a moderador, concedeixi el torn de paraula, etc. I recordeu sempre que els participants han de respectar en tot moment els torns de paraula i argumentar el perquè de les seves afirmacions. Podeu iniciar la discussió a partir de les qüestions següents:

- Avantatges i desavantatges de la immortalitat.
- Per què l'ésser humà ha desitjat sempre la immortalitat?
- El mite de l'eterna joventut.
- Es pot considerar la vellesa una malaltia?

IV. EXPRESSIÓ VISUAL I PLÀSTICA

16. La figura del vampir ha rebut molts tractaments a l'hora de traslladar la descripció literària de la novel·la a imatges, tant en el cas d'il·lustracions i còmics com en el d'adaptacions per al món del cine. A partir del que has llegit i de les imatges més conegudes del comte Dràcula, fes tu mateix o mateixa un dibuix de com t'imagines aquest vampir i els llocs habituals en què es mou. Si vols inspirar-te en el que han fet altres dibuixants o professionals del cine, realitza una recerca a Internet, on hi trobaràs infinitat d'exemples. Pots consultar, per exemple, les il·lustracions fetes per diversos dibuixants de còmics a:

http://www.marvunapp.com/Appendix/draculav.htm

17. El món de l'art també s'ha interessat pels vampirs, encara que tradicionalment s'ha inspirat més en figures femenines per representar-los. Tot seguit et passem un parell d'enllaços perquè puguis contemplar l'obra de pintors com Philip Burne-Jones o Edvard Munch, entre altres, l'obra dels quals mostra interès pel tema:

http://elespejogotico.blogspot.com/2008/02/arte-gotico-los-vampiros-en-el-arte.html

http://en.wikipedia.org/wiki/Vampire

A continuació descriu el contingut de, com a mínim, tres d'aquests quadres, tant en els seus aspectes externs (colors, volums, trets dels personatges, paisatges...) com en els emocionals (què inspira el quadre: por, bellesa, horror, sensualitat...).

18. Com t'expliquem en la «Introducció», *Dràcula* va ser adaptat gairebé immediatament al teatre i al cine, de la mateixa manera que abans ho havien estat altres vampirs. Sens dubte, el personatge i l'obra de Stoker han sortit molt beneficiats de la difusió massiva que ha suposat el seu tractament cinematogràfic, gairebé sempre poc respectuós amb la novel·la de Stoker. En l'adreça següent trobaràs informació sobre les primeres pel·lícules de principi del segle XX sobre vampirs:

http://perso.wanadoo.es/arries/cripta.html#PELICULAS

Fins i tot pots visionar a Internet, entre altres, una de les millors adaptacions de l'obra de Stoker, *Nosferatu* (1922), de F. W. Murnau, considerada una obra mestra de la història del cine:

http://video.google.es/videosearch?q=%22Dracula%22&hl=es&emb=0&aq=f#q=%22nosferatu%22&hl=es&emb=0

19. A més de *Nosferatu*, hi ha diverses versions cinematogràfiques realment magnífiques, i potser fins i tot en coneixes alguna. Ara et proposem que seleccionis almenys una de les següents adaptacions al cinema:

- *Dracula* (1930), dirigida per Tod Browning, amb la mítica interpretació de Bela Lugosi, una de les cares més associades amb el comte fins als nostres dies.
- *Dracula* (1958), dirigida per Terence Fisher i protagonitzada per Christopher Lee, una versió que va retornar al comte la condició maligna i sanguinària.
- *Dràcula de Bram Stoker* (1992), dirigida per Francis Ford Coppola, amb Gary Oldman com a protagonista, l'adaptació més espectacular que s'ha fet fins ara de la novel·la de Stoker.

Després d'haver visionat almenys una d'aquestes pel·lícules, et pots centrar en els aspectes següents per redactar un petit comentari en què comparis les semblances i les diferències amb la novel·la:

a) Com s'hi descriuen els orígens del comte?

b) Quin és l'aspecte de Dràcula en la primera aparició?

c) Quines formes adopta el vampir al llarg de la pel·lícula?

d) Quines característiques principals defineix el seu caràcter?

e) Quina mena de relació estableix Dràcula amb les seves víctimes femenines?

f) De quina manera hi són retratats els personatges següents: Jonathan Harker, Mina Murray, Lucy Westenra i Abraham van Helsing?

g) Com es destrueix el vampir?